Als die Welt rückwärts gehen lernte

Zeitgenössische Theaterstücke aus Deutschland 3

當世界學習倒著走

當代德國劇作選 3

Als die Welt rückwärts gehen lernte

Zeitgenössische Theaterstücke aus Deutschland 3

當世界學習倒著走

當代德國劇作選3

馬琉斯．馮．梅焰堡 Marius von Mayenburg
湯瑪斯．梅勒 Thomas Melle
諾拉．阿卜杜勒-馬克蘇德 Nora Abdel-Maksoud
黎娜．葛蕾莉克 Lena Gorelik
米蘭．加特 Milan Gather 著 ｜ 陳佾均、周玉蕙、賴雅靜 譯

國家圖書館出版品預行編目資料

當世界學習倒著走：當代德國劇作選. 3／馬琉斯·馮·梅焰堡 (Marius von Mayenburg), 湯瑪斯·梅勒 (Thomas Melle), 諾拉·阿卜杜勒–馬克蘇德 (Nora Abdel-Maksoud), 黎娜·葛蕾莉克 (Lena Gorelik), 米蘭·加特 (Milan Gather)著；陳佾均, 周玉蕙, 賴雅靜譯 -- 一版. – 台北市：書林出版有限公司, 2023. 01
面；公分 --（愛看戲；36）
譯自：Als die Welt rückwärts gehen lernte : Zeitgenössische Theaterstücke aus Deutschland. 3
ISBN 978-626-7193-14-3（平裝）
875.55　　111018791

愛看戲 36

當世界學習倒著走：當代德國劇作選 3

Als die Welt rückwärts gehen lernte:
Zeitgenössische Theaterstücke aus Deutschland 3

作　　者　Marius von Mayenburg、Thomas Melle、Nora Abdel-Maksoud、Lena Gorelik、Milan Gather
譯　　著　陳佾均、周玉蕙、賴雅靜
主　　編　耿一偉
編　　輯　劉純瑀
出 版 者　書林出版有限公司
100台北市羅斯福路四段60號3樓
Tel (02) 2368-4938・2365-8617　Fax (02) 2368-8929・2363-6630
台北書林書店　106台北市新生南路三段88號2樓之5　Tel (02) 2365-8617
學校業務部　Tel (02) 2368-7226・(04) 2376-3799・(07) 229-0300
經銷業務部　Tel (02) 2368-4938
發 行 人　蘇正隆
郵　　撥　15743873・書林出版有限公司
網　　址　http://www.bookman.com.tw
經銷代理　紅螞蟻圖書有限公司
台北市內湖區舊宗路二段121巷19號
電話02-27953656 (代表號)　傳真02-27954100
登 記 證　局版臺業字第一八三一號
出版日期　2023年1月一版初刷
定　　價　400元
I S B N　978-626-7193-14-3

本書由歌德學院（台北）德國文化中心獨家授權出版
歌德學院網址 www.goethe.de/taipei

目次

導論

舞台語言的巴別塔

耿一偉（衛武營國家藝術文化中心戲劇顧問）

安卓斯・克林根堡（Andreas Kriegenburg）在柏林德意志劇院執導的《失竊的時光》（*Diebe*），於2015年來台北藝術節演出時，劇作家黛亞・洛兒（Dea Loher）也隨行來訪，她的劇作《無辜》（*Unschuld*）收錄於2012年出版的《個人之夢：當代德國劇作選》。洛兒在公開講座提到，這兩個劇本都是由大量的短景所構成，文本經常缺乏明確舞台指示，並充滿各種書寫實驗，為長期合作的導演克林根堡造成挑戰，但是克林根堡最終總是能找到一個舞台上可行的詮釋角度，讓她驚喜連連。這個例子說明了，當代劇本在文本形式進行各種新嘗試，反而給予導演與演員在排練時更多可發揮的想像空間。

我們可以在書林出版的《個人之夢：當代德國劇作選》與《在後戲劇浪潮之後：當代德國劇作選2》（2015）中，觀察到過去二十年間，類似的傾向一直在持續發展。只不過到了《當世界學習倒著走：當代德國劇作選3》，這些形式實驗似乎已不再是重點，讀者會發現，它們內化成為劇作家說故事的常用手法。我們看不到過於強調的大篇幅實驗段落，例如奧立佛・庫魯克（Oliver Kluck）的《梅瑟原則》（〔*Das Prinzip Meese*〕收錄於《在後戲劇浪潮之後：當代德國劇作選2》）充滿了厚重各類文體的情形，而是讓這些新形式與短小輕薄的敘事風格，進行更緊密的結合。稍後我將對此做出更多分析。

一部為台灣編輯的德語劇作選

這次收錄的五個劇本，除了梅焰堡《殉道者》（2012）與梅勒《我們的照片》（2016）算是有點時間之外，其他三個劇本都是2021年與2022年的新作，而且都入圍了2022年慕海姆劇作獎（Mülheimer Dramatikpreis）。在此先說明本書的編輯過程。這是一本專門為台灣出版的德語劇作選，前因是我在台北藝術節擔任藝術總監期間，與台北歌德學院合作，出版了兩本當代德國劇作選，雙方合作經驗愉快。這兩本選集出版後，其中不少劇作經常是戲劇系排練課或畢製的首選，像是收錄於《個人之夢》的《金龍》（*Der goldene Drache*）或《無辜》，而收錄在《在後戲劇浪潮之後》的《卡桑德拉：表象終結的世界》（*Kassandra oder die Welt als Ende der Vorstellung*），於2018年由香港的小息跨媒介創作室製作，獲得多項獎項提名。大約在2020年，台北歌德學院就已與我聯繫，討論第三本當代德國劇作選的出版可能性。到了2022年3月初，這個計畫在台北歌德學院院長余德莎（Theresa Hümmer）的大力支持下，終於有了實現的機會。於是我先列一份名單，由台北歌德學院轉交給慕尼黑的歌德學院總部，他們評估可能性之後，又回覆我一份新的建議名單。我在參考之後，選出這次要收錄的五個劇本，然後由台北歌德學院交付陳佾均、周玉蕙與賴雅靜這三位譯者進行翻譯。

在選劇本的過程中，有三個面向是我考量的基本要點：一是要在國際上常被製作的作品，首選是《殉道者》，因為我曾在法國與羅馬尼亞看過這個劇本不同語言的製作演出，可見是相當受歡迎的劇本。第二是希望女性劇作家能佔一半以上，這也是余德莎院長期待能夠凸顯的一個面向。最後是試圖收錄青少年劇場的劇本，這是前兩本劇作選沒有關照到的部分。近年來我相當關心台灣青少年劇場的發展，青少年劇場可分成帶著青少年演戲的青少年戲劇（youth theatre），以及製作給青少年看的戲劇節目（theatre for young audiences），而後者在德國有相當歷史的發展脈絡，而且包含了兒童戲劇，因此希望透過這次的劇本翻譯，來促進彼此的交流。

快速短景的媒體敘事

本文一開始提到，《當世界學習倒著走》收錄的五個劇本，文體與敘事風格都更加輕快。若要簡單說明其特徵，就是劇本幾乎都是由短景所構成，而不像傳統的劇本可能三或五幕，每一幕都是相當長的對話過程。對短景的偏愛是當代戲劇的一種趨勢，這些片段彼此之間可以毫無相關，也可以有一種電影式的剪輯編排。同樣是書林出版的《無愛時代的詩意告白：當代法國劇作選》（2016）收錄的《兩韓統一》（*La Réunification des deux Corées*），各短景之間就沒有密切關係。在本書中，《殉道者》有二十七場，每一場有一個簡單標題；《我們的照片》有五十二場，每一場戲都像是一張快照；《當世界學習倒著走》有十四場；《莫妮卡奶奶——什麼？》是青少年劇場，演出時間較短，只有五場，每場都有一個標題。至於《吉普車》雖然分成四幕，但每一幕裡又按照小數點去分場，並給予名稱，第一幕有七場，第二幕有六場，第三幕有七場，第四幕有六場，每一場都有小標題，每一幕都越來越短，感覺劇情不斷在加速。

敘事的加速，是這本選集的劇本共享的特質。劇本在對話過程中，不會插入太多舞台指示（除了偶戲劇本《當世界學習倒著走》），使得閱讀起來的連續感更強。劇本在跳到下一個短景時，有時會給一個簡單空間指示，有時不給，這就造成場景與場景之間有一種既斷裂又連續的感覺，因為形式上是連續的，但是標題、不同對話者與特殊文本形式又造成一種直覺上的斷裂感。而且，除了偶戲劇本《當世界學習倒著走》之外，其餘四個劇本都不像傳統現代劇場的劇本（比如易卜生），會在劇本一開始，詳細描述整個舞台形式。這些劇本都是一開始就由一連串的話語場景構成，毫不拖泥帶水。不可否認的，這些劇本都有新媒體時代的特徵，展現了敘事的碎片化與加速化。快速短景就像點擊手機裡的抖音或Instagram，從這段影片跳到下一段影片，成為我們這個時代的美學語法。

形式多樣的書寫常態

當代新文本風格的寫作，是把焦點放在對話或文本（也就是演出過程中會被說出的話語），至於其他非劇作家的工作，比如導演、演員、舞台設計、燈光設計等要做的事，劇作家就不會寫，交給團隊的其他創作者去煩惱。讀者在這個劇本集不但不會讀到大量舞台描述，也不會在每一景結尾讀到「燈暗」，又在另一景開頭讀到「燈亮」。

但是在減少舞台描述的同時，新世代的德語劇作家們又給劇組增加了不少挑戰。第一種挑戰是前面提到短景多的附帶效應，如何轉場，如何保持戲劇的流動感，給導演帶來挑戰性的樂趣。第二是寫作主要集中在對話，片段之間經常沒有必然連接，就讓劇本具有一種多孔性（porous），有很多想像的空間可以去創造新的表演脈絡，讓演員有很多發揮的機會。最後是雖然少了具體的舞台描述，但劇作家會更天馬行空地描繪舞台意念，有時透過場景標題，或是透過簡單幾個字暗示。這不是要劇組去按表操課，而是視為一種美學風格上的提示（可參考《當世界學習倒著走》）。

這種讓劇組可以對文本加入自己想法的劇本書寫，過去二十多年來因新文本的盛行而逐漸成為常態（莎拉・肯恩〔Sarah Kane〕的《4.48精神崩潰》〔*4.48 Psychosis*, 1999〕是重要典範），在德語系有諾貝爾文學獎得主葉利尼克（Elfriede Jelinek）的各種非典型劇本，各種文本實驗對讀劇本的劇組來說，已經不是什麼驚世駭俗的事，早就見怪不怪。所以這五個劇本都不會只有單純的寫實對話，經常出現布萊希特提倡的第三人稱式話語（甚至連青少年劇場《莫妮卡奶奶——什麼？》都頻繁使用），時不時插一段沒有角色說明的文字（可以參考《我們的照片》一開場），還有對於場景時態的實驗（這部分更接近電影的倒敘，在《吉普車》中大量使用），以及角色名稱的創意發揮（請見《當世界學習倒著走》）等等。

探討社會議題的公共領域

德國有超過一百五十家公立劇院，這些劇院通常有自己的劇團，負責演出從經典到當代的各種劇目。公立劇院的存在，不是為了服務商業，而是讓劇場成為一種公共論壇。慕尼黑大學劇場學系系主任巴爾梅（Christopher B. Balme）在《劇場公共領域》一書提到：「接受充裕補助的公立劇院試圖和『公共領域』重新建立連結……我們也正面臨幾大挑戰：舉凡資訊革命、全球化與移民、氣候變遷、公共財政與服務的腐化（暫列幾項），皆以某種方式和公共領域產生關係——議題在公共領域探討，（理想上）市民也在此自由參與對話。」

本書的五個劇本一樣觸及公共領域，故事的重點不是戲劇衝突、殺人解謎或是男歡女愛，而是探討社會議題，而且大多數是當下德國或歐洲所面對的各種社會危機。《殉道者》不僅觸及宗教造成的社會分裂，背後也論及教育體制造成的壓迫。《我們的照片》改編自真實社會事件，並牽涉資訊社會對個人隱私侵犯的議題。《吉普車》挖掘了在社會制度與管理權力不斷膨脹的情況下，個體被科層制度扭曲的荒謬性。青少年劇場《莫妮卡奶奶——什麼？》關注失智症的問題，以及對家庭關係造成的影響。《當世界學習倒著走》雖然是給兒童看的偶戲劇本，卻也以遊戲的想像方式，讓小朋友有機會認識到，如果世界的規則可以隨自己喜愛而變化，會對生活造成什麼樣的災難。

結論

在過去這十年來，共有三本當代德國劇作選翻譯出版，也因此，德國的戲劇文學，相較其他語言，在台灣有更完整的呈現面貌。在這過程當中，台北歌德學院扮演了重要的推動角色。劇場總是受到他者的刺激而發展，而語言是最難跨越的門檻，這凸顯了翻譯的重要性。如同德國當代的劇本寫作最初也受到英國新文本的刺激，而英國當年又受益於布萊希特的戲劇，戲劇文化的發展從來不是孤立，而是頻繁與他者對話。相信這三本劇作選的累積出版，不但豐富了我們演出文化的多元性，也讓我們意識到，雙向的劇本翻譯交流在未來有多麼重要與迫切。

殉道者

Märtyrer

馬琉斯・馮・梅焰堡（Marius von Mayenburg）

陳佾均 譯

劇本簡介

首演

柏林雷寧廣場劇院（Schaubühne am Lehniner Platz），2012

演出人數

三女五男

關於作者

馬琉斯・馮・梅焰堡（Marius von Mayenburg），劇作家、導演、戲劇構作、譯者。1972年出生於德國慕尼黑，先後在慕尼黑與柏林主修中世紀文學與劇本創作。自1997年起發表劇作，作品至今已有超過三十餘種語言譯本，並在世界各地上演。1998年，梅焰堡開始了他與導演歐斯特麥耶（Thomas Ostermeier）至今的長期合作，先是在當時柏林德意志劇院開發年輕劇作的實驗場地「工寮」（DT-Baracke），隔年起則在歐斯特麥耶接掌的柏林雷寧廣場劇院擔任劇作家、導演和戲劇構作。此外，他也負責歐斯特麥耶莎劇系列製作的德語劇本翻譯，包括《哈姆雷》、《理查三世》等，由他執導的莎劇製作包括《無事生非》、《皆大歡喜》、《羅密歐與茱麗葉》等。他也翻譯過莎拉・肯恩、馬丁・昆普與王爾德等人劇作。2009年起他開始在雷寧廣場劇院密集執導演出，2012年起也在柏林以外的劇院擔任導演，包括慕尼黑王宮劇院（Residenztheater）等。梅焰堡的作品以強大的戲劇張力挖掘社會日常的恐懼和暴力，重要劇本創作包括《醜男子》（*Der Hässliche*）、《石頭》（*Der Stein*）等。

劇情概要

班雅明・蘇德拒絕上學校的游泳課，他說是因為穿比基尼的女生傷害了他的宗教情感。他的母親認為這只是無聊的笑話，但生物老師蘿特卻認為這是班雅明呼救的方式。班雅明的宗教狂熱不只說說而已，他的行動挑戰了學校的日常：穿著衣服鞋子跳進泳池裡，並以種種方式挑釁教學，從工業化、演化論，到同性戀與兩性平等，都在他以聖經引用打造的世界裡受到審判與攻擊。就在母親推卸責任、教學者在無助與縱容間相互拉扯之際，班雅明招募到了他的第一位門徒——被其他人霸凌的同學葛歐格。班雅明慫恿他展開一項謀殺計畫，悲劇看來即將無可避免。當蘿特老師和班雅明對質時，眾人不相信的卻是她。最終，她自己成為了殉道者。

劇作特色

全劇以對話堆疊出校園日常中潛伏的危機，逐字引用的聖經段落交織其中，與當代語境形成摩擦，展現梅焰堡以戲劇情境描繪複雜當代情境的力道。《殉道者》是梅焰堡社會觀察的代表作，班雅明極端的宗教立場，也讓成年人之間既存的價值衝突現形，包括厭女、反猶等權力壓迫機制都浮上檯面，一幕幕場景讓衝突如失速列車直奔最後衝擊的結局。衝突的悲劇或許無關善惡，而是鑲嵌在劇作家刻劃出的意識型態與權力結構之中。

人物

威利・巴次勒（校長）

艾莉卡・蘿特（生物、化學、地理）

馬庫斯・德弗林爾（歷史、體育）

迪特・曼拉特神父（宗教）

班雅明・蘇德（男學生）

英娥・蘇德（他母親）

葛歐格・漢森（男學生）

莉蒂亞・韋伯（女學生）

1.

病假單

蘇德　你老師有打電話來。

沒有反應。

　　你有沒有什麼要跟我說？

班雅明　沒有。

蘇德　我們為什麼沒辦法對話了，像以前那樣？

班雅明　我們從來沒辦法對話。之前我是騙你的，省得你難過。

蘇德　你老師說你前幾個禮拜沒有去上課。

班雅明　才不是。我只有游泳課沒去。

蘇德　為什麼？

班雅明聳聳肩。

　　看來你是說你有鼻竇炎。

班雅明　我知道。

蘇德　你有鼻竇炎嗎？

班雅明聳聳肩。

　　你為什麼要這麼說？

班雅明聳聳肩。

　　是因為用藥嗎？

班雅明看向她。

你有用藥嗎，班雅明？

班雅明笑了一聲。

你老師要我保證你下禮拜會去上課。

班雅明　我不會再去了。

蘇德　為什麼？發生了什麼事？

班雅明　沒有。

蘇德　你生其他小孩的氣？

班雅明　這些人不是小孩了。你會替我寫病假單？

蘇德　可能會。但我得知道為什麼。

班雅明聳聳肩。

我是要寫什麼理由？你的鼻竇沒事。

班雅明　我就覺得很噁心，有什麼好解釋的？

蘇德　因為你要我替你寫病假單。

班雅明　反正你不了解我。

蘇德　你怕溺水嗎？我跟老師談談，也許他可以讓你靠邊游，要沉下去的時候有地方可以抓。

班雅明　我不會沉下去。

蘇德　還是因為你不喜歡你的身體。

班雅明盯著她。

你這個年紀有這種感覺很正常。你真的也是很白。

班雅明　我沒有很白。

蘇德　我給你錢，你去照曬黑燈，曬黑一點就好，才不會看起來這麼蒼白。

班雅明　我的身體怎麼樣我無所謂。

蘇德　還是性方面的事？我跟你說，我們可以談談。

班雅明　性？

蘇德　你這個年紀的男孩子有時候會控制不住勃起，我能想像在別人面前發生的話會讓你不舒服。

班雅明　我不會控制不住勃起。

蘇德　我希望你知道，這種事情你可以跟我說。

班雅明　然後你病假單上就寫：因為我兒子會控制不住就勃起，所以不能上游泳課。

蘇德　不會，當然不會。那我就寫鼻竇炎。

班雅明　你寫：基於宗教因素。

蘇德　什麼？

班雅明　寫說游泳課傷害了我的宗教情感。就這樣。

蘇德　可是，班雅明——

班雅明　這樣就一次都講清楚了。

蘇德　班雅明，你哪有什麼宗教情感。

班雅明　你又知道？

蘇德　我寫得要可信一點，不然人家只會覺得我很可笑。

班雅明　有什麼可笑？

蘇德　我寫鼻竇炎。

班雅明　宗教情感，不然我不交。

蘇德　你只是從哪裡看來的。

班雅明　那又怎樣？如果我的宗教情感——

蘇德　不。

班雅明　——被傷害到了？

蘇德　不，我說認真的。人家給你台階下，你還在那邊胡說八道。

班雅明　也有其他人信仰虔誠。

蘇德　我不會這樣寫的。

班雅明　你可不可以尊重這一點。

蘇德 隨便。

班雅明 不。

蘇德 那你下禮拜去上游泳課。

班雅明 我說過了。

蘇德 你說過什麼？

班雅明 你不了解我。

2.

吃冰淇淋

班雅明　我今天沒空。

莉蒂亞　我又沒有問你。

班雅明　我還是要告訴你。

莉蒂亞　我沒興趣知道。

班雅明　只是因為你昨天說你今天或明天也許有空。

莉蒂亞　我不想要你煩我才這麼說。

班雅明　我今天沒空。明天也沒有。

莉蒂亞　無所謂。我等一下要去吃冰淇淋然後去看電影。

班雅明　跟誰？

莉蒂亞　跟克利斯提安。然後明天我們要翹課去採石場裡的湖。

班雅明　我說過了，明天我不行，我要看書。

莉蒂亞　我沒有問你，我跟克利斯提安去。上次我們沒帶泳衣就出發了，不過克利斯提安有帶防曬油，也就夠了。

班雅明　我要看這本書，如果你不要吵我，我會很高興。

莉蒂亞　我沒有在吵你，我根本沒在跟你講話。

班雅明　你一直在講話。

莉蒂亞　現在沒有了。

班雅明　我得專心，這本書寫的可不是什麼寄宿學校裡的馬跟少女。

莉蒂亞　那你就專心啊。

班雅明讀書。

如何？你那本書裡有什麼好東西嗎？

班雅明　（讀出聲）撒馬利亞必擔當自己的罪，因為悖逆她的神。她必倒在刀下，嬰孩必被摔死，孕婦必被剖開。[1]

莉蒂亞　很好——你一定要看的話就看吧。我弟也喜歡趁我爸媽晚上不在的時候看這種電影，然後就把我叫起來，因為他睡不著。我去吃冰淇淋了。

班雅明 因為耶和華向萬國發憤恨，向他們的全軍發烈怒，將他們滅盡，交出他們受殺戮。被殺的必然拋棄，屍首臭氣上騰，諸山被他們的血溶化。[2] 他們的地喝醉了血，他們的塵土因脂油肥潤。因耶和華有報仇之日，為錫安的爭辯有報應之年。[3]

---

[1] 何西阿書 13:16。譯註：以下聖經引用部分採用的是和合本，這個選擇基於其普及度。另可參考其他較為通順但使用率較低的版本，版本比較見：https://cnbible.com/。

[2] 以賽亞書 34:2-3。

[3] 以賽亞書 34:7-8。

3.

游泳課

班雅明全身溼透。

蘇德　班雅明。

德弗林爾　您濕答答的兒子在那裡。

蘇德　小子，你在幹嘛？

德弗林爾　他什麼也不說。

蘇德　是因為用藥嗎？您快跟我說，我不喜歡人家不讓我知道。

德弗林爾　您的兒子全身穿著衣服站上跳水台，還穿著鞋子這些，就這樣跳進水道。

蘇德　（對班雅明）讓我生氣的事還不夠是不是？你就不能像個人穿泳褲游泳嗎？你到底在想什麼？

蘿特　我可以請問您一些事嗎？

蘇德　行。您直接跟我說。是不是因為用藥？

蘿特　您的兒子有沒有跟水相關的創傷經驗？

蘇德　跟水？

蘿特　或是身體上有什麼特徵是他不想讓其他人看到的，所以他才穿著衣服下水？

蘇德　什麼特徵？

蘿特　我說的是像疤痕、少腳趾、駝背——

蘇德　我兒子沒駝背。

蘿特　我們需要您的協助。也許他小時候——

蘇德　我本來希望您可以告訴我怎麼了。老實說——

蘿特　嗯？

蘇德　我本來希望您會說：是因為用藥。那麼至少我們知道怎麼了，但是您什麼也不知道。我是他媽媽，他不跟我說很正常。但是您，各位是受過訓練的老師，您可是——外面那個牌子上面是怎麼寫的？

蘿特　信任導師[4]——

蘇德　信任，沒錯，那您就要建立信任，付您薪水就是要做這個。我不知道他腳趾齊不齊全，還是因為在水裡太冷了，所以他才穿著衣服跳進去。我單親又要上夜班，您反而來問我還想要我協助。

蘿特　不，我只是想說——

蘇德　說認真的，您不能老是叫媽媽來幫忙。這小子不願意穿泳褲？那就想辦法要他穿上，這是您的學校，不是我的。他不要游泳？那您就教他游，這是您的工作，不是嗎？

蘿特　我們可以一起——我沒有攻擊您的意思。

蘇德　到那個地步的話那可就更好了，老師，自己的功課要做，我這麼說不是諷刺。

班雅明　我受夠了。

蘇德　什麼？

班雅明　夠了。

蘇德　班雅明，你受夠什麼了？我才受夠了，不是你，竟然穿著衣服跳進去，像個神經病。

班雅明　今天，在紀念聖坡旅甲的這一天，我在神與世界面前宣告：我受夠了。我受夠了隱藏和扮演病人的生活，我才是唯一健康的人。我受夠了莉蒂亞裸露的肩膀，在淋浴的水珠下向糖霜甜甜圈一樣發亮。我受夠了每當梅蘭妮游在我前面的時候，要戴著霧霧的泳鏡盯著梅蘭妮打開的雙腿看。我受夠了被從斯蒂芬妮的比基尼溜出來的白晃晃的肉體弄得睜不開眼。長久以來我都默默忍受，雖然主命令女人廉恥、自守，以正派衣裳為裝飾，而不是比基尼，只要有善行，這才與自

---

[4] 譯註：原文Vertrauenslehrerin（女性老師，男性則為Vertrauenslehrer），是德國學校裡類似輔導老師的角色，負責與學生對話，協調師生與家長之間的衝突；為維持與學生的信任關係，也常有保密的權利與義務。該稱謂即為「信任」（Vertrauen）+「老師」（Lehrer/Lehrerin）二詞組成。

稱是敬神的女人相宜。[5]我之前都在忍受，或許也沒有注意，但現在我注意到了，我很清楚地感受到，而且在我的肉體上也看得出來，因此，我今天宣布，在紀念聖坡旅甲的這一天，向這些道德敗壞的行徑開戰，因為主說：只是我告訴你們，凡看見婦女就動淫念的，這人心裡已經與她犯姦淫了。[6]因此，因為這是罪惡，所以我對不分男女在水面下活動這樣無恥的事提出抗議，我不願再參與這種放蕩的暴露行為，這只是一種淫蕩，因為主說：棄絕我、不領受我話的人，有審判他的，就是我所講的道在末日要審判他。[7]

---

[5] 提摩太前書 2:9-10。

[6] 馬太福音 5:28。

[7] 約翰福音 12:48。

4.

第一次見校長：游泳服裝

巴次勒　「坡旅甲」是怎麼一回事？

蘇德　挑釁而已。

德弗林爾　校長，我也見識過他這樣：上課遲到，對不起，我剛去看婦產科。讓人很難認真看待。

蘿特　挑釁有時候是在求救。

巴次勒　同學，你需要幫助嗎？

蘇德　他沒有需要幫助。

德弗林爾　他要道歉，然後下午補游個幾趟，當然是穿泳褲游，然後這事就算了。畢竟也沒有人怎樣。

班雅明　我不會道歉。

蘇德　為什麼不會？你當然會道歉。

班雅明　因為我沒做錯。錯的是你們，不是我。那差我來的是與我同在，他沒有撇下我獨自在這裡，因為我常做他所喜悅的事。[8]

蘇德　誰差你來的，你這個瘋子？你這些狗屁讓誰喜悅？

巴次勒　等一下。女生穿比基尼上游泳課是正常的嗎？

德弗林爾　不是所有人都穿比基尼，但有時候會有。

蘿特　她們這個年紀沒有意識到自己的吸引力。

德弗林爾　也不是——

巴次勒　你說呢？

德弗林爾　她們把這個當一種遊戲——

巴次勒　遊戲？

蘿特　很純真的，像小孩把武器當玩具——

巴次勒　所以？這是我們想要的嗎？

蘿特　我們討論的不是這個問題。

---

[8] 約翰福音 8:29。

巴次勒 我還是要問。

蘿特 我們是成年人，小孩子是自由的。她們想穿什麼都可以。

班雅明 看來是不可以。

巴次勒 顯然問題在於他們不是小孩子了。

蘿特 這並不是問題，而是正常的發展。

巴次勒 我們不會希望她們和全體男性教師玩這種「遊戲」。

德弗林爾 請您注意，我們現在談的跟老師無關，而是關於一位男學生。

巴次勒 我有看到您在笑。

德弗林爾 什麼？

巴次勒 剛剛我們講到把吸引力當遊戲的時候。我不喜歡那種笑。

德弗林爾 我沒有笑。

巴次勒 恰當的泳衣，規定是這樣寫的，以後比基尼不算在此列。有其他種泳衣，從現在起游泳課必須穿這些。畢竟，像您也不會穿著胸罩教課。

蘿特 這個比較並不適當。

巴次勒 連身泳衣。

蘿特 男孩子也要？

巴次勒 你說什麼？

蘿特 男孩子也要穿連身泳衣下水嗎？

巴次勒 胡說八道。

蘿特 比較聰明的幾個女生有可能會這樣問，我會不知道要怎麼解釋。

巴次勒 有這種事，您自己就是聰明的女生，從來不會不知道怎麼解釋。

蘿特 我不知道我要怎麼落實這項規定。

巴次勒 您是在吹毛求疵。說到毛髮：您是不是剪了新髮型？

蘿特 什麼新髮型？

巴次勒 您的頭髮，是新剪的？

蘿特 我的頭髮？沒有。

巴次勒　是有化了點妝？

蘿特　據我所知是沒有。

巴次勒　香水？

蘿特　是有什麼讓您覺得不舒服嗎？

巴次勒　我不知道您今天做了什麼，但以後可以多多這麼做。

5.

厭惡

葛歐格　女生會因為這件事討厭你。

班雅明　男生也會，我知道，現在他們只能盯著彼此的肚臍看，因為沒別的可看了。

葛歐格　你都無所謂嗎？

班雅明　他們也討厭你。

葛歐格　他們笑我只是因為我長短腿。

班雅明　我覺得你長短腿沒什麼好笑的。

葛歐格　你本來就不太笑。

班雅明　他們把你塞到垃圾桶裡，然後讓你在中庭滾來滾去。

葛歐格　那只是因為我無法抵抗。他們其實喜歡我。

班雅明　那我倒想知道他們討厭一個人的時候會做什麼。

葛歐格　你到時候就知道了，會是很不一樣的事。

班雅明　他們會為他們對你做的一切付出代價：現在斧子已經放在樹根上，凡不結好果子的樹就砍下來，丟在火裡。[9]

[9] 馬太福音 3:10。

6.

精神疾病

蘿特 他對自己感到陌生。身體變化帶來的新經驗超過了他的負荷。

德弗林爾 我的身體變化也帶給我新的經驗，我變胖了。

蘿特 而他卻選擇尋找宗教上的狂喜。

德弗林爾 那個他兩個禮拜後就不記得了，然後又會搞些新花樣，在黑板上抹肥皂還是在粉筆裡藏針之類的。

蘿特 他已經不是做那些事的年紀了。他要打擊更深層的東西。我們對他造成的傷害是更深層的。

德弗林爾 我沒有對他造成傷害。

蘿特 也許不是有意識的。

德弗林爾 會讓你覺得不舒服嗎？

蘿特 什麼？

德弗林爾 我以前肌肉比較多。

蘿特 哪裡？

德弗林爾 這裡，艾莉卡。摸摸我的胸肌。

蘿特 我想跟你在一起從來都不是因為你的肌肉。

德弗林爾 那是因為？

蘿特 也許你不小心讓他感到自己被暴露在眾目睽睽之下。

德弗林爾 沒有。

蘿特 讓他無助地在把桿上盪，要他多做十下伏地挺身，拿著藥球長跑，因為他沒有完成迴圈訓練？

德弗林爾 我看起來是這種人嗎？我都讓他們打打水球就算了。

蘿特 有什麼傷到他了。然後現在他反擊了。

德弗林爾 也許他不是在反擊，而是先發制人，防患於未然。

蘿特 我不會袖手旁觀，我會帶領他。青春期是一種暫時的精神疾病。我不會讓他在學校日常中迷失。

德弗林爾 你以前也有比較多肌肉。

蘿特 不過我還是比你強壯。要不要上床了？

7.

通姦

班雅明在讀書。

蘇德　你不想換乾的衣服嗎？

班雅明　耶穌說：不要為身體憂慮穿什麼。[10]

蘇德　你看，你已經達到目的了，整個學校現在游泳都要像個基督徒。你可不可以不要再搞這些宗教的東西，換件乾的衣服？

班雅明　你這樣說話讓我心痛。你是我母親，而且我覺得你很煩，但我還是喜歡你，並且為你擔心。

蘇德　你為我擔心？

班雅明　對，我擔心你。

蘇德　我？

班雅明　你看這裡。

他將手上打開的書遞給她。她看了一眼他指出的部分。

蘇德　這跟我有什麼關係？

班雅明　（讀出聲）婚姻人人都當尊重，床也不可汙穢，因為苟合行淫的人，神必要審判。[11]媽，神會審判你。

蘇德　聽好，我知道之前那段時間對你來說不容易——

班雅明　這跟我無關，離婚的人不是我。這裡寫道：不是我吩咐，乃是主吩咐說：妻子不可離開丈夫。[12]

蘇德　沒人有辦法跟你爸保持婚姻關係，即便如此，我們也不是通姦的人。

---

[10] 馬太福音 6:25。

[11] 希伯來前書 13:4。

[12] 哥林多前書 7:10。

班雅明翻書。

班雅明　你看看這裡。

蘇德　不要再唸了。

班雅明　（讀出聲）凡休妻的，也是犯姦淫了。[13]

蘇德　已經沒有夫妻關係了，就算你難以承受。

班雅明　但你跟你的治療師上床——

蘇德　他不是我的治療師，而且這不干你的事。

班雅明　掩蓋的事沒有不露出來的，隱藏的事沒有不被人知道的。[14]

蘇德　班——

班雅明　媽，神會審判你，那是你無法想像的。你以為是拿著叉子和鍋子的小惡魔。但你知道酷刑折磨是什麼嗎？

蘇德　我做的事對我自已是好的，而且沒有對任何人造成傷害。

班雅明　人子要差遣使者，把一切叫人跌倒的和作惡的，從他國裡挑出來，丟在火爐裡，在那裡必要哀哭切齒了。[15]這裡是這樣寫的。

蘇德　現在切齒的只有你。去換件乾的衣服。

班雅明　你已經痊癒了，不要再犯罪，恐怕你遭遇的更加厲害。[16]

---

[13] 馬太福音5:32。

[14] 馬太福音10:26。

[15] 馬太福音13:41-42。

[16] 約翰福音5:14。

8.

賜福

曼拉特　不是我教他的。

蘇德　但您是他的宗教老師。

曼拉特　您知道現在的宗教課在課堂上是什麼樣子嗎？在低年級就是發糖果跟著色紙，高年級的學生都在課堂上寫回家作業，因為一切其他的內容最後都會導致混亂、無法制和破壞公物的局面。

蘇德　我兒子現在開口閉口都是從聖經引用的句子。

曼拉特　有年輕人把心思放在聖經上，我覺得沒有任何害處。

蘇德　他沒有把心思放在那裡，聖經對他來說根本是個屁，他想惹我生氣，如此而已。

曼拉特　有時候神引領我們走向目標的路是迂迴的。

蘇德　你不要跟我講這些陳腔濫調，我兒子本來就是個難教的普通男孩子，現在突然會在餐桌上布道，而且像個發瘋的宗教領袖一樣用地獄來威脅我，還說那些折磨是神的旨意。

曼拉特　他有這樣說？

蘇德　因為我跟他爸爸分開了。

曼拉特　地獄不是個美好的地方。

蘇德　也許，但我寧願他像這個年紀的其他男孩子一樣，蒐集足球球員卡，每天打好幾次手槍。

曼拉特　這方面我恐怕愛莫能助。但如果您有什麼困擾您的事情，犯了某種罪，想跟我談一談的話——

蘇德　什麼罪？

曼拉特　這就要您告訴我了。您快樂嗎？

蘇德　快樂？當然不快樂。

曼拉特　我也是這樣想。

蘇德　為什麼？

曼拉特　您給人一種被追捕、無法解脫的感覺。

蘇德　你有注意到這樣的感覺？

曼拉特　看多了就會注意到。大部分來找我的人都是因為他們感到孤單。

蘇德　那您會怎麼做？

曼拉特　我會跟他們一起禱告。我打開一扇小門，於是神便進入他們的人生。

蘇德　您大概總得說這一類的話。但我沒有信仰。班雅明每天都這樣跟我說。

曼拉特　您的信仰比您想像地深。把自己交給神是一種很好的感覺。您不會再獨自面對您生命裡的負擔，他會卸下您的重擔。您不需要憂慮，因為您把自己交給了神。祈禱的人活得比較久。這是有研究證明的事實。

蘇德　真的嗎？

曼拉特　您想不想和我一起禱告？為您的兒子祈禱？

蘇德　我會覺得非常尷尬。

曼拉特　您可以將眼睛閉上，這樣您就不會再看到我或這個空間。

蘇德　我不會跪下。

曼拉特　將眼睛閉上。現在，我把我的手放在您的頭頂，賜福於您。別嚇到。您只要接受，我手裡的溫暖就是神的溫暖。

9.

安全帽

蘿特　我有看到你。

葛歐格　我？

蘿特　昨天的時候。你們在森林街超過我，沒戴安全帽。

葛歐格　我爸有戴。

蘿特　這就是我不理解的，因為你爸——那是你爸爸啊？

葛歐格　對，是我爸，我們騎的是他的摩托車。

蘿特　為什麼他有戴安全帽而你沒有。

葛歐格　要不然我會遲到。

蘿特　如果你戴安全帽會遲到？

葛歐格　如果我走路的話。所以他載我到學校。

蘿特　你爸真貼心。但你想想看，如果你摔到一台卡車底下，沒戴安全帽，這樣會出人命。

葛歐格　沒關係。

蘿特　你爸這樣說？

葛歐格　我根本沒有安全帽。

蘿特　我會跟你爸爸談談。

葛歐格　請不要找他，他一直說會幫我買一頂。

蘿特　那他就該去買。

葛歐格　但我又不會戴。

蘿特　為什麼？

葛歐格　因為戴安全帽看起來像殘障。

蘿特　誰說的？

葛歐格　我。我爸看起來好像他殘障。

蘿特　那我呢？我戴安全帽也像嗎？

葛歐格　您？

蘿特　你看。

她戴上安全帽。

看起來怎麼樣？

葛歐格　（聳聳肩）不錯。不知道。

蘿特　什麼？

葛歐格　您戴起來好看。

蘿特　在安全帽裡面聽不清楚。

葛歐格　您戴起來好看，當然，但我戴的話看起來就像個白癡。

蘿特拿下安全帽。

蘿特　拿去。

葛歐格　什麼？

蘿特　戴上。

葛歐格　戴您的安全帽？

蘿特　你剛剛說我戴起來好看。

葛歐格　對，可是——

蘿特　快戴上。

葛歐格戴上安全帽。

等等，我幫你。

她把在葛歐格下巴的扣環扣上。

你看起來像機師。

葛歐格　（指他自己）白癡。

蘿特　不是，你像機師，開轟炸機的那種。

葛歐格　（過於大聲）我爸想讓其他人看到我下車的時候覺得我看起來很厲害，所以他才載我。但如果我的頭塞在這麼一顆球裡面，那我乾脆走路就好了。

蘿特 我覺得你看起來很帥。

沒有反應。

葛歐格，你有聽到嗎？

葛歐格 你說什麼？

蘿特 我覺得你看起來很厲害。

葛歐格 是嗎？

蘿特 沒有人會笑你。

葛歐格 因為是您的安全帽。

蘿特 可以給你。

葛歐格 什麼？

蘿特 我的安全帽可以給你。

葛歐格 什麼——給我？

蘿特 我還有一頂。

葛歐格 但這是您的安全帽。

蘿特 這頂是我前男友的。也是時候把它送掉了。你就拿去吧。

葛歐格 我爸——我把安全帽帶回家的時候——他一定不會准我這麼做。

蘿特 等你有自己的安全帽了，再拿來還我。

葛歐格 等我有——好。

蘿特 好。

沒有反應。

葛歐格 我現在看起來像您的前男友。

10.

胡蘿蔔

班雅明　這些菜是要幹嘛？

蘿特　上禮拜我們講到性向的困難與機會。

班雅明　我們什麼也沒講。您講到關於會互相把陰莖插到對方屁股的男人的事，沒人知道為什麼，我們什麼也沒說。

蘿特　今天要講的是避孕和預防性病。每個人拿一隻胡蘿蔔跟一個保險套。

班雅明　我不拿。

莉蒂亞　蘿特老師，這樣會很尷尬，幼稚的男生會把它當氣球吹，至於其他人，反正早就知道那是幹嘛的了。

班雅明　神說：要生養眾多，遍滿地面。[17] 他說的不是：遍滿保險套。

蘿特　我們現在練習，以備在需要的時候你們知道怎麼用。

班雅明　好。

他開始脫衣服。

蘿特　從包裝鋸齒處撕開，不要用牙齒，不然會把保險套弄破。班雅明，你在做什麼？

班雅明　是您說要進行性教育的，不是我。

蘿特　我們用胡蘿蔔練習。

班雅明　胡蘿蔔跟這個沒有關係。

莉蒂亞　我警告過您了，蘿特老師，會很尷尬。

班雅明　胡蘿蔔會讓人懷孕嗎？胡蘿蔔會傳染性病嗎？蘿特老師，您教的是狗屁。

[17] 創世紀 1:28。

蘿特　你馬上把衣服穿上。

班雅明　恰恰相反。胡蘿蔔跟性沒有關係。

莉蒂亞　這不一定。

班雅明　我的陰莖不是蔬菜。

葛歐格　（裝了一會）好了，塞進去了。然後呢？

蘿特　我們用適合的模型來練習如何使用——

班雅明　您根本不知道我們要什麼，您在超級市場的蔬菜區要產生什麼骯髒的幻想，我們也沒辦法。

莉蒂亞　也許他覺得自己是適合的模型。

班雅明　聖經說：男不近女倒好。[18]

蘿特　恰恰相反，接近一個女人對男人很好，但他應該要用保險套。

班雅明　那您的意思是聖經騙人？

蘿特　聖經我不管，我教的是生物。

班雅明　您教的是狗屁。

葛歐格　班，你為什麼沒穿衣服？

莉蒂亞　他要展示怎麼戴保險套。

班雅明　聖經說——

蘿特　聖經說什麼我不管。

班雅明　女人要沉靜學道，一味地順服。我不許女人講道，也不許她轄管男人，只要沉靜。因為先造的是亞當，後造的是夏娃；且不是亞當被引誘，乃是女人被引誘，陷在罪裡。然而，女人若常存信心、愛心，又聖潔自守，就必在生產上得救。[19]

蘿特　她要怎麼生產，如果沒有男人接近她？

班雅明　她要怎麼生產，如果男人戴保險套？您想要跟我們進行性教育，但您根本什麼都不懂。

---

[18] 哥林多前書 7:1。

[19] 提摩太前書 2:11-15。

11.
第二次見校長：保險套

巴次勒　神學上的問題我們不處理，這是有意識的決定。

蘿特　因為之前的情況，我覺得應該將今年性教育的單元提前。

班雅明　什麼情況？無論什麼情況我們都不需要性教育，我們沒有人已婚。

巴次勒　您可否告訴我，為什麼這個男孩子沒有穿衣服？

蘿特　您問他本人。

班雅明　這位女士說，我們應該相信自己的感受。

巴次勒　好。蘿特老師，您相信您的感受嗎？

蘿特　我？

班雅明　您的所作所為，彷彿我們可以自己決定一切，彷彿世界不存在任何規範和律法，每個人都可以隨心所欲亂摸亂插入，跟男人、女人，什麼都可以，只要感覺對就好，但這一切大錯特錯，因為聖經說，那些是該受譴責的情感，以及同性性交是違背自然的，還有，根據神的律法，做這種事的人應該受死。與感受毫不相干，一切有清楚的規定：同性戀該死，而且這並非隱喻的說法。

蘿特　班雅明，那是兩千年前寫的，但我們生活在現在，有不同的規範。

班雅明　如果所有人都可以隨心所欲，那算什麼規範？隨便一套規範憑什麼勝過神的規範？

巴次勒　我想知道的是，班雅明：你為什麼沒有穿衣服？

班雅明　為了試用蘿特老師發下來的保險套。

巴次勒　您發保險套給他們？

班雅明　給我們練習用。我不知道接下來還會有什麼。正確性交的課程？那考試會是什麼樣子？老二拿出來，課堂測驗？

蘿特　青春期衍生的問題。希望您看得出來，問題不在於我的課，而是這位學生不正常的性格結構。

巴次勒　我看出什麼不用您擔心。您真的認為情趣用品的使用是課上要教的？

蘿特　這不是情趣用品。

巴次勒　您對同性性實踐的看法與我無關，在家裡您要怎麼樣都可以，但您沒有權力濫用課堂作您世界觀的傳聲筒。

蘿特　我沒有濫用任何事，同性戀是我們現實中相當正常的一部分。

巴次勒　同性戀有多正常，這件事學者專家們還在爭論，這些爭論不會在教室裡上演。

蘿特　學者專家早已沒有爭論，早就證實即便在動物界，同性戀行為也存在。

巴次勒　又是這種有名的動物論點，但我們不是動物。

蘿特　在生物學上我們是哺乳類動物，我的工作是要傳達在科學視角下所呈現的真實，如此而已。

巴次勒　把黃蘿蔔塞進保險套裡和科學無關，這是一件下流猥褻的事情，所以完全不該在一個教育機構中發生。您教的是生物，那就教孩子們器具怎麼使用就好，這是我的看法。

蘿特　什麼器具？

巴次勒　性方面的，那個，呃，器官。

蘿特　器官？

巴次勒　器官，當然，那個器具，性方面的器具，是怎麼運作的，我指的是從人體解剖的角度而言，這一切都有拉丁學名，可以給學生學習單填寫，然後檢查情況如何，其他的不用我來告訴您要怎麼進行。

蘿特　然後呢？

巴次勒　什麼然後？

蘿特　然後男孩子可以說著拉丁文讓他未成年女朋友懷孕，還是讓自己或女朋友感染無法治癒的疾病，一切都完美以拉丁文進行，當然，因為我們唯一的機會就這樣浪費掉了——

巴次勒　胡蘿蔔，老天，您到底在想什麼？難怪這個男孩子覺得困惑，班雅明，把衣服穿上。我看重您另類的教學方法，但這次真的太過了，請您把這次當作一次警告。

蘿特　警告我？

巴次勒　不然呢？

蘿特　畢竟脫光然後布一些怪道的人不是我。

巴次勒　您這麼做的話倒是會有吸引力。

蘿特　什麼？

巴次勒　您以後會控制好自己，是吧？

（對班雅明）你會著涼，把衣服穿上。

（對所有人）諮詢時間結束。

（對自己）胡蘿蔔。

12.

改信

葛歐格　之前那樣好棒，你就站在那裡，什麼都沒穿，然後大家都不知道要怎麼反應。

班雅明　你是寂寞到非跟我講話不可？

葛歐格　要不然我都跟自己講話。

班雅明　已經沒有人會跟我講話了，你也應該這麼做。他們目前為止只是對你的筆吐口水和把你丟到垃圾桶裡，很快他們就會對我做更糟的事。

葛歐格　但是你不怕。

班雅明　因為我有主和我一起。沒有任何事是我想出來的，我所說的一切都直接出於祂。

葛歐格　我也好想這樣，但是我這裡什麼都沒有出現。

班雅明　你做事沒有考慮。

葛歐格　沒有，我沒有多想一想。我的指頭還有保險套的臭味。

班雅明　你不用管你的手指臭不臭，重點是你的靈魂臭不臭。

葛歐格　我爸說，我臭到骨子裡了。但那是因為他們每次下課都把我塞到垃圾桶裡。

班雅明　因為你的腿。但他們會把我從樓梯上推下來，因為我依照神的規範生活，他們會舉起垃圾桶砸我的頭，因為我不拜他們的偶像。但主說過：那殺身體以後不能再做什麼的，不要怕他們。我要指示你們當怕的是誰，當怕那殺了以後又有權柄丟在地獄裡的。我實在告訴你們：正要怕他。[20] 長短腿的你將一輩子瘸著走路而且發臭，到你死了、進了墳墓裡仍然發臭，如果你不思考，並握住神伸向你的手。

---

[20] 路加福音 12:4-5。

伸手向葛歐格，葛歐格握住他的手。

> 你和我一起之後，比起之前因為你的腿，他們現在會對你追殺得更厲害。但是主說：人若因我辱罵你們，逼迫你們，捏造各樣壞話毀謗你們，你們就有福了。應當歡喜快樂；因為你們在天上的賞賜是大的。[21]

[21] 馬太福音 5:11-12。

13.

教會

曼拉特　班雅明，真高興你來了。

班雅明　您想做什麼？要我來這裡幹嘛？

曼拉特　我想跟你說：我很能了解。

班雅明　您能了解什麼？

曼拉特　我了解你為什麼要抗議，還有你不認同學校和上課的方式。

班雅明　您也是學校的一部分。

曼拉特　不完全是，我只是客席，教會才是我的家。

班雅明　那是您的問題。我可以走了嗎？

曼拉特　班雅明，教會需要你這樣的人。

班雅明　您根本不知道我是怎樣的人。

曼拉特　為了自己的信仰而活的人。

班雅明　我不為我的信仰而活，我會為它而死。

曼拉特　這麼激烈。

班雅明　我不需要說話，是您想跟我說話。

曼拉特　你這個年紀的人很有抱負。

班雅明　您這個年紀就不是這樣了，我知道。您將會在主面前為此承擔責任。

曼拉特　我們不需要立刻求死，侍奉神有很多方式。

班雅明　您知道那是錯的，也知道我們偷懶。您知道其他宗教為此取笑我們。其他宗教有為信仰而戰的戰士、自殺攻擊的人、殉道者，為了他們的假信仰拋棄生命。今天沒有基督徒會這麼做了。所有人都認為我們必須對話並達成妥協，以為登山寶訓只關於包容，搞得我們左臉右臉根本不夠給人打。那是因為你們不讀聖經，自己拼裝了一個會原諒一切、不知所以地支持和平然後抽大麻的嬉皮神，好讓你們感覺良好。但那全都是狗屁，因為主說：你們不要想我來是叫地上太平，我來並不是叫地上太平，乃是叫地上動刀兵。因為我來是叫人與父親生疏，女兒與母親生疏，媳婦與婆婆生疏；人的仇敵就是自己家裡的人。[22]而且他也給了清楚的指示，他說：如今有錢囊的可以帶著，有口袋的也可以帶著，沒有刀的要賣衣服買刀。[23]至於我那些仇敵，不要我做他們王的，把他們拉來，在我面前殺了吧！[24]所以根本不是要不知所以地當個好人，不知所以地為了隨便一個信仰而活。當主說以下這段話時，他對我們是有其他安排的：我來要把火丟在地上，倘若已經著起來，不也是我所願意的嗎！

曼拉特　說的完全正確，因此你正是那個對的人——

班雅明　要幹嘛？

曼拉特　我希望你看看這本手冊。

班雅明　我不參加讀經小組。聖經不組團，它是一把穿過人群的劍，有些人在它經過之後仍然佇立，其他人則會倒下。

曼拉特　你就是應該來跟參加我們五旬節營的年輕人解釋這一點。我希望你可以告訴他們你與神這樣特別的關係，以鼓勵他們，堅定他們的信仰。你可以成為領袖，一個傳道的人。

班雅明　要傳道的話，我會去阿富汗或蘇丹。

曼拉特　在那些地方你第一天就會被殺死了。

班雅明　無所謂：凡為我喪掉生命的，必救了生命。[25]

曼拉特　那樣你能觸及多少靈魂？一個？兩個？或許三個，最多四個。在我們那邊，你每天都可以接觸到十幾個人。

班雅明　不是這樣算的，靈魂也不是計算的單位。一個罪人悔改，在天上也要這樣為他歡喜，較比為九十九個不用悔改的義人歡喜更大。[26]如果有人去參加五旬節營，卻還不認識神，那是

---

[22] 馬太福音 10:34-36。

[23] 路加福音 22:36。

[24] 路加福音 19:27。

[25] 路加福音 9:24。

[26] 路加福音 15:7。

他自己的問題。只要翻開聖經讀就好了。

曼拉特 你考慮一下。你是未經琢磨的鑽石，現在遮蓋住你的光芒的這份憤怒可以變得有意義，如果你這樣的狂熱可以依循教會可靠的道路。我會牽著你。教會需要像你這樣的人。

班雅明 但我這樣的人不需要教會。要這麼大一間空房子做什麼？

曼拉特 這是神的房子。

班雅明 是因為神如此巨大所以需要這麼多空間嗎？祂究竟有多大？其實，那個空間對祂來說不是太小了嗎？

曼拉特 晚上，教堂上方的燈關掉之後，我有時候會坐在教堂的長椅上，彷彿我只是個普通的基督徒。我看著夜晚降臨，黑暗包圍著我。然後我在這個空間裡感覺到他的存在。祂填滿了這個空間，就像一個清晰的想法填滿了你的頭腦。

班雅明 您不知道聖經說：創造宇宙和其中萬物的神，既是天地的主，就不住人手所造的殿。[27]

主如此說：「天是我的座位，地是我的腳凳！你們要為我造何等的殿宇？哪裡是我安息的地方呢？這一切都是我手所造的，所以就都有了。[28]

曼拉特 有個地方——主要不是為了給神，而是為了給人們——足以讓他們可以聚集，參與彌撒，有那麼糟嗎？

班雅明 我不知道為什麼要有彌撒，明明聖經裡就寫，神不用人手服侍，好像缺少什麼，自己倒將生命、氣息、萬物賜給萬人。[29]

人子來不是為了給人服侍，他是服侍的人，並獻出自己的生命以達成眾人的救贖。[30]

曼拉特 我們向祂祈求這份救贖。我們來到這裡一起祈禱，因此我們成為一個教區。

---

[27] 使徒行傳 17:24。

[28] 以賽亞書 66:1-2。

[29] 使徒行傳 17:25。

[30] 馬太福音 20:28。

班雅明 主對教區不感興趣，恰恰相反，祂說：你們禱告的時候，不可像那假冒為善的人，愛站在會堂裡和十字路口上禱告，故意叫人看見。我實在告訴你們：他們已經得了他們的賞賜。你禱告的時候，要進你的內屋，關上門，禱告你在暗中的父，你父在暗中察看，必然報答你。[31] 我不知道你們在做什麼，你們又怎麼能說，你們所謂的神和我一樣，你們顯然沒有讀他的書。要不然你們將不得不離開並拆毀這些建物，不得不趕走你們的神父，回家進你們的內屋，並向在暗中的父禱告。

---

[31] 馬太福音6:5-6。

14.

瘸子

蘇德　請問這位是？

班雅明　他是葛歐格，今天會跟我們吃飯。

蘇德　你有朋友我覺得很棒，但你要帶朋友回來吃飯前也說一聲。

班雅明　他不是朋友，他是瘸子。

蘇德　是什麼？

葛歐格　我有隻腿太短。

蘇德　班，你不用叫人家瘸子吧。

班雅明　你擺設午飯或晚飯，不要請你的朋友、弟兄、親屬和富足的鄰舍，恐怕他們也請你，你就得了報答。你擺設筵席，倒要請那貧窮的、殘廢的、瘸腿的、瞎眼的，你就有福了。[32]

蘇德　好極了，但我們只有兩塊魚排，馬鈴薯也不夠三個人吃。

葛歐格　我沒有一定要——如果不方便的話，我也可以——

班雅明　不要聽我媽的。主用兩條魚就讓五千人吃飽了，我們只有三個人，夠了。

蘇德　不夠。

班雅明　如果不夠的話，那只是因為你沒有信仰。

蘇德　我的信仰比你知道的來得深，我不會讓你這樣罵。但我要求你不能隨便就帶人來跟我們吃飯，結果讓他們以為我很小氣，因為我只從冷凍庫拿出兩塊裹粉的現成魚排。

葛歐格　蘇德太太，我完全沒有這樣覺得。

班雅明　女人，我與你有什麼相干？[33]

---

[32] 路加福音14:12-14。

[33] 約翰福音2:4。譯註：中文和合本中將「女人」依據上下文譯為「母親」（該處為耶穌的母親在與她說話），德譯本則為「女人」（Frau）。此處將中譯改為「女人」，蘇德的反應才成立。

蘇德　我可還是你媽。

班雅明　主說：愛父母過於愛我的，不配做我的門徒；愛兒女過於愛我的，不配做我的門徒。[34]

蘇德　你不用愛我勝過愛耶穌，能有點尊重就好了。

班雅明　主說：人到我這裡來，若不厭惡自己的父母、妻子、兒女、弟兄、姐妹和自己，就不能做我的門徒。[35]抱歉。

蘇德　好，我會試著厭惡你，如果這是主所希望的，如果你繼續這樣下去，我想要不了多久我就會做到了。

班雅明　來，葛歐格，唸飯前禱告詞。

葛歐格　什麼？要怎麼唸？

蘇德　然後我也可以讀一下聖經，拿主跟祂所說的一切來煩你，我跟你說。

班雅明　是一種感恩禱告。為這一餐謝謝主，感謝祂日復一日的供養。

葛歐格　我不會，你來。

班雅明　不要感到羞愧。你要堅強並表達謙卑，說明你知道每頓飯都是一個禮物。

葛歐格　那：感謝這一餐，這是一個慷慨的禮物，還有您，蘇德太太，做得這麼好，聞起來很香，魚排一定很美味，非常感謝。

班雅明　葛歐格——

葛歐格　還有非常感謝我可以一起吃，下次我們會先說，好讓您知道，我在路上也已經有吃巧克力了，食物一定夠的——

班雅明　葛歐格，不要再講了。

葛歐格　非常感謝——

---

[34] 馬太福音 10:37。

[35] 路加福音 14:26。譯註：此句中文和合本的翻譯是：「人到我這裡來，若不愛我勝過愛自己的父母、妻子、兒女、弟兄、姐妹和自己的性命，就不能做我的門徒。」「愛我勝過」的部分在德譯本中譯為「若不厭惡」，為配合蘇德的回應，此處依據德譯本修改。

班雅明　不要再講了。

葛歐格　怎麼了？

班雅明　全都錯了。

葛歐格　可是我喜歡你媽媽。

蘇德　樂意之至，葛歐格，你真好。

15.
彈藥

女老師在看書。

德弗林爾　你要不要來吃飯？

蘿特　馬上。

德弗林爾　是十分鐘的馬上，還是好幾個鐘頭以後才會想起來的馬上？

蘿特　你如果要開始討論，一定不會比較快。

德弗林爾　我不懂的是：你都不會餓嗎？我做了魚，用韭蔥跟香菇、酸奶油——

蘿特　我在看書。

德弗林爾　我知道。看好幾個小時了，我覺得這真的不好笑了。

蘿特　好笑？

德弗林爾　你為什麼在看那個？

蘿特　我已經跟你解釋過了。

德弗林爾　我知道。但艾莉卡，你可不可以再跟我解釋一次，我不懂。

蘿特　有什麼好不懂的？

德弗林爾　某個學生開始瘋耶穌，對，是不妙，但你自己現在也跟著發瘋會比較好嗎？

蘿特　我沒有發瘋。

德弗林爾　看著你，我看到：你漸漸漂走了。

蘿特　我必須試著同理他的感受。

德弗林爾　你一定要這麼做嗎？

蘿特　因為我想知道我在處理的狀況跟什麼有關。

德弗林爾　跟一個瘋耶穌的有關，就是這樣。

蘿特　在能夠改變他之前，我得先了解他。

德弗林爾　你根本不用了解他。他得改變自己，如此而已。

蘿特　這樣太傲慢了。我不能一邊指責他不包容，自己卻也不包容。

德弗林爾　但你也不能包容不包容的人，那也太荒謬了。

蘿特　所以我才有義務要多了解。

德弗林爾　恰恰相反，你有權利不用去了解。雖然沒讀過聖經，還是不用被他的發瘋行徑糾纏，這是你該有的權利。

蘿特　比如這裡寫道：「有一個門徒，是耶穌所愛的，側身挨近耶穌的懷裡。」[36]

德弗林爾　嗯，所以？

蘿特　「挨近耶穌的懷裡」，「有一個門徒，是耶穌所愛的。」

德弗林爾　我不懂——

蘿特　或是這裡：「你們若有彼此相愛的心，眾人因此就認出你們是我的門徒了。」[37]

德弗林爾　艾莉卡，你為什麼要唸給我聽？

蘿特　「彼此相愛」，你聽不出來嗎？耶穌沒有不包容，耶穌是同性戀。他的門徒是他的同性戀社群，所有人都彼此相愛。

德弗林爾　那又怎樣？你為什麼對這個有興趣？耶穌要跟東方三王幹，另外再加上公牛和驢子我也無所謂，完全沒差。

蘿特　我以子之矛，攻子之盾。

德弗林爾　我不懂你為什麼要這麼做，你是對的一方。

蘿特　我被正式警告了。

德弗林爾　你也可以就拿起叉子開始吃飯。等到夏天，班雅明・蘇德反正會留級，你之後就擺脫他了。

蘿特　（繼續看）我需要彈藥。

德弗林爾　魚要冷掉了。

---

[36] 約翰福音 13:23。

[37] 約翰福音 13:35。

16.

觸摸

莉蒂亞　你知道我是怎麼想的嗎？

班雅明　我想我知道：你什麼都不信。

莉蒂亞　我想，你這麼做只是因為你想在我面前脫光。

班雅明　偏偏是要在你面前。

莉蒂亞　對，為了讓我可以想到你也有脫光的時候，要不然根本不會想到，還有，性方面的事情跟你理論上也是可能的。

班雅明　理論上。

莉蒂亞　理論上，對，沒錯，因為實際上你說男人不該觸摸女人。然後從我看到的部分，你更像是個男人。

班雅明　更像是個男人——

莉蒂亞　對，我有特別注意。很糟嗎？

班雅明　你是白忙。

莉蒂亞　因為你的臉我已經看過了。

班雅明　我一秒都沒有想過你。

莉蒂亞　男人該怎麼樣也沒差，對我來說重要的是他們想怎麼樣。

班雅明　因為你覺得他們想要你。

莉蒂亞　對。有時候我會問，我還沒遇過不想觸摸我的。

班雅明　有，我。

莉蒂亞　你是最想的。

班雅明　你們是從下頭來的，我是從上頭來的；你們是屬這世界的，我不是屬這世界的。所以我對你們說，你們要死在罪中；你們若不信我是基督，必要死在罪中。[38]

莉蒂亞　我喜歡你這樣說話。你可以摸我這裡。

---

[38] 約翰福音 8:23-24。

將手臂下方伸向他。

班雅明　我曾看見撒旦從天上墜落，像閃電一樣。我已經給你們權柄可以踐踏蛇和蠍子，又勝過仇敵一切的能力，斷沒有什麼能害你們。[39]

莉蒂亞　或是這裡。

露出一邊肩膀。

班雅明　凡使這信我的一個小子跌倒的，倒不如把大磨石拴在這人的頸項上，沉在深海裡。[40]

莉蒂亞　我不怕大磨石和深海，我可以穿比基尼或不穿。

她把上衣拉高。

班雅明　夠了，請不要再這樣。你不該——

莉蒂亞　怎麼了，班？想不到別的了？你想不想摸？不會痛。

班雅明摸她。

你不用怕，我不會跑去到處講。沒有人需要知道，對我來說，我知道就夠了。當你又這樣說話時，我看著你，然後知道你在想什麼，而你又是怎麼樣的人，上面跟下面。這樣就夠了。

---

[39] 路加福音 10:18-19。

[40] 馬太福音 18:6。

17.

工業化

班雅明　信的人都在一處，凡物公用，並且賣了田產、家業，照各人所需用的分給各人。[41]因為主說：不要為自己積攢財寶在地上，地上有蟲子咬，能鏽壞，也有賊挖窟窿來偷。[42]所以，不要為明天憂慮，因為明天自有明天的憂慮。一天的難處一天當就夠了。[43]腰袋裡不要帶金銀銅錢，行路不要帶口袋，不要帶兩件褂子，也不要帶鞋。[44]你們不要求吃什麼、喝什麼，也不要掛心。你們必須用這些東西，你們的父是知道的。你們只要求他的國，這些東西就必加給你們了。[45]他叫有權柄的失位，叫卑賤的升高。叫飢餓的得飽美食，叫富足的空手回去。[46]你們富足的人有禍了！因為你們受過你們的安慰。你們飽足的人有禍了！因為你們將要飢餓。[47]

德弗林爾　謝謝，班雅明，夠了。

班雅明　你們喜笑的人有禍了！因為你們將要哀慟哭泣。[48]

德弗林爾　我不想打斷你，但：這和工業化有什麼關係？

班雅明　有很多關係。

德弗林爾　你這不是在報告，是在布道。

班雅明　我在解釋工業化如何完全是多餘的。

德弗林爾　工業化不是多餘的，而是歷史事實，這就是報告的主題，詹姆士·瓦特、蒸汽機、英國等等。

---

[41] 使徒行傳 2:44-45。

[42] 馬太福音 6:19。

[43] 馬太福音 6:34。

[44] 馬太福音 10:9-10。

[45] 路加福音 12:29-31。

[46] 路加福音 1:52-53。

[47] 路加福音 6:24-25。

[48] 路加福音 6:25。

班雅明　何必複誦這些，既然根本無關緊要？

德弗林爾　你嚇不了我的。我年輕的時候相信共產主義，後來得賺錢，然後那些就被掩蓋了。

班雅明　您老了，人也荒廢了，所以您什麼都不相信了。

德弗林爾　有可能，不過你也不相信你所說的，而且你還年輕。你說這些大話，以為會讓我們緊張。我們不會緊張。你會一再從我們這裡得到很差的分數，然後你就自己把自己解決掉了。我們這麼做平靜從容，而你也在幫忙，譬如像做這種胡說八道的報告，與主題無關。你們其他人不用嚇成這樣。

18.

醫治

班雅明　我實實在在地告訴你們：我所做的事，信我的人也要做，並且要做比這更大的事。[49]

葛歐格　可以，但我已經遭遇過那麼多事了。

班雅明　我相信主，我會醫治你。

葛歐格　但我從出生就這樣了。他們檢測羊水的時候刺到了我的腿，這件事從一開始就搞砸了。因為他們想知道我有沒有殘缺，要不要把我打掉，然後在檢測時不小心刺到我，結果我就有殘缺了。

班雅明　因為那是一種罪。但你不該為你父母的罪而受罰。我會對你的腿說：長。然後你的腿就會長。你只需要相信。

葛歐格　好。

班雅明　你在幹嘛？

葛歐格　我把褲子脫掉。你一定是要把手放在上面。

班雅明　喔原來。好，把褲子脫掉。

葛歐格　我要躺下嗎？

班雅明　我不知道。要，對，你躺下。

葛歐格　這樣有一點奇怪。

班雅明　沒什麼，你必須要相信。主，看這條腿。

他將手放在葛歐格的腿上。

葛歐格　是另一條腿。

班雅明　可是——

葛歐格　這邊這條才是短的，相信我。

---

[49] 約翰福音 14:12。

班雅明　好。看這條腿。不是這邊這條，是這條。

將手放在另一條腿上。

看這條腿，看它比起另一條腿短。看，這個人受到了怎麼樣的打擊，因為他父親的罪。

葛歐格　還有母親的。

班雅明　通常都是這樣講：父親的罪。但現在他對你說，因為他信你，並且說：主，幫我。

沒有反應。

你現在要說：主，幫我。

葛歐格　主，幫我。

班雅明　然後我對你的腿說：長！奉我們的主，耶穌之名，長！長啊，腿，變得和另一條健全、又直又好看的腿一樣。長！奉我們的主，耶穌之名，長！長！奉耶穌基督之名！長！

葛歐格　我沒有感覺。

班雅明　你要相信。

葛歐格　我有。

班雅明　長！

葛歐格　也許需要一點時間，另一條腿也是花了一點時間才長成這樣。

班雅明　對，也許。

葛歐格　不要難過。

他把手放在班雅明肩上。

班雅明　長！

葛歐格　好了啦。我們明天再試，嗯？

他的手還在班雅明肩上並拍拍他。

班雅明　葛歐格？

葛歐格　嗯。

班雅明　你在那裡幹嘛？

葛歐格　哪裡？

班雅明　（指肩膀）那裡。

葛歐格　沒幹嘛。

班雅明　把手拿開。

葛歐格　好。

葛歐格把手拿開。

班雅明　我奉拿撒勒人耶穌基督的名，叫你起來行走！[50]

葛歐格　你說什麼？

班雅明　於是拉著他的右手，扶他起來。他的腳和踝子骨立刻健壯了，你跳起來，可以行走和站立。[51]

葛歐格　可是——

班雅明　你行走和站立。現在你該走著、跳著，讚美神。[52]

---

[50] 使徒行傳 3:6。

[51] 使徒行傳 3:7-8。

[52] 使徒行傳 3:9。

19.

第三次見校長：演化

班雅明戴著一個黑猩猩面具。

巴次勒 面具下面又是班雅明・蘇德嗎？

蘿特 還有誰？他像隻猴子一樣蹲在長椅上嘰嘰叫，而且還慫恿別人跟他一起。

巴次勒 您跟這名學生有完沒完，不可能要我一天到晚處理他的事。他這次又怎麼了？

蘿特 演化，他不願意理解，因為神在七天裡造了世界。

班雅明 六天。

蘿特 然後恐龍化石在聖經裡沒有出現，所以當然是偽造的。還有退化器官有我們不知道的功能，而返祖現象並非退回之前的發展階段，而是神的懲罰，順帶補充一下，所有疾病也都是，因為聖經是這樣寫的，可惜課上不教，反而教達爾文的演化論。

班雅明 這是一個錯誤，我們不是猴子的後代。

巴次勒 您為什麼不和曼拉特神父一起設計這個教學單元？

蘿特 我為什麼要跟他一起設計？

巴次勒 讓孩子認識兩種試圖解釋創世的嘗試。

蘿特 演化論不是試圖解釋的嘗試，是經過科學證實的。

巴次勒 那為什麼叫做演化「論」？理論就是丟出來的一個假設，一種猜測。

蘿特 理論是一種模型，幫助我們理解複雜的情況。

巴次勒 讓孩子認識兩種版本的創世歷史有麼好反對的？

蘿特 然後孩子可以自己選他們比較喜歡哪個？只有一個科學的版本，而曼拉特神父並沒有能力提供這方面的資訊。而且我們在談的根本不是您不斷重複提及的創世，沒有東西是被創造出來的。

巴次勒　但要的話，我們也可以說宇宙大爆炸是一種創造的行為。

蘿特　要的話，什麼都可以說。事實是：世界不是一個完成了的作品，它還一直在發展，而不是在宇宙大爆炸後七天裡就完成了所有物種等等。

班雅明　六天，在六天之後。在第七天神安息。

蘿特　我想他整個禮拜都在休息，尤其因為那時候根本還沒有日夜，因為必須等到地球繞著太陽轉才會出現日夜，而這又花了九十億年。

巴次勒　在宇宙大爆炸之前呢？那時有什麼？

蘿特　另一個宇宙，也許吧，我們不知道。

巴次勒　喲：我們不知道。

蘿特　還不知道。我們耐得住嗎？有沒有辦法忍受我們並不知道所有一切，還是非得馬上用某個童話填滿這個真空，像怕黑的小孩一樣？而某個人在兩千多年前想出來的東西一定有什麼意義嗎？只因為那是一些美好熟悉的圖像？神在創世前又做了什麼？在睡覺？去旅行了？又是誰創造了神？這些聖經裡有寫嗎？沒有。

巴次勒　您跟曼拉特神父討論討論。這樣是跨領域，我覺得很好。

蘿特　跨領域工作要有共同的主題，像凱薩侵略高盧，那拉丁文和歷史兩個科目就能一起深入這個事件。我跟曼拉特沒有共同的地方。

巴次勒　張開眼睛看看不同的世界吧。

蘿特　我每天都在看。那是個深淵，直接回到中世紀，那就是當人們還以為地球是平的，所想像的那個在地球邊緣的深淵。難道我在課上也要教這個，只因為人類曾經這麼相信？

巴次勒　您找找共同點，不要一直跟這邊這個男孩子說聖經裡寫的是錯的。

蘿特　聖經裡也寫說蝙蝠是鳥類。[53] 我不能假裝這些亂說的話有什麼道理。錯就是錯，沒別的理由。

巴次勒 不用一直在這點上做文章，蝙蝠就會飛，所以廣義來說也是一種鳥，是這個意思。

蘿特 然後鯨魚是魚，因為會游，還有太陽是繞著地球轉，反正看起來好像就是這樣。您想帶我們往哪裡去？回到樹上？

班雅明 我們從來就沒有住在樹上過。您還一直認為我們是猴子。

蘿特 你看起來很像，你這隻猴子。

巴次勒 您這樣就太過分了。

蘿特 我只是用了您的規則。

巴次勒 你越來越往教條主義的方向去，非常不適合您。

蘿特 您這話是什麼意思？

巴次勒 這種倔強會扭曲您的樣子，要不然您是個有吸引力的女人。

蘿特 我不明白您想說什麼。

巴次勒 有些女人激動起來會很可愛，但您不是，您會變得有點嚴厲、沒有女人味。

蘿特 老天，沒有女人味，那就太可怕了！我可得馬上閉嘴冷靜下來，因為有女人味是最重要的事。您帶著您那種怠惰、什麼都可以的態度，將一切一笑置之的時候，您知道您看起來像什麼嗎？像一片放了太久的起司，滿是臭汗，快要從盤子上滴下來。

巴次勒 放了太久的起司，是嘛，蘿特老師。不要生氣，只是一個出於善意的建議。至於猴子—— 班雅明，把那個鬼東西拿下來，你這樣怎麼呼吸——

班雅明拿下面具。

我們跟曼拉特神父及所有有關的人坐下來談談。之後我不想再在這間辦公室見到這個男孩子還有您，不能這樣沒完沒了。

---

[53]「雀鳥中你們當以為可憎，不可吃的乃是：鵰〔…〕蝙蝠、鸕鶿〔…〕」，出自利未記11:13-18。

20.

禱告

班雅明　我的父，如果這是有可能的，那麼請給我力量。我現在需要力量，因為我必須傷害人們，為了你。關於我，人們會感到驚恐，我自己也是，而且我媽媽會哭。因此我必須要堅強，不能讓自己軟弱下來去做所有人想做的事，而是做傷害他們的事，我——不。我重來一次——

沒有反應。

主？不。主？主？

沒有反應。

我的父？

沒有反應。

我坐在我房間一張地毯上大聲說話。我現在試過了。我大聲說話。我現在安靜。

沒有反應。

你有聽見我說話嗎？

21.

猶太人

班雅明　我願為主而死。

葛歐格　我也是。為了你我什麼都做。

班雅明　很好。我想過了。

葛歐格　想過什麼？

班雅明　我想了想，是誰在破壞。

葛歐格　結果呢？是誰？

班雅明　你覺得呢？想一想。

葛歐格　蘿特老師？

班雅明　當然是蘿特老師，很好，葛歐格。

葛歐格　我馬上就知道了。是誰在破壞？蘿特老師。

班雅明　那她為什麼要這麼做？

葛歐格　因為生物學？

班雅明　你知道「蘿特」是怎麼樣的一個姓嗎？

葛歐格　什麼怎麼樣的姓？

班雅明　那是猶太人的姓。

葛歐格　但到處都有人姓蘿特。

班雅明　所以更糟。就是因為這樣她才討厭我們，因為她是猶太人。

葛歐格　也許她只是剛好姓蘿特，就像其他人姓別的。

班雅明　你不要亂說，想一想。[54]這麼一來，一切就出現了一個重大的可怕意義。她從一開始就跟我還有我的基督信仰作對。因為有許多人不服約束，說虛空話欺哄人，猶太人更是這樣。這些人的口總要堵住。他們因貪不義之財，將不該教導的教

[54]譯註：「蘿特」這個姓氏德文原文為Roth，音同rot，也就是紅色的意思。原文中，葛歐格在前一句是說：「也許她只是剛好姓蘿特，就像其他人姓藍色（Blau）或黃色（Gelb）。」因此班雅明原是答：「沒有人這樣姓〔指藍色、黃色〕，你想一想。」由於中譯姓名採音譯，因而無法傳達，僅此說明。

導人，敗壞人的全家。[55]

葛歐格　這也是聖經裡寫的嗎？

班雅明　而她正是如此，說虛空話欺哄人，將不該教導的教導人，所以她的口要堵住。

葛歐格　但班雅明，這聽起來不好。

班雅明　但這是必須做的事。因為主說：你們這假冒為善的文士和法利賽人有禍了！因為你們走遍洋海陸地，勾引一個人入教，既入了教，卻使他做地獄之子，比你們還加倍。[56]

葛歐格　班，你說這些話聽起來好像你是納粹。

班雅明　我說的是神的話。

葛歐格　但神不是納粹，對吧？

班雅明　他對猶太人感到憤怒。聖經說，他們殺了主耶穌和先知，又把我們趕出去。他們不得神的喜悅，且與眾人為敵。不許我們傳道給外邦人使外邦人得救，常常充滿自己的罪惡。神的憤怒臨在他們身上已經到了極處。[57]這正是如此，蘿特老師試圖在所有她有辦法的地方阻礙我們。所以我們必須將她的口堵住。

葛歐格　如果她真的這麼壞，神不會有一天親自懲罰她嗎？

班雅明　我們是神的懲罰。我們必須讓她沉默。

葛歐格　這聽起來一點都不好。

班雅明　她之前說，殘障的人在石器時代沒有存活下來，因為他們被野獸吃掉了。她那個時候是在說你。

葛歐格　說我？

班雅明　因為你殘障，還有大自然會早點把你淘汰掉。

葛歐格　她是在說我？

班雅明　要不然班上還有誰殘障？

---

[55] 提多書1:10-11。譯註：中文聖經譯本中「猶太人更是這樣」的部分譯為「那奉割禮的更是這樣」。

[56] 馬太福音23:15。

[57] 帖撒羅尼迦前書2:15-16。

葛歐格　我一直以為她是好人。

班雅明　她不是。她問過你，你的腳有辦法一起去滑雪嗎，還有你需不需要特殊裝備。

沒有反應。

她是想把你淘汰掉。

沒有反應。

這是不是讓你很難受？

葛歐格　你說我們必須將她的口堵住是什麼意思？

班雅明　嚇她，讓她再也不敢這麼大嘴巴。

葛歐格　那要怎麼做？

班雅明　你想一想。如果她經歷了重大的壞事，那麼她就會理解，神不會讓她這樣亂搞。

葛歐格　什麼重大的事。

班雅明　一次在神的旨意下發生的意外。

葛歐格　她的摩托車。

班雅明　很好。

葛歐格　煞車失靈。

班雅明　做得到嗎？

葛歐格　可以。加水稀釋她的煞車油，就會過熱——

班雅明　那你就這麼做。落在永生神的手裡，真是可怕的！[58]

葛歐格　對。

沒有反應。

---

[58] 希伯來書 10:31。

班雅明　怎麼了？你之前說，為了我你什麼都做。

葛歐格　沒有，說得對。

班雅明　在天上我要顯出奇事，在地下我要顯出神蹟，有血，有火，有煙霧；日頭要變為黑暗，月亮要變為血，這都在主大而明顯的日子未到以前。到那時候，凡求告主名的，就必得救。以色列人哪，請聽我的話：神藉著拿撒勒人耶穌在你們中間施行異能、奇事、神蹟，將他證明出來——你們就藉著無法之人的手，把他釘在十字架上殺了。[59]

---

[59] 使徒行傳 2:19-23。

22.

宗教毒蟲

女老師在看書。

德弗林爾　我跟你說。

蘿特　嗯？

德弗林爾　我剛去浴室拿了我的牙刷

蘿特　嗯。

德弗林爾　我把牙刷放在這裡，跟我其他的東西一起。

蘿特　好。

沒有反應。

什麼其他的東西？

德弗林爾　我把我的東西都打包了。

蘿特　可是——到底為什麼？

德弗林爾　你甚至根本沒發現。

蘿特　對不起。怎麼現在突然就這樣？

德弗林爾　不是現在突然。你整天只有在看那本書。

蘿特　我不看了，你看，我不看了。怎麼了？你真的想離開？

德弗林爾　沒意思了。

蘿特　好了啦，來我這裡坐下。不要這樣站在那裡。

德弗林爾　不，我現在就這樣站在這裡。

蘿特　我今天開始就不看了。我保證。

德弗林爾　不只是你整天都在看那本書，你也不講別的了：這裡寫說復活不存在，耶穌錯了，因為他認為世界將要毀滅等等。[60]

蘿特　對不起，如果我和你說了你不感興趣的事。

德弗林爾　不是我不感興趣，我會怕。

蘿特　你不用怕。過來我這裡。

德弗林爾　不。你是個瘋耶穌的。

蘿特　我不是。

德弗林爾　你著魔了。你以為你開明理性，宗教對你來說是陌生的，傷害不了你，但我必須告訴你，艾莉卡，你完全淪陷了。

蘿特　恰恰相反。

德弗林爾　你上癮了卻渾然不覺，像個不斷吸古柯鹼的醫生，以為他只是要測試藥效。你變成一個宗教毒蟲了。

蘿特　你現在先把牙刷放回浴室。你拿著那東西站在那裡的樣子太可怕了。

德弗林爾　牙刷我帶走。如果你恢復理性，再度是個無神論者的時候，再跟我聯絡。

60「雲彩消散而過，照樣，人下陰間也不再上來。他不再回自己的家，故土也不再認識他。」出自約伯記7:9-10。

23.

娘炮

班雅明　你的腿沒有變長。

葛歐格　我不知道。有，可能有長一點點。

班雅明　你不用每次都把褲子脫掉。

葛歐格　也許上次有什麼問題。

班雅明　唯一有問題的就是你的信仰。

葛歐格　我的信仰沒有問題。

班雅明　那你的腿應該要變長。葛歐格，怎麼了？你懷疑嗎？

葛歐格　沒有，老天，班，不要這樣說話，會讓人覺得很可怕。

班雅明　凡稱呼我主啊，主啊的人不能都進天國，唯獨遵行我天父旨意的人才能進去。當那日，必有許多人對我說：主啊，主啊，我們不是奉祢的名傳道，奉祢的名趕鬼，奉祢的名行許多異能嗎？我就明明地告訴他們說：我從來不認識你們；你們這些作惡的人，離開我去吧！[61]

葛歐格　我不是作惡的人。拜託，再試一次。

班雅明　如果你不相信我的話，再試也沒有意義。

葛歐格　我相信你。把你的手放上來，跟我的腿說話。

班雅明　奉主之名，長，腿，長！沒有用，我感覺得到，從你看我的樣子，我知道你在想別的，沒有在神身邊。

葛歐格　我完全在你身邊。

莉蒂亞　看來我是打擾了。

班雅明　什麼？沒有。有。你要幹嘛？

莉蒂亞　我想問你要不要跟我去吃——不過：你們到底在做什麼？

葛歐格　我的腿。因為它太短了，班要讓它變長。

莉蒂亞　他不只會讓你的腿變長。現在我懂了。

[61] 馬太福音 7:21-23。

班雅明　你懂什麼？

莉蒂亞　你搞的這些名堂，還有為什麼一切都這麼複雜。

班雅明　有什麼複雜？什麼也不複雜。

莉蒂亞　不複雜。你根本就是同性戀。

班雅明　我？

莉蒂亞　同性戀。所以你才在這裡摸瘸子。然後說男人不該觸摸女人，穿比基尼太過分，連吃個冰淇淋都不要。

班雅明　不要說廢話。

莉蒂亞　我還以為是我哪裡有問題，你才這麼卡。

班雅明　我沒有。閉嘴。

莉蒂亞　為什麼？不該讓你的情人知道嗎？

班雅明　他不是——洗洗你的髒嘴。

莉蒂亞　要接吻的話是夠乾淨了，你不覺得嗎？今天不要？

班雅明　我警告你——

莉蒂亞　我覺得你很可悲，比你的瘸子漂亮的男生多的是。我覺得你們兩個很可悲。但記得要在胡蘿蔔上戴保險套，你們也知道會發生什麼事。

班雅明　你這個賤——

班雅明朝她的臉打。莉蒂亞立刻反擊。

莉蒂亞　你這個王八蛋。

她再打他。

你不要以為這樣有用。

她再打他。

沒用的。同性戀。

24.
手作

班雅明製作著一個木頭的十字架。

蘇德　你沒在看書。
班雅明　沒有。
蘇德　是要做一個十字架？

沒有反應。

有人過世了？

班雅明看著她。

你還記得嗎？你那隻長耳兔死掉的時候——
班雅明　牠是小白兔。叫長耳。
蘇德　對。那時候你爸也做了這麼一個木頭十字架。然後我們把牠埋在花園裡。那隻長耳兔。那隻小白兔。這個十字架是哪來的？

班雅明看著她。

你做得很好。你想掛在你房間裡嗎？我不反對。
班雅明　不是。
蘇德　還是你要去抓吸血鬼？

沒有反應。

開個玩笑。

班雅明沒有笑。

班雅明　也許我是要去抓吸血鬼，對。

蘇德　你的宗教老師說你很有天賦。

班雅明　他有摸你嗎？

蘇德　曼拉特神父？

班雅明　沒有嗎？

蘇德　沒有，不，有，怎麼了？

班雅明　你不用多想，他跟所有人都會這樣。他的手、神的溫暖這些。

蘇德　曼拉特神父說了一些很好的東西。

班雅明　你們律法師也有禍了！因為你們把難擔的擔子放在人身上，自己一個指頭卻不肯動。[62]

蘇德　他對你讚譽有加。

班雅明　我對他沒有。你小心點，很快我就不會在這裡照顧你了。

蘇德　你照顧——你要去哪裡？

班雅明　去我的父親那裡。

蘇德　去你父親那裡？你去他那邊幹嘛，他從來沒有關心過你。

班雅明　他召喚我過去。

蘇德　他——他什麼？

班雅明　他叫我過去他那裡。

蘇德　然後你就放掉一切跳去？

班雅明　如果你愛我，你就會為我高興，因我到父那裡去；因為父是比我大的。[63]

蘇德　我很高興他記得你，但他會讓你失望，讓你空等，就像對我一樣，他的生命裡沒有你的位置，沒有任何人在他生命有個

---

[62] 路加福音 11:46。

[63] 約翰福音 14:28。

位置，他就是揮揮手讓你通過，然後你會恨他。

班雅明　媽媽——

蘇德　他是這樣說的：他的生命裡沒有我的位置，雖然有這麼多事，但總是一再有被踢掉的，因為那是間妓院，誰都可以來，進去，出來，帳單，謝謝，下一位。

班雅明　媽媽，你在說什麼？

25.

十字架

班雅明站在一張桌子上，把他的木頭十字架釘在牆上。

蘿特　下來。

班雅明　我不許女人講道，也不許她轄管男人，只要沉靜。[64]男人是神的形象和榮耀，但女人是男人的榮耀。起初，男人不是由女人而出，女人乃是由男人而出。並且男人不是為女人造的，女人乃是為男人造的。[65]女人總要順服，正如律法所說的。她們若要學什麼，可以在家裡問自己的丈夫。[66]

蘿特　你這樣會名聲遠播，全世界已經有一半的人都反對你。

班雅明　我不需要名聲遠播，我已經抵達了。世人若恨你們，你們知道，恨你們以前已經恨我了。[67]

蘿特　沒有人恨你，但把你手作的那個東西拿下來。

班雅明　為什麼？

蘿特　因為學校不是教堂。我們不想在牆上掛刑具。

班雅明　您受不了十字架，因為您是猶太人。

蘿特　因為我是猶太人？

班雅明　您是猶太人，因此您不得不如此。這百姓油蒙了心，耳朵發沉，眼睛閉著，恐怕眼睛看見，耳朵聽見，心裡明白，回轉過來，我就醫治他們。[68]所以您不得不說謊。

蘿特　你怎麼會覺得我是猶太人？

---

[64] 提摩太前書 2:12。

[65] 哥林多前書 11:7-9。

[66] 哥林多前書 14:34-35。

[67] 約翰福音 15:18。

[68] 使徒行傳 28:27。

班雅明　我一直問自己，如果我們認為世界只是個意外，而神並不存在，您有什麼好處。您想要混淆我們，因為您是猶太人並且厭惡耶穌。

蘿特　你知道聖經裡是怎麼說猶太人的嗎？

班雅明　那您知道嗎？

蘿特　聖經裡寫：救恩是從猶太人出來的。[69]

班雅明　謊言，又是一個謊言。

蘿特　約翰福音，第四章：救恩是從猶太人出來的。

班雅明　您身上發出的是撒旦的聲音。

蘿特　這樣的話，聖經發出的就是撒旦的聲音。

班雅明　神會懲罰您。他會派來他的天使，在您飛快逃離的時候把您刺下，在陰影蓋住您的雙眼時，您會想到我，還有我如何將這個十字架掛在您的頭上，作為神會審判您的記號。

蘿特　下來，我們像理性的人一樣談一談。

班雅明　信任導師。您受得了這個掛在您頭上的十字架嗎？

蘿特　等你離開這裡以後，我再把它拿下來。

班雅明　我不會離開這裡。您離開而且不會再回來，直到神在最後的審判上呼喚生者與死者。

蘿特　班雅明，你真的太過分了，要是你沒有這麼不可理喻地扯這些鬼東西，我可能還會因此尊敬你。但總有一天你得覺醒，醒過來回到你告別的人生。來。

班雅明　我沒有非得做什麼。

蘿特　把手給我然後下來。

班雅明　撒旦，退我後邊去吧！你是絆我腳的，因為你不體貼神的意思，只體貼人的意思。[70]

蘿特　你焦慮害怕，我來幫你。

---

[69] 約翰福音 4:22。

[70] 馬太福音 16:23。

班雅明 撒旦，退去吧！因為經上記著說：當拜主你的神，單要侍奉他。[71]

蘿特 來。我不會對你做什麼。下來。

班雅明 不要摸我！您摸到我了。您將會燃燒。您摸到我了。您摸到我了。

[71] 馬太福音 4:10。

26.
背叛

班雅明和葛歐格坐在兩條毛巾上。

葛歐格 要再來一瓶啤酒嗎？
班雅明 好，繼續說。

兩人喝酒。

葛歐格 在水邊真好。我還沒來過這裡。
班雅明 大家都會來這裡，不過現在他們在上課。繼續說。
葛歐格 她戴上安全帽。
班雅明 安全帽也幫不了她。
葛歐格 然後發動摩托車。
班雅明 可是她還沒發現吧？
葛歐格 完全沒有。一切都跟平常一樣。打方向燈，出發。
班雅明 她要騎去哪裡？
葛歐格 在去學校的路上。
班雅明 她想到我，還有我今天會拿什麼攻擊她。
葛歐格 她可能也會想到我。
班雅明 但她不知道。
葛歐格 她沿著森林街騎下來。然後就發生了。
班雅明 沒錯。說，是怎麼發生的。
葛歐格 我之前說過了。
班雅明 再說一次。
葛歐格 一輛卡車從一條小巷子裡開出來。不快，但是她必須煞車。
班雅明 緊急煞車。
葛歐格 煞車發熱，煞車油裡的水分蒸發，煞車失靈，摩托車咻一聲撞上卡車。

班雅明 繼續。

葛歐格 我可不可以喝一口？

班雅明從他瓶裡給葛歐格一點。葛歐格喝酒。

班雅明 繼續，繼續說。

葛歐格 她試著避開。

班雅明 她有叫嗎？

葛歐格 她叫出聲。卡車的前保險桿撞到她，她飛了出去，摔下來，還在對向車道滑行，然後被一台計程車輾過去。

班雅明 這個你上次沒有講。

葛歐格 沒有嗎？但很有可能。說完了。

班雅明 好，很好。

喝酒。沒有反應。

為什麼還沒有發生？

葛歐格 必須等待，也許她還沒有遇上需要這樣緊急煞車的時候。

班雅明 現在就是你們的頭髮，也都被數過了。[72]
我們就等。

沒有反應。

你做得很好。我賜福你。

把手放在葛歐格頭上。

---

[72] 馬太福音 10:30。

葛歐格　嗯。那我現在像是一個門徒了。

班雅明　嗯，我的門徒。

葛歐格　你所愛的門徒。

班雅明　對，我唯一所愛的門徒。

沒有反應。也許班雅明睡著了。葛歐格吻他。過了片刻，班雅明才抵抗。

班雅明　你瘋了嗎？

葛歐格　我以為——不，對不起。

班雅明　你以為什麼？以為神不會看到嗎？

葛歐格　我沒有多想。

班雅明　被造的沒有一樣在他面前不顯然的，原來萬物在那與我們有關係的主眼前，都是赤露敞開的。[73]在我的眼前也是。撒旦的爪子已經抓住你了。

葛歐格　我以為你想要。

班雅明　我怎麼可能想要？不可與男人苟合，像與女人一樣，這本是可憎惡的。[74]

葛歐格　我知道。

班雅明　而且無論什麼人，行了其中可憎的一件事，必從民中剪除。[75]

葛歐格　我知道，可是你躺在那裡的樣子，你的嘴唇還因為啤酒而閃閃發光——

班雅明　離我遠一點，不要靠過來，你會被除掉。

葛歐格　你說過我是你所愛的門徒。

班雅明　我讓你比起任何人都接近我，而你讓我失望了。

葛歐格　我沒有讓你失望，你說的一切我都做了。

---

[73] 希伯來書4:13。

[74] 利未記18:22。

[75] 利未記18:29。

班雅明　我沒有說你要吻我。

葛歐格　那就是一個誤會。

班雅明　我早該知道的。

葛歐格　什麼？

班雅明　你的腿沒有變長，那時候我就該知道了。你騙了我。

葛歐格　我沒有。

班雅明　你沒有信仰，你是一個騙子，你這麼慎重地買下那本有拉鍊的聖經，卻根本沒看過。

葛歐格　我有看。

班雅明　但什麼也沒看懂。我是對牛彈琴，全都白費了。走開，我不想再看到你。

葛歐格　不要把我送走。我跟你說是怎麼回事。

班雅明　我不想聽。

葛歐格　我什麼也沒看懂，對，那又如何，我的腿甚至還有變長了一點，你看，這麼做是有幫助的。因為我們是朋友，還是這也不重要了？

班雅明　我跟你一起禱告過，而你心裡只有這些淫亂的念頭。

葛歐格　我很喜歡看你禱告，對，而我確定，神也會這麼做的。

班雅明　我在你身上花的時間都是浪費，花在一個沒有信仰的瘸子身上，難怪你的腿沒有變長，這是神對你違背自然的慾望所做的懲罰。離我遠一點，你讓我感到噁心。

葛歐格　我又沒有再繼續做什麼。

班雅明　走開。

葛歐格　那麼你就得靠你自己了。

班雅明　什麼？要靠我自己幹嘛？

葛歐格　之後我就不在你身邊了。

班雅明　那更好。沒有人需要你。

葛歐格　那你可以自己去把水倒到蘿特的煞車裡。

班雅明　那個你早就做好了。

葛歐格　那樣會出人命。

班雅明　所以？

葛歐格　那就不再是遊戲了。

班雅明　從來就不是。你沒有做嗎？

葛歐格　如果煞車失靈而她打滑到卡車輪下的話，她就死了。

班雅明　你沒有做，叛徒。

葛歐格　死了，這不會是你要的。

班雅明　你剛剛才證明了你不知道我要什麼。

葛歐格　我只是怕，一如往常。

班雅明　不要動，猶大。不與我相合的，就是敵我的；不同我收聚的，就是分散的。[76]

葛歐格　對不起——

班雅明　這讓我傷心。按著律法，凡物差不多都是用血潔淨的，若不流血，罪就不得赦免了。[77]

他拿起一顆石頭。

[76] 馬太福音 12:30。

[77] 希伯來書 9:22。

27.

第四次見校長：釘上十字架

巴次勒　過去幾個禮拜以來，你一再因為特殊舉動引起注意，班雅明。在場的一些人因此非常擔心。我必須承認，最讓我擔心的是你的學業表現，你的成績本來就沒有特別好，但現在必須說是急遽下滑。

蘇德　如果我可以打斷您一下——

巴次勒　等一下。我想先聽他自己怎麼說。

沒有反應。

班雅明？你怎麼說？

蘇德　他這種表情的時候什麼也不會說。算了吧。

巴次勒　班雅明，這裡的人都是為你好的人，大家都是因為你才在這裡，為了要幫助你。

蘇德　他不想要幫助。他整天說的都是末日，他說他已經在為最後的審判做準備，而這都是您的錯。

巴次勒　我？

蘇德　對，您，我要您為此負責——

巴次勒　為什麼是我？

蘇德　不會是因為我，他很少見到我。

巴次勒　了不起的邏輯。

曼拉特　如果我可以打斷一下——

巴次勒　請，也許您可以找到對的說話方式。

曼拉特　你知道那個僕人的寓言，僕人埋沒了主託付給他的天賦，而沒有用它來工作，最後他受到懲罰。你也有天賦，如果你將它荒廢掉，主不會歡喜的。

蘇德　現在您來談天賦了，這麼多年來也沒人問過。

蘿特　天賦不是我們的主題，您的兒子在進行一場宗教戰爭。這裡，班雅明，你忘了你的工具。

她把鐵鎚和釘子放下。

巴次勒　您還有機會表達，但現在是要打破他的沉默——

蘿特　打破沉默，好讓他端出他那些反猶太的珍珠。

巴次勒　反猶太，有這種事，您不要誇大其辭。

蘿特　反猶太，沒錯。不過，好，我不誇大其辭，如果連這也要講得比較好聽的話。

蘇德　我兒子沒有反猶太。

德弗林爾　艾莉卡，你用這種概念真的要小心點。

蘿特　我要怎麼樣？你以為我瘋了嗎？我知道我在說什麼。

德弗林爾　你不要被激怒了，他是孩子，你是成人。

蘿特　你現在想幹嘛？你現在是我的監護人嗎？

德弗林爾　我只是看到你在讓自己出醜。

蘿特　如果有人讓我出醜的話，那就是你。你在這裡到底想要幹嘛？之前你都不感興趣，然後現在你就一臉聰明，高高在上地跟我胡說八道。

德弗林爾　我沒有胡說八道。

蘿特　做你以前做的就好了：夾起尾巴，不要插手也給我閉嘴。

巴次勒　私人爭執請去別的地方，現在要處理的是這位學生。

蘇德　也許在您把錯都怪在我兒子頭上前，先看看自己。如果這裡的老師都這樣互相罵來罵去，您要怎麼當學生的榜樣？

蘿特　您最好不要開口。孩子在家裡怎麼樣，在我們這裡就怎麼樣。您期待什麼？以為我們能把糞便變成黃金嗎？

蘇德　我兒子不是糞便。您以為呢？我兒子是黃金，用不著靠您。

蘿特　您的黃金兒子以反猶太的辱罵攻擊我。

德弗林爾　我拜託你，只是個孩子。

蘿特　你根本沒有在拜託我。

巴次勒　關於反猶太的部分——這方面難道您沒有一些私心嗎，蘿特老師？

蘿特　我是有什麼私心？

巴次勒　因為您的出身，您是不是有點易怒？有點過於敏感了？

蘿特　請問是什麼出身？

巴次勒　因為您——應該是——我猜是——猶太裔？

蘿特　猶太人。您就直接說猶太人。您為什麼不說猶太人？猶太裔比較好聽，對不對？比較沒有種族歧視的感覺。

巴次勒　對，您是不是——

蘿特　我拒絕跟您討論我的家族系譜。

巴次勒　那，隨您的意，蘿特老師。

蘿特　我沒有私心，您也不會看到我的亞利安人證明，但我還是知道什麼是反猶太。

巴次勒　您現在先深呼吸。

蘿特　什麼？

巴次勒　不要讓您自己成為問題。這裡要處理的不是您。

蘿特　我該閉嘴嗎？跟那邊那個神經病瘋子一樣？我也可以閉嘴。

巴次勒　是，請您幫忙，暫時先把嘴巴閉上。

曼拉特　假如我可以再——

蘿特　請，試試看您的魔法，替他驅魔，他可能需要。

曼拉特　你是個很有決心的年輕人。世界很開闊，就在你眼前。但你現在困在一個死巷子裡。我曾邀請你加入我們，這個邀請依然有效。加入我們。

蘇德　現在跟神父先生說點什麼。

班雅明　她摸了我。

巴次勒　什麼？

班雅明　她摸了我。蘿特老師。她摸了我。

蘿特　我什麼？

蘇德　她摸了你？

班雅明　對。摸我。

蘇德　「摸你」是什麼意思？怎麼摸？

巴次勒　她摸了他。

班雅明　摸腿。好幾次。還有後面。手。腿。我不想再說下去了。

蘇德　這是真的嗎？

巴次勒　您有摸他嗎？

蘿特　我不知道——

巴次勒　老天，為什麼——

蘿特　我不知道他在說什麼。

巴次勒　班雅明，你必須告訴我們發生了什麼事。

蘇德　明明就很清楚，他不想再講了。我兒子——

她將他拉到懷裡，他任她拉。

巴次勒　您可以解釋發生了什麼事嗎？

蘿特　不行。您知道這個學生有問題。班雅明，這是在幹嘛？你在說什麼，這什麼鬼話？

蘇德　他得讓您這樣攻擊嗎？校長先生，我希望您讓蘿特老師恢復理智。

蘿特　恢復理智？我是這裡唯一理智的人，我是最後一個還挺住的人，你們全都倒下了，你們被蒙蔽、變笨，這個男孩子用他偽先知的呢呢喃喃感染了你們。

德弗林爾　我沒想過你會這麼做。

蘿特　想過什麼？

德弗林爾　但過去幾個禮拜你如此沉迷，現在都有道理了。

巴次勒　沉迷？您必須解釋一下，德弗林爾老師。

德弗林爾　沉迷，因為她腦子裡完全沒別的事，沉迷於這名學生，我當時不能理解，因為她之前從來沒有這樣過，但現在，當我聽到發生了什麼事之後，一切都有了更深、更嚴重的意義了。

蘿特　你在胡扯些什麼？什麼意義？你不知道什麼叫意義，德弗林爾，我鄙視你。

巴次勒　蘿特老師——

蘿特　不，這到底是怎樣，所有人總是點頭，通通意見一致，尊重宗教，到底為什麼，我過去沒有好好想過，也總是這麼說，尊重宗教，但為什麼？一個人是牧羊人，然後其他所有人都是羊，這是什麼意思？上面坐了一個人，而他是老大，這是怎樣？是誰選了他？

德弗林爾　艾莉卡，冷靜點。

蘿特　不，沒有人選了他，我們該叫他父親，我們全都是他的孩子，一個很不錯的想法，有這麼一個巨大的爸爸存在，可以照顧我們。很不錯的想法，只要我們是小孩，只要我們沒有長大。一個能看到一切的父親，可以任意懲罰不受控制，非理性而且殘酷，你們不懂嗎，這是集權獨裁。

巴次勒　蘿特老師，請您不要讓情緒失控——

蘿特　不，一神論是獨裁，而我說，如果有神的話，那我們就必須和他對抗。

班雅明　她摸了我，在她的辦公室，我們單獨在辦公室裡，她說我們要談一談，她接近我，我爬上一張桌子離開她，她摸了我的腿，我轉過身，她沒有放手，她摸了我這裡，還有這裡跟這裡，我大叫，我不該叫，她說，我閉上眼睛，等這一切過去，並向神祈禱，請祂原諒她，神啊，原諒她，她不知道自己在做什麼，原諒她，天上的父，憐憫我可憐的身軀，原諒她，別讓她被丟到火爐裡。

蘿特　那麼他應該要憐憫我可憐的身軀。

她打他。

你含血噴人，我對你做了什麼？

班雅明　她打我，她打我。

蘇德　我的孩子——

蘿特　我打你。你把另一邊的臉轉過來嗎？另一邊我也打。

巴次勒　蘿特老師——

德弗林爾　艾莉卡——

班雅明　她打了我。

蘿特　對。現在我摸到你了。

沒有反應。

巴次勒　蘿特老師，所以是真的了。

德弗林爾　你的職業生涯將永遠無法脫離這個陰影。

蘇德　各位全都看到了，她在這裡把他——還好嗎，我的孩子？

班雅明　嗯，都好，很好。謝謝，媽媽。

德弗林爾　你是怎麼了？

蘿特　聖經裡寫道：主所愛的，他必管教，又鞭打凡所收納的兒子。[78]不可不管教孩童，你用杖打他，他必不至於死。[79]我說過，我以子之矛，攻子之盾。

巴次勒　您誰也不能打了。您被解聘了。即刻起。

蘿特　不。

巴次勒　之前我還跟說，不要讓您自己成為問題。您早就是問題了。我就直說了：您是我們這行的恥辱。把東西收一收，請您離開。

蘿特　校長先生——

巴次勒　別說了，我們所有人都看到了。

蘇德　只是因為他的信仰不允許，我兒子才沒有還手。

莉蒂亞　可以打擾一下嗎？

巴次勒　不行。

莉蒂亞　有緊急事故。葛歐格頭上破了個洞。

德弗林爾　破了個洞？

---

[78] 希伯來書 12:6。

[79] 箴言 23:13。

莉蒂亞　在他頭上，對。

葛歐格　現在還是發生了，蘿特老師。我沒有戴安全帽。

莉蒂亞　我們是在他爬上正門前的階梯時發現他的。

巴次勒　還加上這個，破了個洞。

葛歐格　您會死，蘿特老師。不要動。他會讓你死。

蘿特　這些威脅我已經聽過了。

葛歐格　他今天沒有堵到您，明天也會，請您站著別動或走路，我來只是因為我必須警告您，其實我已經在法庭上了，我的頭好冷，風吹得呼呼叫。

班雅明　腦震盪。葛歐格，我的朋友——

莉蒂亞　他一直這樣講話。

巴次勒　好。所以現在破了個洞。

班雅明　他們對你做了什麼？

巴次勒　送醫院。帶他到地圖室等急診醫生來。他有說發生了什麼事嗎？

莉蒂亞　他只有說些混亂的東西，然後和蘿特老師有關。

巴次勒　等他清醒以後再弄清楚。

（對蘿特）您讓人感到驚恐。不管發生的一切，我還是從來沒想過您會如此。

葛歐格　班，你要原諒我，現在我自己的液體也被稀釋了，一切慢慢都要流光了。

德弗林爾　即便我覺得恐怖，我們還是可以聊聊，隨時都可以。

蘿特　我最不需要的就是你。

曼拉特　我會為您禱告。

蘿特　不用了，反正我會進您獨裁的神所設立的集中營。

巴次勒　夠了。請您離開。

蘿特　我要留在這裡。

巴次勒　那我會請人把您送出去。打一個小孩，我以為我是個爛人，但我絕不會做這種事。

蘿特　我不走。

巴次勒　德弗林爾老師，您要不要試試，還是我得打電話？

德弗林爾　艾莉卡——

蘿特　（對德弗林爾）你不要動。

莉蒂亞　她手上有鐵鎚。

蘿特　我手上有鐵鎚，我不走。

她在接下來的段落中拿起鐵鎚和釘子，然後將她的雙腳釘住。

我在這裡是對的。我在這裡才是對的，你們在這裡是錯的。因為秋天新的班級會來，我會把人體骨架從倉庫裡拿出來，一張張臉上，眼睛嘴巴張得好大，那是真的嗎，然後是骨骼結構、直立的姿態、心臟、循環、感覺器官、腦，而所有人都知道，這是在說他們，我告訴他們，他們是什麼，而他們想聽，因為我談的是他們，一個奇蹟，他們每一個都是，不需要神，他們看著黑板的眼睛，他們提問時的嘴和聲音，撐著他們的手肘，握筆寫字的手指，老是緊張的腿，在長椅下扭來扭去，穿著小涼鞋的腳在油氈地板上來回滑動，帶著他們一路從家裡走來。腳。我不會離開這裡。我在這裡是對的。

——**劇終**——

我們的照片

Bilder von uns

湯瑪斯・梅勒（Thomas Melle）

周玉蕙 譯

劇本簡介

首演

2016年於波昂劇院（Theater Bonn）

演出人數

六男三女

關於作者

湯瑪斯・梅勒（Thomas Melle），1975年生，畢業於圖賓根大學（Eberhard Karls Universität in Tübingen）、美國德克薩斯大學奧斯汀分校（University of Texas at Austin）及柏林自由大學（Die Freie Universität Berlin），攻讀比較文學及哲學。除小說創作、英語文學翻譯外，2004年劇作《四百萬扇門》（*4 Millionen Türen*）於柏林德意志劇院（Deutsches Theater Berlin）首演（與劇作家Martin Heckmanns 共同創作）。2015年獲頒柏林藝術獎（Der Kunstpreis Berlin）。近年其作品亦活躍於許多劇院舞台。以自身躁鬱症人格分裂為描述對象的自傳體小說《背向世界》（*Die Welt im Rücken*）改編為戲劇，2016年首次入圍慕海姆劇作家獎（Mülheimer Dramatikpreis），並在2017年於維也納城堡劇院首演。2018年於慕尼黑室內劇院（Münchner Kammerspiele）首演與里米尼紀錄劇團（Rimini Protokoll）史蒂凡・凱基（Stefan Kaegi）共同合作的《恐怖谷》（*Uncanny Valley*），以複製作者外觀的機器人討論身分認同的存在問題。2019-20柏林德意志劇院委託作品《頌歌》（*Ode*）探討藝術作為民主社會核心的基本價值。

劇情概要

事業有成的媒體集團經理耶斯科接到一張手機上匿名傳來的照片，上面是自己青少年時期被拍下的裸照。這使得向來成功自信、且早已將青少年時期的過往塵封已久的耶斯科極度恐慌，開始從舊時同學處著手，希望能找到蛛絲馬跡。昔日同學現多在各領域身居要職，同學之一康斯坦丁卻因過去的經驗頹廢潦倒，無力面對人生。同學中曾經看似最風光亮麗的馬圖什卡，也因持有兒童色情圖片入獄服刑。眾人或選擇完全否認或壓抑，或選擇自我毀滅，又或是選擇將其解讀為大環境影響下的共同記憶。隨照片的出現，眾人皆被迫面對過去。

劇作特色

本劇題材來自真實事件。劇作家本人曾就讀於波昂—巴特哥德斯堡（Bad Godesberg）由天主教耶穌會管理的阿洛伊修斯高中（Aloisiuskolleg），該校於1950至2005年發生教職員性侵學生案件，到2010年才由校友與學生家長發表「500人公開信」（„Brief der 500"）揭發，並引發討論。劇作圍繞著照片及這些影像在被拍攝者身上產生的影響展開。劇中許多細節都與該校的性侵事件一致，但劇作家不採用紀錄式劇場的安排，而把重點放在受害者的經歷和當事人對自我人生解讀的主權。劇作家不給答案，把評斷留給觀眾。裸體在劇中亦有多種隱喻：除象徵初生時的純真無瑕，亦代表面對攻擊和威脅時毫無防備的無助狀態。

人物

耶斯科

馬爾特

約翰尼斯

康斯坦丁

女老師（卡提亞）

貝蒂娜

桑德拉

公務員

記者

眾多聲音與肢體

1

我不知道我經歷了什麼。鬼才知道。我經歷了什麼？您可知道您經歷了什麼嗎？

我不知道。我說的不是認知啦哲學的層面，而是日常世俗的層面，做為經驗的基礎，喔不，應該說，這日常世俗的層面就是我們的經驗。我昨天吃的是麵包還是別的東西？是的，是麵包沒錯，上面有乳酪，還放了黃瓜什麼的。我現在正在經歷什麼？經歷的對象可以是我的思緒，也可以是我的五十肩，或者是我耳朵後面剛好不癢的癢，或是我褲子膝蓋上方的刮痕。又或者正好是我的過去。這和我跟朋友X的疏遠到底有什麼關聯？最後讓我們倆關係崩盤的是我，還是他？而且，我們真的疏遠了嗎？前幾天在電影院裡，是和以前一樣一成不變，還是不一樣了，而且每況愈下？越是絞盡腦汁，就越是像一團無邊無際的漿糊。也許我們生活在一個令人噁心、互相蔑視和自我毀滅的體系，而我們的子孫有一天會問我們：你們過去知道這種情況嗎？你們做了什麼反應嗎？當然沒有。沒。還是有？？？確定？我的青春對我做了什麼？只要我一想到這團錯綜複雜的東西，影像就湧現出來，這些令人作嘔的影像裡面有我，它們吞噬了我，那麼我是想把自己吐出來嗎？下一秒我又想，這一切都錯了，太誇大了，是我自己太歇斯底里了。嗯：好家在。我沒變成魯蛇是我運氣好。然後又想：不對，我的確是個魯蛇，整個系統的魯蛇，我就是那個時不時會卡住的小齒輪，那顆奮力為馬達添加阻力的小沙粒。所以，對啦：我沒朋友沒兄弟，一輩子沒出息。如果換成別人，他們會說，這都是學校教育的錯。這樣的句子我只能像個演員背台詞一樣地說出來。因為所有我記得的東西都是虛構的，所以必須隨著每一次的回想而重新創造。那麼，這是我的想像嗎？是我的想像不好嗎？還是通過我的想像，才讓它變壞？每一次人從睡眠中醒來，大腦都會搜尋身為一個經驗主體的主人所經歷的片斷而加以重新組合。如果每次組合都出現同樣的結果，那也是純粹的巧合。

那麼我經歷了什麼？蛤？我可是都經歷了什麼呢。

（剎車聲。）

– 好死不死，耶斯科・德雷舍一收到那張要人命的簡訊送來的照片同時，就被測速照相的雷達閃了一下。
這張，後來跟著罰款通知單一起寄來的照片上，可以看到他低頭盯著手機螢幕，雖然不是很清楚，但顯然下巴快要掉下來的臉，周圍街道灰黑模糊，照片下方的車牌號碼卻閃閃發光。
– 而他下一秒差點偏離車道，險些釀成嚴重交通事故的這個事實，反而沒有被任何照片捕捉到。
– 這個幾乎發生車禍的事實，其實只是一個事實的可能性或是一個可能性的事實，僅僅存在於耶斯科他個人的記憶中。或者，頂多也存在於人行道上那群三五成群歡樂喧嘩的師生，他們差點被耶斯科撞上時的慘白憤慨中。
– 如果他沒有在最後一刻，使出低調但其實欲蓋彌彰的回歸校正，猛打方向盤，將吉普車拉回原來的車道上，肯定會撞到她們當中的幾個人。
– 他的車子沒有打滑。
– 然而，耶斯科並沒有像往常一樣，鎮定冷漠地繼續開走，而是突然猛踩剎車。也許這對他來說也是腎上腺素突然飆高，迫使他將系統調降到生存模式，本能地暫時吊銷自己的駕照。可觀的剎車距離伴隨著輪胎磨擦路面尖銳的嘰嘰聲，最後秒停在剛轉成紅燈的交通號誌前。
– 耶斯科盡可能優雅地將吉普車滑到路邊。然後他擦了擦額頭和眼睛，試圖回回神。剛剛是怎麼回事？
– 照片，測速照相被閃，打滑，現在是靜止。
– 沒錯，就是這樣。
– 他手裡依然拿著手機，裡面則是那張照片。

3

女老師　您不能小心點嗎，真是的！總是盯著手機看。差點就撞到這些小朋友了！

耶斯科　是，我——對不起。

女老師　小心點嘛！

耶斯科　我有啦。

女老師　您沒有。

耶斯科　您聽我說，什麼事都沒發生嘛。

女老師　幸好沒有！孩子們都嚇壞了！到處都是這些鬼手機！應該禁止使用的。

耶斯科　什麼？

女老師　開車時不能滑手機。這是違法行為。

耶斯科　您冷靜一下。一切都在我的掌握中，而我也剎車了。

女老師　可是您就像個瘋子一樣，開著坦克車衝到這裡來。

– 一輛「坦克車」是吧，一個中下階層妒嫉的說法。不要回嘴。就當耳邊風。

女老師　您沒話說了嗎？

（耶斯科搖搖頭。）

女老師　那好吧。就算我們走運好了。但是您以後小心點，聽好，要小心。

耶斯科　我會的。我發誓。

– 這女老師看來好像真的慢慢準備撤退了。她懷疑的目光再一次掃過吉普車裡，皮質內裝，觸控式螢幕收音機，一整個乾爽舒適的空間，最後停留在那台手機上。

– 耶斯科，像拿著陌生的遙控器一樣，仍然把手機鬆垮垮地握在手裡。

女老師 這是什麼？

耶斯科 什麼？

女老師 啊就這個啊。

– 他起初不明白，之後馬上秒懂。他正想說些什麼，但她搶先開口了。

女老師 您該不會也是那種變態吧？

耶斯科 您聽我說，這是——

女老師 我知道這是什麼。我要報警。

耶斯科 妳[1]知道個屁啦。

女老師 屁又怎樣。這一定不是你兒子。

– 她也把她的手機握在手裡，但是她比較像在拿一把菜刀。

耶斯科 的確不是我兒子。

女老師 喲還真直白。

耶斯科 妳不懂啦，完全不是妳想的那樣。我不跟妳耗了。

女老師 你給我站住。

耶斯科 不。

女老師 沒得你說。我今天反正跟你耗上了。

– 她把她的諾基亞老古董舉到耳邊，笨手笨腳地準備報警。

---

[1] 譯註：原文在這裡還是用「您」來尊稱對方。配合情境將這兩人之間的稱謂譯為「妳」或「你」。

她顯然想再給耶斯科一次自白的機會。但她並不確定。

耶斯科　好吧。妳想知道這是誰嗎？

女老師　想。

耶斯科　這是我。

女老師　什麼，這是你？

耶斯科　對，是我沒錯，這照片上的男生就是我。

－這番話對他自己來說也是新的。他說得這麼連貫一致，儘管他在之前也還沒有把這番話從頭到尾想清楚。他看得出來，她儘管不情願，倒也立刻相信他了。她放下了手機。

女老師　那你這照片是要幹嘛？

耶斯科　妳知道嗎，我也是第一次看到這張照片。我不知道我該拿這東西做什麼。

（停頓。）

女老師　需要我幫你——

耶斯科　不用了，謝謝。我要走了。

（女老師不理解地點點頭。）

女老師　好吧。

耶斯科　一切平安。尤其是這群小朋友。
晚安。

（耶斯科離開。）

女老師　什麼跟什麼？自己小時候的照片放在手機上？

是自戀到不行還是怎樣 。

漂亮又殘破，一堆在智慧手機中永垂不朽的道林・格雷。[2]

這麼漂亮，非常漂亮，實在漂亮。但怎麼這麼殘破呢？

[2] 譯註：道林・格雷（Dorian Gray）是愛爾蘭作家王爾德（Oscar Wilde, 1984-1900）於1890年創作的小說《道林・格雷的畫像》（*The Picture of Dorian Gray*）中的主角，外貌俊美。

4

（投影。）

– 從照片上發泡的顏色、渙散的輪廓，可以看出在此期間流逝的年歲，那是過往的柔焦鏡頭，八〇年代的泛黃色澤。照片上的陽光似乎比實際情況更強；據說，這是宇宙最後的一顆太陽，億萬年前炙熱火紅的發電廠，熔毀燒盡，一場藍天外的終極核爆。
– 但實際上太陽其實並不像照片裡看起來的那麼大，在這張照片上，陽光鎖在灌木叢裡，聚光在男孩輕盈的身形，男孩亂七八糟的髮型下看不清臉。
– 但他有一張臉。
– 他的臉很有潛力，一切都還那麼地輕巧柔軟。彷彿一陣風吹來，它就飛散了。它是可塑造的，正在製作中。臉還沒出來。尚未烘烤成型。
– 當時我們所有人的臉都千篇一律。
– 但身體卻已經各有特色了。身體被陌生成人的眼睛探索、佔據。希臘學派。
– 同性戀。希臘同性戀者。
– 這是一個美學問題。這是一個品味培育的問題。史坦說，有品味的人，就會把花盆放在這裡。黃金比例分割。就是這樣。有品味的人依照古希臘羅馬時代的雕像形塑身體。埃菲比。[3] 裸體青年雕像。[4] 三七步。對稱性和正面描繪。這是教育，也是一個美學的問題。
– 但為什麼要裸體？
– 傳統。這些都是經典的姿勢。
– 我對此不太確定。不，一點也不。
– 那麼就不去想它。我們有義務這麼做。

[3] 譯註：古希臘時期十八到二十歲剛成為公民的男性。

[4] 譯註：Kouros，古希臘時期青年男子的裸體雕像，多為貴族階層。參見 https://zh.wikipedia.org/zh-tw/%E9%9D%92%E5%B9%B4%E9%9B%95%E5%83%8F。讀取於 01.08.2022。

5

（耶斯科在家裡，打量著手機上的照片。貝蒂娜也湊過來。他把相片藏了起來，沒有很激動，但有點緊張。）

貝蒂娜　怎麼了嗎？
耶斯科　烏戈上哪兒去了？
貝蒂娜　在萊莫家。
耶斯科　那瑪格達呢？
貝蒂娜　也一起。
耶斯科　整晚通宵過夜？
貝蒂娜　睡衣派對，你知道的嘛。（目光朝向手機）壞消息？
耶斯科　怎樣才叫壞？
貝蒂娜　也許，不是那麼正面？
耶斯科　就是付費牆的事。董事會還在反對。或倒不如說：就是這個女出版商。什麼都不懂，只會因循守舊。
除此之外其他一切都很好。
貝蒂娜　好就是好。
耶斯科　妳那邊情況如何？
貝蒂娜　沒什麼好抱怨的。自從尼曼離開以後，事務所裡一片祥和。

（親吻。）

耶斯科　那我們現在呢？也來個睡衣派對？
貝蒂娜　先去看戲吧。
耶斯科　又是家庭悲劇？
貝蒂娜　有何不可。
耶斯科　我覺得這很做作。他們總是坐在那裡，一副呆板又幸福的樣子，然後他們狂灌酒，之後災難就出現了，隨後，過去的幽靈飛來飛去，最後他們像殭屍一樣互相撕咬。觀眾們看得目瞪口呆，大概又發現他們自己的生活反映在其中，但是，等一下，停——他們在衣帽寄存處就已經把他們的生命交出去，暫時淘汰了，這就是為什麼他們現在可以讓自己昇華宣洩好好炒飯。然後每個人起身，震驚且厭煩，重新穿上他們的生命。這一切都那麼遙遠陌生，如果妳問我的話。

貝蒂娜 它提供樂子又可以打開話匣子。

耶斯科 但這與生活無關。生活更扁平，更複雜。生活主要就是空談。

貝蒂娜 你要換衣服還是就穿西裝？

耶斯科 換衣服吧。

貝蒂娜 衣服在床上。一會見。（下場。）

耶斯科 謝謝。

（耶斯科一邊換衣服，一邊一再地打量他手機裡的那張照片。）

– 耶斯科那時開始有了個祕密。祕密是一個孤獨的內心世界，如果放任它不管，它可能就會像火源一樣蔓延開來。那時感覺是芒刺在背，搞不好很快就會發炎潰爛。

– 你幹嘛也不說話，耶斯科？

– 你在看什麼？

– 讓我看看。

– 那真的是你嗎？

– 怎麼這麼年輕？

– 怎麼什麼都沒穿？

– 你心裡有數。

– 這照片是誰照的？

– 誰寄給你的？

– 這是勒索嗎？

– 你為什麼不說話？

6

（耶斯科和貝蒂娜在劇場裡，馬爾特已經坐在後排了。亮場，幕起。他們用快動作對所看的戲走過一遍不同的坐姿和態度。先是暗場，然後亮場。他們鼓掌，對表演相當滿意。喃喃自語，交談，香檳酒杯。馬爾特出場，手裡拿著一個香檳酒杯。）

馬爾特　不會吧！看看這裡是誰！

耶斯科　喔不！是誰在**這裡**呢！

馬爾特　太誇張了。你這個德雷舍。[5]

耶斯科　真是太誇張了！你這個卡洛維茨。

馬爾特　太誇張了。嘿，貝蒂娜。

貝蒂娜　嘿，馬爾特。

馬爾特　太誇張了。

（親親臉頰，左邊一下，右邊一下。男士互相擁抱。）

耶斯科　太誇張了。是什麼時候開始准你進劇場看表演的？

馬爾特　從劇場失去了尊嚴開始。

耶斯科　沒錯，那裡就適合你了。

馬爾特　我們在那什麼都沒學到。

貝蒂娜　你們還在戲裡嗎？

耶斯科　我們跳脫過嗎？

貝蒂娜　你們該下戲了。

馬爾特　剛剛就看到你們了，我在你們後面三排。你們看起來比以往任何時候氣色都好。特別是從後面看。

---

[5] 譯註：直接用姓氏稱呼對方來強調對方的重要性。

貝蒂娜　只要還能看到我們，你就沒什麼好怕的了。

馬爾特　貝蒂娜，妳實在是令人嘆為觀止，但妳是越來越像你先生了。

貝蒂娜　相反，是他越來越像我了。

馬爾特　都是出自同一個模子。

貝蒂娜　但根本上是不同的。讓你喘不過氣來的只是你的哮喘病而已。

馬爾特　你們又把我逗樂了。

耶斯科　你覺得剛剛那齣怎麼樣？

馬爾特　嗯，要我說，我覺得怎麼樣，我覺得怎麼樣。我覺得中等。

耶斯科　「中等」也是句空話。

貝蒂娜　為什麼**也是**？

馬爾特　那**你**覺得怎麼樣？

耶斯科　（短暫停頓。）中等。

馬爾特　跟我說的一樣。貝蒂娜的評斷會更獨到些。
我們要不要去喝點東西？

貝蒂娜　不要，沒辦法，不巧沒法去。

耶斯科　小孩要顧。

馬爾特　可惜。

貝蒂娜　真的很可惜。我去拿我們的外套了。（離開。）

馬爾特　是了，她從來就受不了我。

耶斯科　胡說八道。我們真的得走了。

馬爾特　還是我們倆去喝一杯？上次聚是好久前的事了。

耶斯科　那倒是。

馬爾特　最近也發生了很多事。

耶斯科　的確是。但為什麼這麼說？
發生了什麼事。

馬爾特　馬圖什卡記得吧？

耶斯科　什麼鬼，馬圖什卡。

馬爾特　你還不知道嗎？

耶斯科　他很快娶了他的超模，把房地產變賣給在美國的名人。沒什麼新鮮的。

馬爾特　哈哈。沒什麼新鮮的。你這老傢伙。德雷舍。真沒想到。

耶斯科　怎麼了？

馬爾特　馬圖什卡現在在牢裡。

耶斯科　什麼。

馬爾特　對。

耶斯科　為什麼呢？

馬爾特　就是戀童的事。還有那些照片。

耶斯科　什麼？

馬爾特　對，很慘。超怪。離譜。

耶斯科　你在說什麼？

馬爾特　他們現在把他當成殺人犯一樣對待。

耶斯科　什麼，兒童，照片——

（貝蒂娜帶著外套回來了。）

馬爾特　你到底是住在哪裡？你現在什麼消息都不聽，還是怎麼回事？還是媒體報導太多來不及看？

貝蒂娜　差不多該走了。

耶斯科　這我們真的需要儘快討論一下。

馬爾特　當然囉。

貝蒂娜　怎麼了？

馬爾特　我們以前的一個同學遇到了麻煩。（看著耶斯科如何輕描淡寫地淡化不安。）但是沒事。是關於抵押貸款，高盛，諸如此類的事情。

貝蒂娜　已經算有事了。

耶斯科　但沒什麼事是無法解決的。

馬爾特　沒有。反正沒有這種事。兵來將擋水來土掩。
特別是對於像我們這樣的人來說。

耶斯科 你倒是說得輕描淡寫。

馬爾特 貝蒂，[6]德雷舍。真沒想到在這裡碰到。

耶斯科 太誇張了。在櫃檯逼供拷問馬爾特。[7]

馬爾特 你們一切順利。堅持下去。小不忍則亂大謀。堅持並且低調。

真沒想到。這個德雷舍。

---

[6] 譯註：貝蒂娜的暱稱。

[7] 譯註：耶斯科在這裡用馬爾特（Malter）、「拷問」（die Marter）和「櫃檯」（Schalter）的發音玩文字遊戲。Am Schalter也有「開關」的意思。

7

（在蓋被下。）

– 到了晚上，耶斯科・德雷舍無法入眠。他似乎誤解了什麼。而他不知道是什麼。
– 與他依然令人垂涎的妻子上床近乎為一種表演，在過程當中他既是演員又是觀眾。這不打緊，但很不尋常。
– 他覺得自己像個騙子，看著自己撒謊，流著汗，沒把握，每一個漫不經心的姿勢都是還無法解讀的自白拼圖當中的一塊。他要坦承什麼？
– 無法入睡的時候，他試著盡可能不要動。

貝蒂娜 你睡不著嗎？
耶斯科 可以啊。

– 蓋被像薄片一樣鋪在他身上，像義式生肉片，又薄又濕，而且是不久前還活蹦亂跳的。
– 他出汗了。他自己就是義式生肉片。他不想動。他不想向自己和她承認他睡不著。
– 彷彿爬進他童年的蓋被堡壘洞穴裡，他鑽進先是僵直的，之後潮濕的床上用品，鑽進自己腦中的竊竊私語，慢慢地，用慢動作，有好幾分鐘之久。在他的眼瞼，同樣也是細細薄薄的肉片之下，瞳孔癱軟在一片渾濁中。

貝蒂娜 惜惜。（抱住他。）
耶斯科 嗯。
貝蒂娜 你做噩夢了？
耶斯科 沒有。我在睡覺。

– 他就是一片從主耶穌腰側逆紋橫切下來，馬上可以裝盤上桌的里肌死肉。
– 他那時多大了？十一，十二？還是十三歲？
– 他馬上認出了那個公園，平坦的山坡，草地往上走就通到多洛羅薩別墅，那是中學六年級學生的住所，他是他們當中的一個，照片裡還可以看到當時馬匹中的一隻，在遠處，是種馬當中的一匹，卡瓦侯，那時是這麼稱呼的，而他有多久沒有想到卡瓦侯了，那傢伙現在在做什麼呢，卡瓦侯，那個縱火狂，卡瓦侯，那個沉默寡言的金・貝辛格[8]—蠢蛋，卡瓦侯，那個彎腰駝背的金髮葡萄牙人，神祕又傻呼呼的——就是說，他是種馬之一。卡瓦侯有一天，更確切地說，是中學階段一個平常的下午，就像那樣用一個普通的塑膠袋擠壓他們的老二，好好地手淫了一番，然後用袋子裡的精液——

（耶斯科略微驚醒過來。）

貝蒂娜 怎麼了？
耶斯科 沒事。做噩夢。
貝蒂娜 呼呼。（護住他的頭。）

– 那馬圖什卡經歷過什麼？他也收到過這些照片中的一張嗎？馬圖什卡是不是因此而發火了？也許這些照片會讓人抓狂？如果會，為什麼它們會令人抓狂呢？
– 為什麼，為什麼，為什麼。不管是什麼原因，耶斯科想，又把這些念頭嚇跑了，又或者自己想像，假裝他能像趕走煩人的蒼蠅一樣把它們嚇跑。但吸引蒼蠅的那坨屎就在他裡面。蓋被下變得又緊又濕。

---

[8] 譯註：Kim Basinger（1953-），美國女演員。

－這沒什麼，這是一張照片，是一張我的照片，以前的照片，那個就是我，為什麼那個是我，我在那裡一絲不掛，為什麼。哪個神經病匿名發了這樣一張照片到我的手機上，這一定是個精神病患，這個精神病患者是從哪裡拿到了我的電話號碼？為什麼我不記得了？記得什麼？

－你當然記得。

－你不也記得。

－我們都記得。

－我們只是不想再記起來。

－我不知道你們在說什麼。

－你當然知道。

－這坨屎就在我們裡面。

耶斯科 可是——

（鬧鐘響了。現在是早上。）

貝蒂娜 早安。

耶斯科 早安。

貝蒂娜 你來煮咖啡？還是我來？不，你來。

8

馬爾特 那個時候，在我們年少時，那已經是很久以前了，我們根本對時間無感。我們還沒辦法編撰我們的年齡，還無法把我們的人生串成小包小包，就像現在一樣，一點一點慢慢地把它們當成過往放下，並且鎖上。從意識的角度來看，人生是一個整體；它慢慢地只取得了輪廓和故事；少之又少，甚至幾乎永遠不會有一個自我，這個自我會變老，會跟自己較年輕時的版本比較，同時發現差異，甚至指出矛盾。變老，我變老了——年輕時沒有這種事，只會諷刺地說：對啦對啦，人是會長大的。**現在的我**和**那時的我**是同一個人，要在這兩者之間做出區別是無法理解的。過去還沒有像今天這樣的差距和代溝，就好像它們現在可能以一種異於尋常的細膩方式再次對自我認同的產生發揮作用一樣。你的自我在過去是這樣地緊貼著你，這讓你覺得是一種負擔：你覺得帶著它你似乎無法移動。而今天你希望能把它拿回來，好讓時間靜止，就算片刻也好，想用千萬個回憶和自我片段來交換照片中的少年，他本身，也就是你，曾經是個負擔，但這至少是真實而完整的。你到底有沒有在注意聽我說話？

9

（辦公桌，談話中。）

耶斯科 抱歉，但事實不言自明，沒有必要搞成這樣，不要狡辯。
狡辯。
（解釋）吹毛求疵，似是而非的論點。

（郵件到了，耶斯科查看郵件。）

不是這樣的！無論如何，付費牆的時代即將來臨，我們如果做為國內最大的團體先開始做，就會帶動其他團體更快跟進。您看看《紐約時報》的付費牆：這不是搶劫。不，這裡不是美國，誰說這裡是了？但這是條林蔭康莊大道，這裡的讀者想的不一樣。他們明白，天下沒有白吃的午餐，使用者付費的道理。每個牛奶工[9]都明白這一點。只有您不懂，看來是這樣。

（打開一個沒有署名寄件人的棕色信封，裡面是照片。）

哪種語氣？好，對不起！您聽好了：我和瓦德納談過。他也不能總是私下自掏腰包貼老本。左翼的林蔭大道，什麼跟什麼，林蔭大道都是右駕，向來都是。我們得一馬當先。越快越好。最晚在德甲賽季開賽就開始。之後都可以重新調整。造成既定事實，跟以前一樣！好吧。回頭見。（掛斷電話。）

---

[9] 譯註：「清晨六點鐘如果是牛奶工而不是警察來敲門，那就證明自己不是住在一個集權國家。」（“If it rings at six in the morning at my door and I can be sure that it is the milkman, then I know that I live in a democracy.”）這裡用邱吉爾（Winson Churchill, 1874-1965）的比喻代表民主社會。

真是的，嘿。

（獨自一人。打量照片。拿起電話。放下。出神地凝視著某處。）

馬爾特 偏偏第一個被懷疑的是我，這當然不像話。偏偏是我。我這個超脫卻又忠實的附庸。我，這個愛嘲弄的同伴。這個從不中斷聯繫的二線主顧。我幹嘛要躲起來作怪？躲得更厲害的可是耶斯科。他總是有辦法獲得讚美，向來都很成功，但他潛意識裡總是有另一套邏輯。他看穿一個人，認清情勢，再掂掂自己的優勢，就邁出下一步。就連跟他一起喝的啤酒也不算是真的啤酒。它是個誘因，它是個道具，它是一種**手段**。一種達到未知目的的手段。

耶斯科 乾杯。

馬爾特 也乾。

所以啊，馬圖什卡，在美國。就如你之前所說的，什麼都有了，懷孕的模特兒未婚妻，房地產賣給布萊安潔莉娜。[10]然後呢：孩童色情物。被谷歌報導了。你看看網上的照片。馬圖什卡，被員警像罪大惡極的罪犯一樣帶走，垂頭喪氣，一頭亂髮。

耶斯科 誇張。人會迷失自我到什麼程度。

馬爾特 但也很誇張的是：人會怎樣被論斷。就像個殺人犯一樣。是很棘手的事，但這是不成比例的。

耶斯科 不清楚。我不知道細節。

馬爾特 這我還是別指望你了。他還上網大聊特聊，好個馬圖什卡。多的我就不說了。說完了。真是夠變態的。不過是虛擬的，純粹虛擬的。

耶斯科 你還收到了一封關於這事的信？還是一封電郵？

---

[10] 譯註：Brangelina，呼應美國演員布萊德・彼特（Brad Pitt）和安潔莉娜・裘莉（Angelina Jolie）結成夢幻伴侶，而出現結合兩人名字的合成詞。

馬爾特　是同克跟我說的。但其實每個人都知道。只有你才會受到保護，不受影響。

耶斯科　我不會不受影響。

馬爾特　六年。入獄六年。而且還是在美國。你馬上就會聯想到一些粗暴的場景，就像在電影裡一樣。他現在可要被灌腸了。

耶斯科　合理。

馬爾特　抱歉，但這種處罰太超出常理了。

耶斯科　你沒有小孩。

馬爾特　然後呢？或許這就是為什麼我可以做更好的評斷，更不帶感情色彩的。

耶斯科　不能逮捕的是生產者，管它是在俄羅斯、捷克，還是什麼地方——該懲罰的是消費者。而且要嚴格懲罰。

馬爾特　但不能像懲罰殺人犯一樣。

耶斯科　這是靈魂謀殺。甚至比靈魂謀殺還糟糕。這是最糟的，無言，難以置信。

馬爾特　如果我在網路上看影片，這跟我真正觸碰一個孩子不太一樣。

耶斯科　它傳達的是一樣的。這些照片是性侵，誰看它們，就算是有罪。還有：「觸碰」——也夠委婉的了。

馬爾特　約翰尼斯是說：性刑法每五十年就會更動一次。

耶斯科　約翰尼斯。他到底過得好不好。

馬爾特　很好。他在 Wallace & Schäfer 公司工作。

耶斯科　還不賴。

馬爾特　這種懲罰無論如何是太嚴苛了。

耶斯科　如果這發生在我們身上的話。在我們還是孩子的時候。

（沉默。）

馬爾特　那會怎樣。

耶斯科　不知道。

馬爾特　我會把這些狗娘養的剁成肉醬。

耶斯科　我也會。

「狗娘養的」？

你現在說的就像反社會人格障礙患者一樣。

他們到底都在做什麼呢？

馬爾特　誰，反社會人格障礙患者？

耶斯科　其他人。

羅德在做什麼，比方說？

馬爾特　他在博德曼（Bertelsmann）[11]工作。

耶斯科　布雷多的博德曼公司？

馬爾特　靠他老子的關係。

耶斯科　那奈特貝克呢？

馬爾特　他有自己的評比機構。

耶斯科　沒錯。而你有你的蹩腳廣告公司。

馬爾特　欸，欸。鐵路局是我的客戶欸。

耶斯科　那其他**那一票**人呢？他們叫什麼來著。

馬爾特　有些失蹤了。

耶斯科　我很好奇。那些失蹤了的。

馬爾特　為什麼？

耶斯科　我不知道。我最近又有這些想法。

你什麼都不記得嗎？

馬爾特　要記得什麼？

耶斯科　也許馬圖什卡自己就是個受害者。

馬爾特　這樣想實在太簡單了。誰會願意當受害者呢——受害者頂多只有一個。難不成還有更多。

耶斯科　這可能會是個提示。

馬爾特　提示什麼？

[11] 譯註：國際媒體集團，總部位於德國北萊茵—西發利亞邦（Nordrhein-Westfalen）東北的居特斯洛郡（Gütersloh）。

耶斯科　老實說吧。你什麼都不記得嗎？

馬爾特　記得什麼？

耶斯科　我也不記得。

馬圖什卡能從監獄——寫信或發電子郵件嗎？

馬爾特　我想可以。只是一切都會被過濾和審查，有可能。你要跟他聯絡嗎？

耶斯科　不要。

馬爾特　也許我們該跟他聯絡。

耶斯科　別鬧了。

馬爾特　怎麼會，我們現在就寫信給他。（拿過一張餐巾紙。）這裡，我把它騰寫清楚就寄出去。同克一定知道地址。

（拿他的手機。）不，我把它輸入手機。

喔不，我用錄的。

耶斯科　不要用錄的。

馬爾特　「親愛的塞維林。」

耶斯科　別錄了。

馬爾特　為什麼？有個人會掛在監獄裡！就像在影片裡一樣。拜託，那是馬圖什卡！我們的馬圖什卡！

耶斯科　那個猥褻兒童的傢伙。

馬爾特　他只是在網路上。只在網路上。

「親愛的塞維林。」現在我腦中一片空白，該怎麼談這件事呢？「在我們耳聞之後，」——「當惱人的訊息告訴我們」——「你陷入爭議中」——

耶斯科　陷入同性尷尬的處境中。

馬爾特　好啦好啦。你最好幫我一下吧。

耶斯科　你一點都不想幫他。你只是想凸顯你自己。讓他看清，你有多認識他。提醒他，你無法同理他的處境。本來要安慰人的，卻狂刷自我存在感。

馬爾特　你正好想歪了。我從來不知道你會想得這麼邪惡，這麼簡單。

耶斯科　我完全有理由這麼做。

馬爾特　什麼理由？你的日子過得很好。也許人生這麼善待你，**正因為**你想得這麼邪惡？

耶斯科　有時候我真的覺得，我們過得太好了。一定有某些防禦機制起了作用，有可能，我是這麼想的。沒有人能過得這麼好，這一定和壓抑有關。

馬爾特　壓抑。讓我們有喘息機會的力量。

耶斯科　我為每一個被遺忘的細節而感到高興。你真的什麼都不記得嗎？

馬爾特　就是變態的神職人員，很正常。他們當然是按照順序一一修理了我們——

耶斯科　哦？

馬爾特　——不是**這樣**。而是影響我們一輩子。他們把我們一輩子都武裝起來。（做一個手勢：架拐子做出護己撞人狀。）

耶斯科　是的。

馬爾特　順便說一句：我自己過得一點都不好。你是把自己的經驗投射到其他人身上。

耶斯科　那些照片呢？

馬爾特　哪些照片？

耶斯科　你不記得我們是怎麼被拍的了嗎？

馬爾特　當然記得。就是史坦拍的。

耶斯科　沒錯，就是史坦。

馬爾特　那只是他一時短路。但那真的不——

耶斯科　不。但有時我會想起這件事。

馬爾特　為了年鑑拍的照片。

耶斯科　也為了私人收藏。

馬爾特　毫無意義的照片。

耶斯科　基本上就是你今天從事的行業。

馬爾特　哎，怎麼這麼說。

耶斯科　你那時是裸體的嗎？

馬爾特　全裸？不是。

你呢？

耶斯科　不是。

馬爾特　就算是又怎樣。那就來寫吧。

「親愛的塞維林。」

（長時間停頓。耶斯科抿嘴笑。）

馬爾特　不是就不是。

– 在接下來的幾天裡，耶斯科・德雷舍浮出新的孤獨感。他還不熟悉擁有一個祕密的感覺。他的祕密幾乎成了他傾訴的朋友，他咬耳朵的對象，一種內心的流亡，一種與自己親近的空間，這種親密感對耶斯科來說既新鮮又陌生。
– 他和妻子、孩子們一起坐下來吃飯，但從來不是他單獨自己一個人。同桌總是還有別的東西。他的身份認同增添了一個陰沉但有趣的層面，這賦予他心中一個新的深層，一個近乎某種動物性的、本能的、危險的層次。他自己一起陪同坐上桌，像個赤身裸體的男孩。知情者一起坐上桌，像空洞的幽靈；史坦一起坐上桌，處於半勃起狀態；而已知和已說出的之間差異也坐上桌，撕扯出話語和個人之間的差異鴻溝。
– 他也帶著這個祕密上床睡覺。有時他卻擔心睡覺時這祕密會折磨他。
– 一週後，另一張照片從一個新的號碼發送到他的手機上時，這次加上一個嘔吐的表情符號，他先是想爆笑出聲。但這笑聲卻沒有成功。
– 這張照片還顯示了他的性別。
– 尚未發育，還沒有毛髮，但就是他的生殖器。
– 從常識上來說，這是色情物。
– 那從法律意義上來說呢？

公務員 這就是他們在eBay上所做的。像這樣的預付卡到處都買得到。只要五歐元，您就可以取得一支已開通並且註冊在某人名下的手機。

耶斯科 而您真的無法追蹤是誰買了它？

公務員 大多數人沒給正確的資料，也沒人在管。

發生了什麼事？您受到恐嚇嗎？

耶斯科　不能這麼說。

公務員　那能怎麼說？

耶斯科　我得到來源不明的照片。

公務員　您給我看看吧。

耶斯科　（先是想要展示它，然後）不。

公務員　您得了解您對您記憶體上的內容必須負責。

耶斯科　我會刪掉它的。我只想知道是誰把這些東西寄給我的。

公務員　是來自網路的照片嗎？

耶斯科　我不知道。

公務員　如果我們要開始調查，您就必須說明發生了什麼。然後事情就會進入它的程序。

耶斯科　進入沒有結果的程序。如果您根本找不出寄件者，那有什麼意義？

公務員　我們還不知道是不是這樣！您到底要不要舉報？

耶斯科　不要。我甚至連這樣的事情是不是犯法都還不清楚。

公務員　評估的部分您就得留給我們了。

耶斯科　那我可不確定。

公務員　我可是確定的。

耶斯科　那這就是問題了。

12

約翰尼斯　當時我們根本對時間無感，它是過去了還是沒過去，它是宣告即將來臨或是餘音繚繞，都不重要。在接下來的假期之後，反正就是個三不管地帶，全然的不毛之地。任何想得這麼遠的人都會被好好嘲笑一番，然後被拋在腦後並且被遺忘。是的，我們為那一點點的過去和非常沉重的現在已經有夠煩惱了，這就是當時所說的，這些是我們必須一決勝負的戰鬥。而且就在當下，或是馬上和之後，最遲在轉角一步之遙的明天，但請不要在某時和某地，如果想得這麼遠，那就太蠢了。也許這個打擊會馬上擊中我，而我甚至一點都沒有注意到它，因為我正在為我所謂的未來絞盡腦汁。也許我的現在正在成為過去，而且就像一條學步階段的安全帶，它定出了我永遠無法走出的圓周半徑。然後呢？那很糟嗎？

13

約翰尼斯　在電視上你看起來比較沉穩。

耶斯科　在電視上我只是看起來比較肥。

約翰尼斯　我爺爺總是說：圓潤即健康。

耶斯科　我爺爺總是說：肥胖多痛風。

約翰尼斯　太好了，我們在工作上也可以聚在一起。

耶斯科　你嗅到一個有利可圖的委託。

約翰尼斯　如果我否認懷有拿到德國最大的出版集團委託的希望，那我就是在唬爛。

耶斯科　但我是私下在這裡。

約翰尼斯　那為什麼要特別約時間呢？

耶斯科　我有事情要問你。

約翰尼斯　這你也是可以私下約。

耶斯科　它是私人的，同時也不是私人的。

約翰尼斯　有意思。

耶斯科　這裡算隱密的嗎？

約翰尼斯　絕對是。

你的問題是什麼？

耶斯科　你是不是知道什麼事情。

約翰尼斯　有關什麼？

耶斯科　你那時是史坦的最愛，不是嗎。

約翰尼斯　什麼？為什麼？

馬圖什卡是史坦的最愛。還有你。

耶斯科　不，你那時也是他的最愛。

約翰尼斯　我什麼都不是！這讓我很火大。

耶斯科　我只是成績很好。最愛不是我。

約翰尼斯　問題到底是什麼？我該知道**什麼**嗎？

耶斯科　我換個方式來形容。

約翰尼斯　請說。
耶斯科　我們過去長期處於某種競爭之中。
約翰尼斯　那都是二十年前的事了。
耶斯科　青春印記是持久的。
約翰尼斯　沒錯，但問題是什麼？
耶斯科　是不是有人想傷害我？
約翰尼斯　誰？我嗎？
耶斯科　我不知道。
約翰尼斯　要怎麼傷害呢？
耶斯科　你來告訴我。
約翰尼斯　這是在演哪齣。你想怎樣？
耶斯科　**你**想要怎樣。你當時被趕出學校不是我的錯。你是一個代罪羔羊。
約翰尼斯　什麼？我只是呼麻被逮到了。
耶斯科　有些人被逮到了。而這幾個人只要離開就好。
約翰尼斯　我們就是不夠有錢。
耶斯科　而且你們沒名，你們什麼都不是。
約翰尼斯　更好的是我現在過得很好。把這裡的一切從無到有，用我的雙手，我的大腦。還代罪羔羊哩。拜託你喔。
耶斯科　哦，你是的。而現在你想在事後把**我**變成受害者。
約翰尼斯　你瘋了嗎？你在說什麼？
耶斯科　在說你所營造的威脅場景。用這些照片。
約翰尼斯　什麼照片，老兄！

（暫停。他們相互對峙地看著對方的眼睛。）

耶斯科　好啦。好啦。這是個實驗。
約翰尼斯　什麼實驗？
耶斯科　放心。不是你。
約翰尼斯　真搞不懂你怎麼突然出現在這裡，還在鬼扯些什麼。

耶斯科　我也不懂。你冷靜一下。

約翰尼斯　還用那時的事對我大吼大叫。

耶斯科　抱歉。也許這真的會成案。那你就有個委託案可做了。

約翰尼斯　怎麼搞的？

耶斯科　在你知道太多之前，告訴我：誰會有可能想要傷害我？

約翰尼斯　任何人都有可能。嫉妒的人。你在媒體上。

耶斯科　可能是我們學校的某個人。

約翰尼斯　也可能是任何人。

耶斯科　可能是某個過得特別糟的人。時間很多。失業，生病了。

約翰尼斯　康斯坦丁應該過得不好。

耶斯科　嗯，康斯坦丁。

約翰尼斯　我前陣子才和他女朋友說過話。她自己也過得很糟。據說弗拉霍也很消沉。一個大我們三屆的人最近自殺了。但這到底和什麼有關？

耶斯科　康斯坦丁怎麼了？

約翰尼斯　如果你不說到底是怎麼回事，我就不再回答任何事情。

耶斯科　它需要審慎處理。

約翰尼斯　沒關係。我的感覺沒有太過敏銳。

耶斯科　但是需要審慎處理的時候，你得那麼敏銳。

約翰尼斯　我是兩者兼備。現在鬆口吧。

耶斯科　我們可以進一步縮小範圍。這個某人需要一個能夠接觸某事的管道。接觸當年的某件事。

約翰尼斯　當年的某件事。可以再更不清楚一點嗎？

耶斯科　接觸那些檔案的管道。

約翰尼斯　哪些檔案？

耶斯科　史坦的檔案。

約翰尼斯　跟史坦有什麼關係？哪些檔案？

耶斯科　一定有一些。他總是在拍照。而且收藏了起來。

約翰尼斯　沒錯，他拍了照片。

耶斯科　也拍了你？

約翰尼斯　沒有。
耶斯科　史坦幫我們所有人都拍了照片。特別是他的那些最愛。
約翰尼斯　那由此就可看出，我不可能是最愛。
耶斯科　確定？但你以前對我來說看起來就像個最愛。

（暫停。）

約翰尼斯　然後他幫我們拍照。然後呢。
戲劇性在哪裡。
耶斯科　我自己都還不知道。
約翰尼斯　馬圖什卡這件事就是這樣。這事讓每個人都快瘋了。
耶斯科　我不會。
約翰尼斯　那你怎麼會想到這些？
耶斯科　那裡有些可疑的跡象。
約翰尼斯　現在是你在發送可疑的跡象。說大白話吧。
耶斯科　這是絕對保密的嗎？
約翰尼斯　這叫做保密義務。
耶斯科　你到底知不知道這意味著什麼？
約翰尼斯　什麼？
耶斯科　這些事實。這些可能性本來有可能是可能的。這完全是個詮釋的問題。它有可能很戲劇性，但也可能不。但如果這是一齣戲，那就夠看的了。
約翰尼斯　我一個字都聽不懂。
耶斯科　我不知道我想要的是不是一齣戲。你懂嗎？
約翰尼斯　不懂。
耶斯科　這正是你剛剛的問題：哪裡有戲？
如果我們不要，它就不存在。不，我不想要有問題。
你呢？
約翰尼斯　我？
耶斯科　對，你。

約翰尼斯　不要。

耶斯科　所以呢？

約翰尼斯　我不知道。

耶斯科　所以什麼都沒發生。

剛剛所說的絕對保密。我付三倍時資。

約翰尼斯　你是想羞辱我。這是友情服務。甚至連服務都算不上。純粹是友情。可是——

耶斯科　那更好。

約翰尼斯　耶斯科，可是——你大可——

耶斯科　我知道。如果有必要，我會再找你。

約翰尼斯　隨時。真的。

耶斯科　約翰尼斯？

約翰尼斯　怎樣？

耶斯科　守口如瓶。對任何人都一樣。

14

– 我記得那漫長的逃亡，大理石雕像，[12] 大理石地板，石板上面的腳步似乎不僅穿過空間，也在時間中發出迴響，在數個世紀間來回穿梭，聽起來像是令人費解的編年史的聲響，我，這個孩子，漫不經心地對這些來自過去的合法化變得熟悉，被這個遙遠、陌生的外來知識所包圍，而我無法評估它的年代，它似乎是永恆的，永恆而因此是正確的，而我應該慢慢地習慣它，然後我無意識地跟它結成一個整體，在這個合一的孩童意識中，而且多年來我喜歡固守著歲月而成長，在我甚至不理解傳統這個詞之前就感受到了它。然後是青春期，反抗的出現，心智的咆哮，一切都分崩離析，有趣的是，仍然被生命中這個階段常見的性爆炸所背叛和震撼。我說「有趣的是」，但我要表達的意思是相反的。

– 我是個人，但不是這個人。我是另一個佔據我的人。

– 我想起我欣賞、喜愛的老師。英語老師葛拉茨基，黑板上的粉筆轟炸，字挨著字，亂七八糟，引人入勝，字彙必須像郵票一樣收集起來，他說；據說他對朗文字典滾瓜爛熟。一個激情的劊子手這張皺巴巴的臉。字句中蘊含著這樣的騷動。

– 我想起巴伯油布夾克[13]和那些有著相同面孔表情的人。

– 總共九年，在那段時間裡我變成了我。我什麼都記得，又或者什麼都不記得。時間並不站在我的對立面，在它當中我才變成了我自己。我應該怎麼有分析這一點的能力？該如何釋放和檢驗自己？

– 我媽只想讓我成為一名牙醫。這就是我去到那裡的原因。這對我沒有損害。

---

[12] 譯註：這裡描述的場景在影射性侵害事件發生地：阿洛伊修斯寄宿學校的Stella Rheni別墅。參見https://unheiligemacht.wordpress.com/thomas-melle-bilder-von-uns/?fbclid=IwAR1BUmNr2TnQYb0RMTEi9lMCPXF4lpX1HGy8QbT4htx8vE1pBWXa8qs869s。 讀取於20.07.2022。

[13] 譯註：Barbour是最早出產油布夾克的英國品牌，被視為中產階級富裕的識別象徵。根據劇作家所述，性侵害主角Ludger Stüper神父偏好的學生經常身著Barbour夾克。來源同上。

– 我需要史坦。我很佩服博世。史坦就像上帝一樣，然而是個憤怒的上帝，他籠罩一切，有一隻來自雷雲的眼睛。他塑造了我，我不在乎他對別人不好，重點是他對我很好。博世是道德權威，史坦是形而上學的。我跟博世處很好。跟史坦也沒問題。

– 我想起史坦和博世。我想起史坦。我生病了，但我不想去找史坦，不想去找博世。我想等到克拉森太太在醫務室值班。每個人都知道，史坦會把體溫計從後面塞進去。我不要那樣。我是個表層的影子，大教堂迴響中的虛無。

– 他是那麼樣一再不斷地強調，我是醜陋和令人厭惡的，我在發臭。然後他是怎麼指示走廊警衛注意我不會離開教室。因為，據他的說法，我是一個毒販、強姦犯和暴徒，史坦這樣告訴我媽，好讓她把我送去寄宿學校，她沒有這樣做，他就用竄改過的成績把我從學校開除。

– 我在這裡和史坦一起坐在儲藏室極度狹窄的空間裡，不得不在他帶著沉重呼吸的監督下做數學習題，因為他懷疑我會一再不斷地抄襲。我是班上數學最好的。但如果我是最好的，我怎麼會抄襲別人的？他呼吸著。我聽著他的呼吸聲。這是個奇怪的情況。他喘息著，嘟囔著。他呼吸。我不呼吸。我屏住呼吸寫習題。但我忘了要怎麼寫，我知道，我再也不會是最好的了，這讓我十分難過。而他只是繼續呼吸，吸得越來越深也越近。

15

（在床上。耶斯科和貝蒂娜。貝蒂娜在睡覺。手機響。）

耶斯科　喂？什麼？（起身。暫停。）
您哪位。
很好。
我當然還認得你。
怎麼會，這當然很重要。
你想趁機達到什麼目的？
我現在該怎麼做？
我就是不知道。
你想怎樣。
你想從我這裡得到什麼。
這到底是怎麼回事？
什麼？這是什麼意思？
喂。喂。（掛斷電話。）

貝蒂娜　剛剛是誰？

耶斯科　不重要。

貝蒂娜　誰說的。

耶斯科　一個瘋子。

貝蒂娜　或許是個女瘋子。

耶斯科　有可能。剛講過悄悄話。

貝蒂娜　耶斯科，剛剛是誰。

耶斯科　我真的不知道。

貝蒂娜　那他說了什麼？

耶斯科　想給我壓力。

貝蒂娜　怎麼回事？
不要以為我什麼都沒注意到。

耶斯科　不是啦，不是。

貝蒂娜　不是？什麼不是？我和你住在一起。我可是看著你的。

耶斯科　我真的不知道。有人想勒索我。又或者不是。他什麼都不要。搞什麼鬼。

貝蒂娜　用什麼勒索？

耶斯科　沒腦。真的。

貝蒂娜　如果沒腦，那怎麼能勒索你呢。

耶斯科　所以就是不能啊。

貝蒂娜　到底要用什麼勒索，可惡。

耶斯科　我在付費牆上捅了婁子。谷歌變得太強大了，我們槓上他們。然後輸了。但這事那個老太婆還不知道。

貝蒂娜　什麼？

耶斯科　他們想讓我滾蛋。不知道是哪個神經病聽到了點風聲想要這樣。不曉得，是編輯部或是銷售部的。

貝蒂娜　然後在半夜打電話給你？

耶斯科　聽起來像喝醉了。

貝蒂娜　很怪。

耶斯科　對，但沒什麼大不了的。

貝蒂娜　如果你有外遇，就馬上說出來。我們是成年人了。

耶斯科　什麼？沒有。

貝蒂娜　沒有？

耶斯科　沒有。

我們現在可以繼續睡了嗎？

貝蒂娜　希望可以。

16

– 耶斯科躺下入睡時，馬爾特醒了。

– 他那時自己一個人住。每兩年就有一段關係，他從來沒讓一段關係超過三年。他並不認為自己有關係障礙，他認為自己是個享樂主義者。

– 的確。

– 他也真的喜歡自己一個人睡。

– 他突然沒法這樣了。

– 他看著自己。這曾經是真的。

– 些微模糊，灰塵瀰漫並且布滿來歷不明的細微斑點，鏡中映出他自己身體的影像。從這當中分離出其他的影像，舊的、未知的，像曝光了兩三遍的錯誤影像，雙重影像，盤旋在黑暗的鏡子前，裂解了他自己的目光。

– 他從未見過也未忘記的錯誤影像。

– 後來有人說，這不是普通的孩童照片，而是成年男子注視男孩的照片。

– 被史坦拍照意味著「至少兩小時成為他關注的焦點」。

– 馬爾特仔細地打量自己。

– 據說史坦神父偏愛某種類型的男孩。這個選擇是基於美學標準。專指那些有著「古希臘青年公民」般外貌的年輕人，「天使般」、有著修長的身材、半長髮或是運動型的俊美男孩。據一位目擊者的描述，「戴著眼鏡或牙套」的絕對不會被選中。通常「最愛」是沒有父親的。

馬爾特 這是什麼。

– 馬爾特看著鏡中的自己。沒有記憶空白。從來都沒有過。一切記憶都在。帆船旅遊，泡三溫暖。

– 它在那裡，但有所不同，就像倒過來一樣。

– 視角顛倒了，他現在是照相機，但他卻看不到自己，對自己視而不見，在他來的地方，那裡有片空白。

（沉默。馬爾特拿起電話。）

馬爾特 約翰尼斯？回我電話。很急。真的。（掛電話。）

17

女老師　如果開始構想一齣戲，它也就會上演，問題是選用哪個版本。而一齣構想過的戲，即使只是在頭腦中，也算是已經上演過了。如果是構想好的，就不可能放棄這樣的構想。

耶斯科　這種想法當然是無稽之談。思考並不總會有結果，想出來的念頭可以再次打消或者被刪除。

女老師　這位先生。

耶斯科　是。

女老師　您不認得我了嗎。

耶斯科　認得，當然，抱歉——我的意思是——

女老師　您差點撞到我了。

耶斯科　哦，拜託。

女老師　我和那些小朋友。

耶斯科　所以，那現在——？

女老師　您好嗎？

耶斯科　是的，很好！這算個什麼問題。

女老師　一個正常的問題，不是嗎？

耶斯科　我們只是彼此不認識，這就是為什麼——。
我根本不是照片上的那個人。

女老師　不是？

耶斯科　哦，不，那根本不是您。我認錯人了。

女老師　沒錯，那就是我。

耶斯科　我們可以小聊一下嗎？

女老師　您說。

耶斯科　我自己那時也很震驚，否則我就不會給您看這張照片了。

女老師　您跟這張照片有何關聯？

耶斯科　它讓我忙得一團亂。它從您這裡開始。但您與它毫無關聯。

女老師　不是的。您不記得了嗎？那是一場意外。

耶斯科　事實、意外和巧合變得模糊不清。

女老師　那甚至連個意外都算不上。

耶斯科　您有什麼事情嗎？。

女老師　沒事沒事。我只是想問候您好不好。現在您小題大作將它搞成大事了。

耶斯科　我沒有小題大作！我老實跟您說吧。這就是我，在這張照片上。但事實情況並沒有那麼糟。

女老師　是誰拍了這張照片，一位老師？

耶斯科　您怎麼知道。

女老師　我只是在問。我自己是個女老師。

耶斯科　是的，那是一位老師。確切地說，是一位神父。

女老師　這照片現在困擾著您嗎？您不記得這張照片了？

耶斯科　對。不，我沒忘記。但它在變化。

女老師　您意識到了這一點。

耶斯科　它們只是照片，這還不是最糟糕的。甚至可能不是可以審理判決的。

女老師　您那時多大了？

耶斯科　十一還是十二。就在青春期之前。

我不知道該怎麼辦。最好是什麼都不用做。您會知道完全是個意外。除您之外沒人知道。

女老師　我認為意外在之前就發生了。

耶斯科　那整個青春期對我來說幾乎就要演變成一場意外。

女老師　不一定是這樣。

耶斯科　這個意外損耗我們，物化了我們。

女老師　有那麼糟糕嗎？這就是日常生活。在您的報紙上，您也物化所有的東西。

耶斯科　您知道我？

女老師　看電視。

耶斯科　啊對了，看那個。還有照片。

女老師　您在那裡發展得不錯。

耶斯科　但照片會留下來，只是我變老了。現在我的腦海裡有一個空間已經打開了，裡面有著新的照片。而這些照片存在於我的生活中而且不再消失。

現在我像在和女治療師說話一樣跟您說話。

女老師　我不相信那些療法。

耶斯科　我也不相信。為什麼您不相信？

女老師　這些人只是想利用一些古希臘神話來填補自己生活的空白。讓自己可以與厄勒克特拉[14]和伊底帕斯[15]相提並論。並且撕開深淵，以便在他們呼喊的時候產生共鳴。但那裡什麼都沒有。

耶斯科　沒錯。

女老師　他們不化解衝突，而是去找治療師，在那裡，自己對事情的版本會再次被誇大和強調。他們會變成又小而又自我的野獸。

耶斯科　就是這樣。

女老師　別管它。一張照片而已。

到目前為止，看來它似乎還沒有干擾到您。

就讓這張照片只是照片。

耶斯科　這是什麼意思。

女老師　看看接下來會怎樣，繼續前進。

耶斯科　也許。或許是這樣，沒錯。

女老師　我覺得您不錯。

耶斯科　我覺得您——也是？

女老師　後會有期。

耶斯科　是嗎？

女老師　是的。

耶斯科　後會有期。

---

[14] 譯註：古希臘神話中邁錫尼（Mycenae）國王阿伽門儂（Agamemnon）的女兒，因父親被母親與其情夫殺死，與弟弟聯手殺母為父報仇。榮格（Carl Gustav Jung）將女性這種天生對父親過於強烈的依戀及對母親的敵意稱為「厄勒克特拉情結」（Elektrakomplex）。參見：https://de.wikipedia.org/wiki/Elektrakomplex。讀取於06.07.2022。

[15] 譯註：古希臘神話中底比斯（Theben）的國王。佛洛伊德將兒子在成長過程中對母親難割捨的情結稱為「伊底帕斯情結」（Ödipuskomplex）。參見：https://terms.naer.edu.tw/detail/1304314/。讀取於06.07.2022。

18

– 曾經發生過的是，史坦在1960年代末耕種他的田地以建立他的領地。

– 他看到一切會順利發展。因為這個領地繁榮興旺。美與道德遷入了馬廄裡。馬廄變成了不適合居住的教堂。

– 因為沒有美就沒有道德。[16] 有美學的環境才是使善成長的基本條件。就這樣。

– 稍微有點品味的人，就會把花盆放在這裡。這就是黃金比例。就這樣。

– 對立式平衡。[17] 據說他的才能位於「非凡」的範圍，這表示他在概念和建築方面，以及在大型框架的製造上非常出色。

– 剛開始說寄宿學校的新校長住得像王侯一樣，是個暴君、獨裁者的這些消息被淡化了下來。投訴之後，隨之而來的是姑息政策。

– 因為大家都在等他的反應。他個性急躁的事實可能帶來決定性的撼動。個性暴躁要比膽小怕事來得好。

– 特別被關注的是威爾第別墅。他自己和初中生一起住在那裡。別墅翻新過，填滿了藝術，成為他偏愛的焦點。

– 批評也來自同僚，史坦在內容和教學上無法填滿既定框架，他缺乏日常的持續性工作，他和同事討論得太少，他寧願只跟特定的一兩個「朋友」商量，他的人際關係兩極化，他有的不是仰慕者，就是敵人，兩者之間太少取得平衡，其實就是毫無顧忌——

– 這個批評停了下來。

– 應該改變的是什麼呢，我們這裡有一位相當卓越的人士、一個推動者、一個切實做事的人、一位大師——

– 對同儕老師打耳光，擅自宣布晉升，任意處罰，寵愛和支配人——

– 最主要的就是要去愛。去愛。以一種隱藏而扭曲的方式：去愛。

---

[16] 譯註：康德（Immanuel Kant, 1724-1804）在《判斷力批判》（*Kritik der Urteilskraft*）中提出「美是道德的象徵」的美學命題。

[17] 譯註：古希臘時期將人物重心集中在一側腳上的雕塑方式。參見：https://zh.wikipedia.org/zh-tw/%E5%AF%B9%E7%AB%8B%E5%BC%8F%E5%B9%B3%E8%A1%A1。讀取於 12.07.2022。

19

耶斯科　你應該過得不好。

康斯坦丁　而**你**想要幫我？

耶斯科　對。早就想了。

康斯坦丁　基督信仰在你這爆發了嗎？

耶斯科　可以這麼說。

康斯坦丁　好極了。不必，謝謝。

我過得很好。

耶斯科　你以前就會有這樣突然的發作。

康斯坦丁　我應付得來。

耶斯科　上一次是什麼時候？

康斯坦丁　不關你的事。

耶斯科　還是你現在就正在裡面。

康斯坦丁　如果我正在裡面，我是不會知道的。

耶斯科　我只是想了解一下。

康斯坦丁　你不想的，你也不能。

你想幹嘛？

耶斯科　康斯坦丁，我有個問題。

康斯坦丁　你。就是個問題。

什麼問題？

耶斯科　如果你有責任，我弄死你。

康斯坦丁　已經是這樣了。

耶斯科　所以是你。

我會義無反顧地弄到底。你看著好了。

康斯坦丁　剛剛是你聽起來像反社會的瘋子，而不是我。

耶斯科　你打過電話給我嗎。

康斯坦丁　為什麼我要這樣做？

耶斯科　出於仇恨和嫉妒。

康斯坦丁　為了一通電話這樣有點多。

耶斯科　如果是你，康斯坦丁，那就——

康斯坦丁　我現在是要為每件狗屁倒灶的事負責，還是怎樣？連哪裡有個垃圾桶燒起來，都要來找我的碴。

耶斯科　如果是你，我要請你放手。

康斯坦丁　好吧，只是理論上，來那麼一下：讓我們想像一下假設是我。不，好吧，就是我。我承認。
可是是什麼事？

耶斯科　不要這麼做。你有一種恨，一種對學校的仇恨。還有對我。

康斯坦丁　對你？你對我來說根本無所謂。

耶斯科　但你對這個學校是有恨的。

康斯坦丁　對這個戀童癖俱樂部？對那裡我也變得更加溫和了。是這麼地溫和。反正都過去了。

耶斯科　他們對你做了什麼嗎？

康斯坦丁　已經不重要了。一切都不重要了。

耶斯科　很重要。

康斯坦丁　不是對於像我們這樣的人。它只對那些仍然能發揮作用的人重要。而我為什麼該告訴你一些關於它的事情？

耶斯科　如果你是那個在恐嚇我的人——那我們就來談談。

康斯坦丁　對。是我。我是那個壞人。

耶斯科　你為什麼要這樣做？

康斯坦丁　因為我再也受不了了。你們的成功和我的毀滅。它消耗我，腐蝕我。它從裡面蛀蝕我。

耶斯科　但是我對你的毀滅無能為力。

康斯坦丁　那是你以為，你以為。

耶斯科　你從哪裡拿到這些照片。

康斯坦丁　來源保密。

耶斯科　你想用它來幹嘛？

康斯坦丁　做個修正。

耶斯科　這個我們可以搞定。它們在哪裡？

康斯坦丁　到處都是。它們無處不在。

耶斯科　這是什麼意思？

康斯坦丁　是的，你看不到它們嗎？無處不在，在每個角落，它們都在跟蹤和盯著你。

耶斯科　什麼？

康斯坦丁　它們無處不在，就是無處不在。

耶斯科　在網路上也是？

康斯坦丁　耶斯科，閉嘴，真是夠了。我什麼都不是。我不知道你在說什麼。

耶斯科　在搞什麼。

康斯坦丁　你也不告訴我到底是什麼事情。我該老實告訴你嗎？我也不在乎。這一切我現在完全無所謂了。

耶斯科　我不相信。

康斯坦丁　你將別無選擇。
到底是什麼照片。

耶斯科　什麼照片都沒有。

康斯坦丁　哦，也許是一些戀童癖照片，是嗎？

耶斯科　不是。

康斯坦丁　啊是了，現在我瞭了。可憐的耶斯科當時也被拍了，現在這突然非常卑鄙地糾纏著他？

耶斯科　你怎麼會變成這樣。

康斯坦丁　你怎麼不會變成這樣。

耶斯科　媽的。

康斯坦丁　你大可大聲說出來。現在給我滾。

（耶斯科離開。）

20

桑德拉 那是誰？

康斯坦丁 他們當中的一個。

桑德拉 他想怎樣？

康斯坦丁 到處騷擾。然後把事情歸咎到我身上。

桑德拉 有些狀況，是吧？
也許現在會真相大白。

康斯坦丁 也許。

桑德拉 這不就是你想要的。

康斯坦丁 對。

桑德拉 那麼來這麼個人發個火是件好事。

康斯坦丁 是這樣沒錯。就算我幾乎快沒力了。

桑德拉 時候到了你就會恢復的。

康斯坦丁 我想也是。我想也是。
我們來吸一口嗎？

桑德拉 好。

康斯坦丁 來。

（拿出一些東西來。）

康斯坦丁 感覺到了嗎？

桑德拉 馬上。

康斯坦丁 現在呢？

桑德拉 等一下。
現在。

康斯坦丁 是了，我也感覺到了。

桑德拉 是了。

康斯坦丁 現在。

桑德拉　現在。

康斯坦丁　對了。現在。

桑德拉　就是這樣。

康斯坦丁　是了。

桑德拉　現在。

21

約翰尼斯　所以呢。現在要聊什麼。

馬爾特　是他起的頭。現在在我這裡持續發酵。

耶斯科　是什麼在發酵。

馬爾特　這種不安。抱歉兩位，但有些什麼一點都不對勁。

耶斯科　你只需要振作幾個星期。像我一樣。然後就沒事了。

約翰尼斯　那時出了**什麼事**。還是說——有什麼事沒發生。

馬爾特　現在不要連你也這樣。這一切其實都是有目共睹的。在那時甚至就是個校園話題。一直都是。

耶斯科　沒錯，這一切在過去都是——

約翰尼斯　（用手勢打斷他）不，讓他說。你怎麼看。

馬爾特　我們變成了——到頭來——

約翰尼斯　怎樣？

馬爾特　好好仔細觀察的話——

約翰尼斯　怎樣？

馬爾特　——可能是稍微誇大了一點，如果把這上千個事實和事實的片段收集起來，而且**偶爾一次**像個旁觀者一樣看待實際上發生的事情，如果單朝不愉快的方向思考和感知它；完全相反，朝令人厭惡甚至殘忍的方向，也是對自己殘忍，甚至也是對自己的出身殘忍，如果把這一切堆疊起來，那麼就——

耶斯科　那就什麼也看不到了。

馬爾特　相反。那是顯而易見的。

耶斯科　是**被侵害**了，他要說的是。

約翰尼斯　這是個很強烈的用詞。

馬爾特　但事實**就是**如此。你被拍到了，而你也是。對吧？對吧？

約翰尼斯　一張照片還算不上是侵犯。

馬爾特　一張照片當然是侵犯。

耶斯科　慢點。有**可能**是。但我認為那些照片百分之九十九是完全無傷的。

馬爾特　那百分之一弄壞了其他所有的照片。無論如何，重要的是態度和意圖。各位，這很清楚。這些照片只是眾多侵犯當中的一種。他對著我們其中的一個打手槍。對著我們的照片。當這一切出現在我眼前的時候，淋浴，勃起的陰莖，懲罰，這種肉慾——

耶斯科　一個裸體的神父是一個不見得對每個人都有說服力的形象，是的。

約翰尼斯　你要做什麼？

馬爾特　我要看看這些照片。

耶斯科　為什麼。

馬爾特　我要知道那是什麼樣子。我是什麼樣子。曾經對我做的是什麼。

我過去在那裡是什麼。而我現在是什麼。

耶斯科　已經不存在了，那些照片。

馬爾特　當然在。

耶斯科　如果你有那些照片，那對你有什麼好處？

馬爾特　我找回了我缺少的東西，那是從我身上偷走的。

耶斯科　如果我沒有問你這件事，你可是不會採取任何行動的。

馬爾特　然後呢？

約翰尼斯　你到底為什麼要跟我們談這件事？

馬爾特　對呀，為什麼？

耶斯科　我什麼都沒想。

約翰尼斯　看來你想了很多。

耶斯科　但不是這樣。這樣歇斯底里的。

約翰尼斯　這不是歇斯底里。他有個問題。

耶斯科　他很無聊。

馬爾特　那你為什麼現在就沒問題了呢？

耶斯科　可以決定選擇或拒絕問題。幸福是選項之一。

約翰尼斯　你把事情硬栽在我頭上。

馬爾特 而你是跟我說什麼有關壓抑的事。

耶斯科 我說的是馬圖什卡。多的沒有。

約翰尼斯 之前聽起來不太一樣。

耶斯科 每個人都熬過來了。（指向馬爾特。）你看看這裡。

馬爾特 也許那時你有的不只是照片？當時你可是最愛中的最愛。為什麼呢？在你不僅僅是照片的問題嗎，耶斯科？

耶斯科 夠了拜託。

約翰尼斯 無論如何，我們保持聯繫。我不能說這讓我特別震驚。而且我不知道接下來會怎樣。我們保持聯繫，也要聊聊。好嗎？好嗎？

（吸毒後的幻覺。）

康斯坦丁　又來了。是了。

桑德拉　繼續。

康斯坦丁　再一次。

桑德拉　來了。

康斯坦丁　然後我又想起了復仇之神。黑色和有打馬賽克的。

桑德拉　跟他跳舞，他站在我們這一邊。

康斯坦丁　永恆是邪惡的嗎？

桑德拉　對我們來說不會。永恆靜悄悄地轉向了。

康斯坦丁　現在？

桑德拉　現在。

（休息。）

當你觸摸一張全像3D圖時，它會變得潮濕。當你舔著它，就會嚐到永恆的果實。

康斯坦丁　你是我的全像3D圖。我是這麼地靠近你。

桑德拉　沒有符號，沒有意義，只是存在。

康斯坦丁　我感覺到了。

桑德拉　我們非比尋常的存在。

康斯坦丁　而且永遠都會存在。

桑德拉　現在。

康斯坦丁　現在。

桑德拉　還有現在。

23

康斯坦丁　太陽的耳語，吸毒的快感，吵雜的噪音：那時候，在我們不斷重新想像，把人生計畫像抽濃菸一樣地消耗的時候，重點是舌頭上辣得發燙；當年，在還沒多久之前，你想像一下，在我們喜歡表現得像個叛逆者的時候，只有灌爆到這麼多的酒都快要滲進我們的腿時，才抬起腳來，邊交互撒尿邊結拜；畫八個八，直到其中一人昏頭為止；在我們以為自己是革命者，或是披著我們小市民的制服，假裝有想過一定很快可以成為一個革命者的時候；一種重新開始的渴望，我們自己把一股春天的氣息注入空氣中；我們會成為一個游擊隊，我們肯定地點點頭，你還記得嗎，一個可怕的法庭，因為我們是用來做斷頭台的叢林木頭雕刻出來，你還記得嗎，你聽到了嗎？當我們逆風而戰，有如天使般，有時朝這個方向，有時朝向另一個方向，隨**風吹動的方式**，從護欄上掉下來，躺著不動，因為天空是如此瘋狂地墜落，我們笑了；市立公園的春天：當年，這是什麼話，你進入我的生活，你闖進，你闖進了我的生活，穿著黑色的鞋子，模糊渙散的鏡頭，扭曲了我生活年輕的樣貌，結果我被你塑造成尖刺帶稜帶角的模樣，而把另一個我丟在一邊，完全遺忘。

24

– 潘朵拉的盒子打開了，毒素就會散發到世界上。

– 毒素本就存於人世間，盒子只是讓它清晰可見。

– 從神話的角度來看，誰打開了盒子的問題也尚懸而未決。

– 是哪些鼓風器風箱，在吹哪個方向，在暴風雨裡根本無法辨識。

– 在接下來的幾週裡，事情在耶斯科不知情的情況下持續醞釀。他試圖了解最新情況，但似乎被排除在他自己所啟動的進程之外。約翰尼斯繼續表現出他無所謂的一面，即使他說話的時候比以前更嚴肅、更慢，彷彿這些話有了新的分量，或是不得不克服前所未有的阻力。馬爾特則是非常忙碌，就算耶斯科追問，卻也找不到任何證據來確認這一點。但馬爾特是陷入了狂熱的忙碌中，這是他在偶爾的交談中也完全藏不住的。耶斯科則是一頭霧水。他只知道：沒有敲詐，但他還是支付了贖金。而且不只是他。

25

（約翰尼斯在線上。）

約翰尼斯　您是怎麼有我的號碼的？

– 他做了準備好交談的表示。

約翰尼斯　我已經對漢克神父說了我過去要說的一切。我在工作。您為什麼就這樣打電話給我，平白無故地？

– 他本該針對這項指控再次詳細解釋。史坦神父想表達歉意。

約翰尼斯　我不是請您轉達過您不該透露資訊的來源嗎？

– 史坦神父是自己想到約翰尼斯的。

約翰尼斯　這我幾乎不敢相信。我可不是唯一的一個。

– 史坦對於這些照片可能已經對這些年輕人造成困擾的想法感到震驚。除此之外他失智了，即將不久於人世，而且想跟這些年輕人，還有自己與世界言歸於好。

約翰尼斯　我無法跟他握手言和。為此我是最後一個相關人士。最不可能言和的一個。我已經要求您保密了。

– 正如前面所說，他是自己想到約翰尼斯的。而且已經準備起草一封道歉信。

約翰尼斯　我不相信。那您為什麼要打電話？如果他已經著手起草了？

－必須了解到底發生了什麼事情。

約翰尼斯　這您很清楚。我有興趣的是完全不一樣的事：那些照片會怎麼處理？我要看看它們。

－將啟動調解。會有完整說明，約翰尼斯不需要擔心。

約翰尼斯　我不能說我很放心。但這聽起來像是一種手段。重點是那些照片到底會怎麼處理？

－把它們全部找出來，就會展示給相關人等。

約翰尼斯　那您隨時讓我了解最新狀況。但是用書面的。否則未經事前通知，請不要再打電話來了。再也不要了。謝謝。

26

耶斯科　多年來我累積我的生活，一層層向上，一條筆直的道路，一個扎實的過程，成就的堆疊，一年比一年多，一年比一年更穩定。而現在呢，現在會發生什麼事？我在那裡應該曾經是些什麼。我應該曾經是什麼呢？一個受害者？誰說的？我嗎？還是你？是誰在那裡說這種蠢話？它即將到來，就是說，很快就會像即將來臨的暴雨一樣傾盆而下，孕育自古老的鉛灰色時代。這是誰說的？ 是我內心的某種東西在說著，一種改變它的形狀的感覺，這種多年來生成的感覺，我攔住並且切碎它，然而它卻一再地出現。有什麼事情降臨在我頭上？沒什麼大事嗎？如果真是這樣，那反正是個令人混亂的時期，青春期，頭腦和身體裡的初次萌芽，一個瘋狂的啟蒙和倉促、猛烈的自我發現的時期。如果那時有什麼，那現在就由我自己負責。但那時沒事。什麼都沒有。那裡沒事。

可怕的只是詮釋的可能範圍。還有某些想要藉由戰勝過去來解開他們被搞砸了的人生的人。責備和記憶的扭曲，不，記憶的**偽造**，只因為人們記不起來。我不會只因為你們需要你們的藉口而讓自己長出第二個有罪的腦袋，不，你們無法說服我做任何事，不管什麼事，而我，我也不會說服我自己。

27

（貝蒂娜給耶斯科看一張照片。）

貝蒂娜　這是你。
耶斯科　這妳是在哪找到的。
貝蒂娜　在你的書桌上。
耶斯科　妳在我的書桌上有什麼好找的。
貝蒂娜　耶斯科。
耶斯科　怎樣。
貝蒂娜　這張照片是誰拍的。
耶斯科　史坦。
貝蒂娜　那個傢伙。
　　　　你是從哪裡拿到的？
耶斯科　從那個瘋子。那個半夜打電話來的傢伙，又或許是個女的。
貝蒂娜　他想幹嘛？
耶斯科　我不是說了，我不知道。
　　　　妳在我的私人物品裡有什麼好找的。
貝蒂娜　從什麼時候開始我們有私人物品？
耶斯科　妳覺得這張照片如何。
貝蒂娜　很怪。有很多張嗎？
耶斯科　我想是的。
貝蒂娜　這就是為什麼你過去這幾個禮拜一直很奇怪。
耶斯科　我很奇怪，是嗎？
貝蒂娜　那個傢伙說什麼？
耶斯科　說我當然可能不認得他了。
　　　　而且我應該已經知道要做什麼了。
貝蒂娜　要做什麼？
耶斯科　我不知道。

貝蒂娜　很怪。應該去報案。

耶斯科　也許根本不應該大驚小怪。

我的意思是，這個世界上有多少事情是很怪的。

貝蒂娜　講是這麼講。

耶斯科　這很糟嗎？你覺得這看起來是虐待？還是色情？

貝蒂娜　不，但它是——該怎麼說呢？

這無論如何是不對的。你會注意到有什麼地方不對勁。

如果是我們的孩子，我不會容許這麼做。

耶斯科　那是不同的年代，八〇年代，不同的性倫理。那時比較自由。

貝蒂娜　比較自由。在天主教徒那裡嗎？

耶斯科　我其實也不知道。當時那對我們來說似乎並不是錯的。如果父母知道了，他們就調整自己。那並沒有錯。它只是被轉移了。

貝蒂娜　什麼被轉移了。

耶斯科　規範，價值觀。在處理方式上。只是輕描淡寫，多年來都是這樣。這些年來越來越強調。

貝蒂娜　老實說，它**看來**很色情。

耶斯科　我還真沒認出陰莖來。

貝蒂娜　什麼？

耶斯科　我並沒有因此而怎麼了。還是這麼多年來我對你來說像是個殘骸廢物一樣，而妳什麼也沒說？

貝蒂娜　當然不是。但這也跟我有關。這讓我很難過，這張照片。

耶斯科　這個失智老人現在應該被指控他自己可能都完全不記得的事嗎？這只會引起無謂的軒然大波。

貝蒂娜　不，沒有人想要引起軒然大波。

但你應該談論它。

耶斯科　跟誰？

貝蒂娜　不只是跟我。

耶斯科　我不會和陌生人談論這樣的事情。

貝蒂娜　我一直在幫你收拾善後，好幾個禮拜了。你了解嗎？

耶斯科　妳在收拾善後？

貝蒂娜　打個比喻。

耶斯科　原來如此，是了。妳收拾善後。是的。

貝蒂娜　所以做點什麼吧。

耶斯科　做什麼。

貝蒂娜　做個什麼療法吧，也許。

耶斯科　做個療法，我嗎。

貝蒂娜　如果這是困擾你的事情，你應該面對它。我點到為止。

耶斯科　這我了解。

貝蒂娜　否則我們將誤入歧途，而我不知道它什麼時候會變成死路一條。

耶斯科　了解。妳是對的。

貝蒂娜　我知道。

耶斯科　我會面對它。處理它。我會尋求對質。

貝蒂娜　否則它會扭曲我們的整個感知。你的。我的。孩子們的。我們的世界。

耶斯科　不會的，貝蒂娜。

貝蒂娜　那我就放心了。

耶斯科　我也是。我會把它清理乾淨。

貝蒂娜　其實，就算只是這樣看一看。不帶偏見的。其實——

耶斯科　怎樣。

貝蒂娜　也看得出來。那好看嗎？

28

桑德拉 我睡，就感覺內疚，不睡，內疚感就徹底耗盡我。不管是用哪些物質或什麼方法，我都把睡眠看作是對抗來自外在的要求和調整的免疫細胞。而內疚的影響無處不及，甚至介入透過應用程式、面罩和呼吸調節器而被理想化的睡眠中。人應該要好好休息，但是請短短的就好。反常的是，為什麼我這麼愛睡眠，而我卻記不得我睡過了？沒有什麼比睡眠更讓人腦袋昏沉沉的了：懷夢的大腦結束白天的工作，或者，就我而言是結束了夜晚的工作，賦予那些支離破碎的記憶片段它們的特殊性，並且輕易地把它們在夢中結合在一起。這個一早九點在公家機關前罷我工的腦袋機器，其實更應該自動參與我們倆這份讓大家「夢寐以求」的低端工作。我們總是被過去的事耗盡，我們總是對新的事感到心虛。如果睡眠就如同它自己在這裡呈現給我的一樣美好，當我所愛的人躺在我身邊，獨自享受失去知覺意識的美好時，那麼，我要問的是：死亡必會是多麼的美好呢？

29

耶斯科　那好吧。

（把手機交給馬爾特和約翰尼斯。）

這裡。

希望這樣做沒錯。

馬爾特　還真的有耶。

約翰尼斯　你從哪拿到的？

耶斯科　匿名發給我的。

馬爾特　你也有收到有我的嗎？

耶斯科　什麼？沒有。

約翰尼斯　匿名？

耶斯科　對。

約翰尼斯　了解。你以為是我們兩個當中的一個。這就是為什麼你會問得那麼奇怪，那麼——歇斯底里。

耶斯科　我想知道你們是否也收到了一些。

約翰尼斯　啊哈，原來如此。

耶斯科　這會是可以用來勒索別人的東西嗎？

約翰尼斯　不曉得。

馬爾特　那還用問。

約翰尼斯　那他想要什麼？錢？

耶斯科　沒有。我甚至連這算不算勒索都不知道。

約翰尼斯　怎麼不算。是，就是。現在我看出來了。把犯案者塑造成年輕的受害者。這是一種脅迫手法。

耶斯科　這是腦殘。

馬爾特　你自家的報紙可會把你咬爛，卑鄙，太狡猾了。

耶斯科　要是我知道如何制止它的話。你們看著好了，一點都沒事的。哪裡會有受害者！

約翰尼斯　那你為什麼要隱瞞？

馬爾特　你還有更多的照片嗎？

耶斯科　有兩份，郵寄到辦公室和家裡。

馬爾特　你的？全裸？

耶斯科　有一點。

馬爾特　這是什麼意思，有一點赤裸？

耶斯科　那傢伙也打過電話。而且說他只是想點出一些事情。說他已經知道該怎麼做了。沒有別的。

約翰尼斯　有人想給你好看。

耶斯科　然後他還說了些別的，一些瘋狂的話。

馬爾特　然後呢？

耶斯科　「受傷的鬣狗會貪婪地從軀體撕下內臟並且吞噬它們，直到死去。」

約翰尼斯　這是什麼意思。

馬爾特　這是威脅嗎？

約翰尼斯　異想天開。

馬爾特　這是來自史坦本人嗎？

耶斯科　為什麼這樣猜？

馬爾特　他想折磨我們重新扮演受害者的角色。而且同時請求原諒。顛三倒四的靈魂。

約翰尼斯　那個快要失智的。

馬爾特　更顛三倒四了。

耶斯科　無論如何，我請你們保持沉默。我不想後悔給你們看了這個。

馬爾特　我想我們很快就會對完全不一樣的事情後悔。

約翰尼斯　怎麼辦，如果這個傢伙還有更多照片的話？

馬爾特　有這個可能。

約翰尼斯　那很糟嗎？

馬爾特　對了。我要看看我的照片。

耶斯科　我們得小心，不要引發我們以後會後悔的情勢。否則一發不可收拾。

約翰尼斯　什麼情勢？如果我們不在乎，沒人會在乎。

馬爾特　這是有毒的淤泥。我一輩子都在其中浮沉。要不是我一無所知，要不就是我壓抑了它。又或者我已經被這爛泥汙染了，它是我的一部分，而我正第一次聞到自己的味道。

耶斯科　我什麼都沒聞到。

馬爾特　我們必須公諸於世。

耶斯科　你只是想讓自己變得重要，你想出風頭。為了你的宣傳效果。

約翰尼斯　拜託好嗎，不要用這種語氣。

馬爾特　耶斯科這老傢伙。

約翰尼斯　你也是。安靜。

耶斯科　我不知道公開會造成的浪潮是不是真的能帶來什麼。我們該藉此洗刷汙名嗎？

馬爾特　這可能會造成騷動。引發喧然大波。

耶斯科　為謹慎起見，我想提醒一下。我準備好了，我要弄乾淨，但每一步都得考慮清楚。

馬爾特　這是我的人生。

耶斯科　先是我的，老實跟你說。先是我的。

馬爾特　別傻了。

耶斯科　什麼別傻了？

馬爾特　你，耶斯科，早就死了。

（耶斯科說不出話來，擺手表示拒絕。）

30

－就跟每天一樣，史坦在淋浴間前，赤身裸體。他勃起坐在那裡，很難分辨是否半勃起狀態，但有可能就是。我們對此並不那麼了解。這是引人入迷又令人害怕的。最後他用冷水沖洗我們，並對此有一種瘋狂的樂趣。
－我們幹了一些蠢事，所以我們現在必須在爛泥中帶著史坦，美化花園，為雅致的周遭環境做出貢獻，在腺體的汗水中懺悔。史坦在一旁看著我們。之後我們得沖掉汗水，他也在那裡看著我們，幫我們沖水，光是這種噴射，[18]或是該用什麼詞表達——之後帶著還是赤身裸體的我們到草地上，好幫我們拍照。
－我們站在那裡，我們躺在那裡，我們就是跟著做。當我把自己放在鏡頭裡時，我看到了一些可怕的東西：被瞬間凍結的純真；一個永遠汙染著我們的剎那，它保存了時間，使它消失。一場悶燒的火災從那裡而起。罪行已經犯了，而我們完全不知情，你看，我們一無所知，我們就是不曉得，即便是今天。
－ 兩週後我們問他，那些照片是怎麼處理的，他說它們拍壞了不見了。
－它們就是拍壞了沒了。

[18] 譯註：原文absprittzen也有「射精」的意思。

31

（耶斯科和貝蒂娜在吃早餐。耶斯科拿起報紙。）

耶斯科　什麼是——

貝蒂娜　什麼？

耶斯科　狗屁。

貝蒂娜　怎麼回事？

耶斯科　小聲點。我得集中注意力。

貝蒂娜　耶斯科？

耶斯科　這是什麼意思。這都還沒真正開始呢。

貝蒂娜　怎麼了？

耶斯科　他們逮到路易森基金會的把柄了。好吧，看看——這裡。（把報紙給她。）

貝蒂娜　「天主教寄宿學校數十年的侵害。」

耶斯科　沒錯。不管怎麼說。

貝蒂娜　邁向啟蒙的每一步，都意味著更為腳踏實地。

耶斯科　是的，但我不是這個意思。但這也很好。這很好，妳是對的。

貝蒂娜　那你是什麼意思呢？你認為這跟傳照片給你的人有什麼關係嗎？

耶斯科　不。我沒有任何意思。

貝蒂娜　說吧。

耶斯科　妳不明白，焦點很快就會轉向法蘭茲—薩韋爾中學。然後就要開始了。我很快也會是「相關人員」。

貝蒂娜　誰知道還要發生什麼事。

耶斯科　對我嗎？

貝蒂娜　對所有人。

耶斯科　無論如何我問心無愧。我現在甚至得在妳面前為自己辯護。

貝蒂娜　我可一點也沒有攻擊你。

耶斯科　妳盡幫這些不嚴謹的調查結果說話。我認為這就只會是一堆閒話和一場泥巴仗，然後每個人都會被濺得一身泥而且喊到聲嘶力竭，最後無濟於事。

我必須做點什麼。

貝蒂娜　你高估了自己在這整件事情裡的角色。

耶斯科　我不會讓他們來解釋我。

貝蒂娜　這不僅僅是跟你有關。

耶斯科　這我不會允許的。

貝蒂娜　我認為這是你已經無法掌握的了。你過去也從來沒有掌握過。如果這一切都是真的。

耶斯科　如果**什麼**是真的？

貝蒂娜　（指向他）這個。

32

康斯坦丁　我什麼都不必做。我得死。

馬爾特　沒錯，你什麼都不必做。但你看來似乎想要做。

康斯坦丁　這一切在過去對我來說就一直都沒問題。我就是這樣建設自己的。我每天都被這樣的感覺侵襲著。

馬爾特　然後好像理所當然一樣地談論它。

康斯坦丁　在這件事上沒有什麼是理所當然的，老兄。事情只是在過去就一直很清楚。

馬爾特　試著挺起腰桿表現出一種態度，開講吧！

康斯坦丁　什麼樣的態度？

馬爾特　就是一種態度。

康斯坦丁　像這樣？

馬爾特　這取決於你。

康斯坦丁　我不知道你是什麼意思。

馬爾特　那你就開始說，就像你要和我談論它一樣說說。

康斯坦丁　我一直在等待這一刻。等著會被相信，等著會被看到為什麼我必須失敗，等著被理解為什麼我的失敗只是一個等待。現在我走出去。現在我在我過去噤聲的地方尖叫。
不曉得。這樣好像不行。

馬爾特　你一直在等待這一刻。

康斯坦丁　是的。你想要我表現一種態度。但這對我來說就是十分自然的。知道而且也不談論它。而關於我的種種謠言，我無權處理。

馬爾特　你現在正在奪回這種權力。我們得奪取話語權。我們必須控制它。媒體隨時都在炒新聞。現在它會變成一個醜聞，而你可以再次和自己一起成長。現在是時候了。我們必須推翻他們。

康斯坦丁　我什麼都不必做。我得死。

（耶斯科加入談話。）

耶斯科　我最後一次請求你們。

馬爾特　你在這裡幹嘛。

耶斯科　你們放下吧。你看到了，這件事讓他過得不好。沒有人過得好。

馬爾特　他現在表現得多麼善解人意。我快不行了。

康斯坦丁　我想這樣做。我只是不知道怎麼做。我想這樣做好幾十年了，我一直在等。

耶斯科　這是在對你悄悄地說。讓這些照片就只是照片吧。

康斯坦丁　不。

馬爾特　現在是時候了，耶斯科。時機到了。而且我們只能這樣做。

33

（約翰尼斯和記者。記者「悄悄地」跟著約翰尼斯。）

約翰尼斯　您好，有什麼事嗎？

記者　什麼事？

約翰尼斯　是的，您想要幹嘛。

記者　什麼我想要幹嘛。

約翰尼斯　您在跟蹤我。

記者　什麼？

約翰尼斯　您在我附近晃盪是為了討好我嗎。

記者　哦，那個。是的，聽說報載。

約翰尼斯　報載？

記者　好幾天了。據說他陷入沉思。

約翰尼斯　什麼？

記者　有人很想刊登這封信。

約翰尼斯　哪封信？

記者　據說有人知道這封信。那封史坦給他的信。那封道歉信。

約翰尼斯　您是哪位？

記者　有人提供兩千歐元給他當作刊登費。

約翰尼斯　去死吧。

記者　有人還再多給他兩千歐元。

約翰尼斯　這是威脅嗎？

記者　這是一個提議。

約翰尼斯　您到底是怎麼得到——根本沒有信。

記者　（沉默）

約翰尼斯　我認識您的老闆。

記者　哪個。

約翰尼斯　那個頂頭上司。但他也是——

記者　什麼。

約翰尼斯　沒有什麼。我會投訴您。

記者　他應該會考慮一下。到他下決定之前，剩下的時間不多了。

約翰尼斯　這是什麼意思。

記者　就是這個意思。再會。（下場。）

34

約翰尼斯　我並不震驚；我過去也從來不會。甚至風起浪湧，報紙灑狗血般全力投入醜聞報導的時候也不。據說是可恥的神父們，據說是一個戀童癖的王國。而為什麼要報導呢，還不如說是他們捏造了它。創造了他們自己的事實。忽然又有一個集合體被注意到了，那裡面之前只有零星幾個家道中落的少年。我的意思是，他的學校會跟著他一輩子，當然，這無論如何都已經移居到一個人身上並且停留下來，對一些人來說這是個負擔，對另一些人來說是旅途中果腹的口糧，對我來說，這其實無所謂，而且我並不是唯一的一個。我承認。來自外在的標籤是錯誤的。沒有所謂的我們。我們完全不存在。然而，它很快就被建構了起來，這個我們，更確切地說是一個你們：你們這群自私的暴發戶，舊王公貴族亂倫的產物，喋喋不休的唬爛產生器，求告無門的性侵受害者。那又怎樣，我說。反正我不用經常談論我的學校。沒有人問我這件事，我也不談論它，這是一所和其他學校一樣的學校。事情是這樣子的，現在每個人都成了自己生活的受害者，被動的投射，不再是主體而是客體，不再是英雄而是反英雄。小耶斯科變成了這樣，而偉大的康斯坦丁反正一直就是這樣。一個人對這種現象越是有態度，他就越陷入矛盾。這不是很明顯嗎？這不是眾所皆知的事實嗎？有太陽就有陰影，所有好的來自壞的，所有壞的都來自好的，我是說，我是個律師。我靠現實的彈性生活，靠根據具體行動和事實對所謂固定法則的解釋和重新解釋維生。人在所做的每一件事中，都應該保持自身的暫時性、條件性和矛盾性的存在——這是我的信念。辯證法是我思辯的動能，就算我肯定不能給您一個通用的辯證法定義，而我們所受的教育其實也還沒達到那種程度，這是我們私下說的。請您要了解，這對我來說是重點，但未必對其他的人也是重要的，特別是對那些不在場的人。我不想冒犯任何人。只是我這據說是未能持久的態度，也許比否認者和控告者的態度更為穩定，也更能被詳細地區分出來。我的態度不只是可以理解的，它更是恰當的。它是正確的。而且，稍微誇張一點，我將是唯一倖存的人。再會。

35

（投影。）

耶斯科　現在你們有了你們以前想要的。

約翰尼斯　我以前什麼都不想要。

耶斯科　現在它在這個世界上，而且永遠不會再走開了。現在門是開著的，當門開著的時候，許許多多其他人也會穿過這扇門。那些一直感覺被侵害的人。那些已經被毀了的人。那些人需要一個理由、一個解釋。你甚至不能責怪他們。也許他們也只是覺得無聊。

馬爾特　你為什麼看著我？

耶斯科　你現在有個解釋嗎？再外加一項新的人生課題？

馬爾特　王八蛋。就算這所打手槍學校純粹可能是由納粹份子組成的，你可能還是會為這個混蛋學校辯護。何只可能是由納粹所組成的。他們比納粹還糟糕。

耶斯科　你現在有妥瑞氏症還是什麼。

約翰尼斯　我快受夠你們兩個了。

耶斯科　接下來會怎樣呢？到處都是相關報導。還會發生什麼事？你們要把他們拖到法庭上嗎？

馬爾特　他們應該表現自己對這件事情的態度，表示意見，承認它，弄清事實。

耶斯科　了解。

約翰尼斯　無論如何，三年後這不再會是個話題，耶斯科。你是知道注意力週期的。

馬爾特　哦，那這樣很好，還是怎樣？

約翰尼斯　我只是這樣說說。你們倆都激動得太誇張了。

馬爾特　這是一種有系統、長達數十年的侵害，涉及好幾個層面，且形式各異，極盡五花八門。這可以回溯到五〇年代，在六〇年代繼續，在七〇年代透過一切如此自由的性徵化更為激化鼓舞，而在八〇年代證實集中在史坦這個人的身上。這種專斷控制。這種甜點加皮鞭、軟硬兼施的變態暴政。這種心理上的恐怖統治，這種寵臣奴才的體制，這種照片的脅迫強制，這種自我美化，這種對權力的剝削，這種對落差的剝削，這種精神和身體層面的恐懼，這些攻擊總是一點一點越來越多，而且越來越近、越深。我們那時還以為這是正常的。但這是不正常的。這根本就是不正常的。

耶斯科　大多數人在過去和現在都覺得它很正常。稍微偏了一點，但在容許範圍內。

馬爾特　可笑。

約翰尼斯　早就是過去式了，這種觀點，耶斯科。別提了。

耶斯科　要怎麼不提它。

約翰尼斯　所以我們也許可以在五年或十年後再談談。現在一切都結束了。你可是看到發生了什麼事。

耶斯科　那就應該乾脆讓它繼續下去嗎？

約翰尼斯　當然。打破沉默是件好事。

耶斯科　可是在這個新的議題當中有很多空談在胡說八道。

馬爾特　你現在也想對此採取對策嗎？

耶斯科　不。

馬爾特　所以囉。

耶斯科　它被誇大了。可能有過受害者，我誠摯地為此感到遺憾。

馬爾特　現在他話說得已經像個教會工作人員一樣了。而康斯坦丁必須為史坦吹簫，這是他自己編出來的，是嗎？

耶斯科　從什麼時候開始討論這個的。

馬爾特　從現在開始。而且注意了，誰知道還會發生什麼事。

耶斯科　這就是他的事實。我有我的真相。而我所經歷的，我知道，我絕不容它受到改變。

馬爾特　你到底經歷了什麼，哈？你經歷了什麼。
你不會想知道的。你不知道。

耶斯科　這就是好處所在。如果我不知道，我就可以自己找個答案。

女老師 柔嫩肌膚上的細軟寒毛，光線是如此柔和地折射其中且集中。我要把它包起來，永久保存，而光線必須分裝。因為如果照得太燙，它就會靜靜地烤焦了。但這是會發生的。一定不能發生的事情，它必須發生，否則你就不會經歷他們所謂的成長。我已經說了太多，說的是有毒的老套。

我就是讀了托瑪斯・曼。[19] 我當時想成為一名高中女老師，興致勃勃地寫著關於他的畢業論文——直到我理解他。然後突然間我感到極大的厭惡感。這種低級衝動的高貴化，這種高調的反常行為，並且大家一同參與，整個國家，整個世界，比歌德還偉大。只是我再也無法伴隨這種「當有情眾生的眼睛看到永恆之美時也感受到的劇烈驚恐」。[20] 我中斷了寫作，變得頹廢，回歸到最基本的狀態。因為這樣的美是我不想再見到的。

然而盲目的道德僵化了，就會變成一種危害。我怎麼能知道傷害是從哪裡開始的？我已經是傷害的一部分了嗎？如果我用我想要的方式保護孩子，我幾乎會讓他們窒息。每一次的安慰也是一種攻擊，每一次的同情都是一種羞辱。我保護他們，也扼殺了他們的動力，我久久不再有的動力，因為我只是紙上談兵。而外面的生活沒有我們仍在繼續，在玻璃窗後面喧鬧，直到它從我的手中搶走孩子們，把他們送入我避開的風暴當中。然後每四年就重新開始一次。而每次都會重新問這個問題：我怎樣才能分辨束縛和擁抱之間的界限？有這樣的界線嗎？在哪裡？

---

[19] 譯註：Paul Thomas Mann（1875-1955），1929年諾貝爾文學獎得主。

[20] 譯註：托瑪斯・曼中篇小說《威尼斯之死》（*Death in Venice*）中，模仿柏拉圖對話錄《費德羅篇》（*Phaidros*）蘇格拉底教導費德羅關於慾望和美德的片段。

37

約翰尼斯　這幾週有數百人與我們聯繫並且講述他們的故事，他們既感激又震驚。對發生的事情感到震驚。震驚於他們如何能夠將其壓抑。這是一個覺醒的過程，一段共同的記憶。

馬爾特　直到今天，我聽到門外走廊上響起一串鑰匙碰撞的聲響時，我仍然會腎上腺素飆升。這純粹是令人不寒而慄的恐慌。

約翰尼斯　我了解耶斯科。這種躲閃心態無所不在。每個封閉的系統都建立起自己的法則，而且在系統終止很久之後，這些法則往往仍然有效。

耶斯科　你們在相互傳授心法嗎？那你們就帶著它去上脫口秀吧。

馬爾特　早就這麼做了，耶斯科，星期天晚上，在電視影集《犯罪現場》[21]之後。你們喜歡的話就請選台。

耶斯科　你們在脫口秀節目裡只會體驗到演出後的空虛。我無所謂。請便，等著看你們鬧笑話。

馬爾特　這不僅僅和我們有關。這和這外面的每個人都相關。那裡發生的事情不僅令人難以置信和不負責任，而且畸形。這個規模還無法預見。這就是我們的事。甩都甩不掉。

耶斯科　喧鬧結束後，最後會成為你們的大問題。

馬爾特　我不這麼認為。就算會，它不會造成傷害。

耶斯科　傷害已經造成了。

馬爾特　傷害一直都在。

約翰尼斯　誰先指控，就馬上會成為受害者。這就是關鍵所在。那是他所害怕的。

耶斯科　我不怕。

馬爾特　喔不是這樣喔，你會怕的。

耶斯科　康斯坦丁呢？這對他可會直接造成傷害。

---

[21] 譯註：德國電視第一台（ARD）自1970年起，固定於每週日20:15首播的犯罪單元劇。

馬爾特　康斯坦丁不只被拍了照片。你們看看他。這孩子先是困惑，之後被誘惑，然後徹底失去了面對生活的勇氣。最後終其一生為其所苦。

耶斯科　我不是淡化這一點。但這是個別情況。而且他是反覆無常的。你們要把他排除在外。

馬爾特　連你自己都不相信這是個別情況。

耶斯科　你到底有什麼目的？你，作為一個人。

馬爾特　搞清楚。

耶斯科　說得好像特別是你會追求某些啟蒙的價值一樣。

馬爾特　我們都變了，耶斯科。有些人就是會發展出自我負責的特質。有些人不會。我真的很想知道。我要看看我過去是誰。而且要來個大整理。

耶斯科　你連你的動機都還搞不清楚。

馬爾特　無論如何都比你清楚。想想這個事情發展的開頭，耶斯科。想想在這個過程中的你。是什麼讓你如此困惑，甚至到了可以被敲詐的程度？你在哪裡迷路了？你是從什麼時候開始划向起點的？逆流越強，就越絕望。

耶斯科　我從不接受敲詐勒索。

馬爾特　你現在比以往更容易被勒索。

38

康斯坦丁 一個細節？或者可能是十個，或者兩百個？你們不要以為是我一個人在說話。不要以為我是唯一的一個。但每個人都是獨自一人懷抱記憶。對我來說，它終於爆發也就不足為奇了。我已經等得夠久了。

「男僕」。要做的不多。拇指進入鎖骨的肌肉，是一種按摩，只是太劇烈了，介乎玩耍和疼痛之間。做得不多，但已經是一種侵害。而這類的事還繼續發生。

躺在一張木板床上，病了。沒有人想去找史坦，大家都想去找克拉森太太。因為肛門裡的溫度計不是最糟的，最糟的是他發火抱怨，他發出的哼聲，完全近乎牲畜一樣。

秀給我看看你怎麼洗你的陰莖。

你知道必須把包皮往後拉才能洗那裡。用竹棍鞭打作為莫名的懲罰，之後必須赤身裸體地在他面前彎下腰來清洗淋浴間。儘管如此還是要懷有罪惡感。然後，幾天之後，在公園的長凳上，感覺到他的手臂在自己的肩膀上。哭著感謝他的寬容，發誓將來只讓他高興。消失在樹叢中。

說個細節。這個房間呢，詩人里爾克[22]也在裡面住過，這個里爾克的房間，裡面住著我。我過去把它看作是一種告別儀式。我就是他們其中的一個。我是那個住在里爾克房間的人，一個被允許獨自在房間學習、[23]固定從機場被接走的那個。我待在神父的塔樓裡，我在照片上穿著有玫瑰花的牛仔褲。我是老師最喜歡的學生。

夜晚幾乎是物質編織而成的，濃密且漆黑，而他穿過它，進

---

[22] 譯註：Rainer Maria Rilke（1875-1926），德語詩人。

[23] 譯註：寄宿學校中表現優異的九年級學生可以不參加班級學習，自主規劃每天的學習計畫。

入它，坐在我的扶手椅上，有智慧，肥胖而不靈巧的，一名天主玫瑰園裡的工人，有千年歷史之久的。他向我示意，我應該去到他那裡，而我這麼做了。那就像是一段關係的最後一幕。我是那麼常地被他接納，純粹是本能的。我是他的親信。

他露出他的陰莖，叫我跪在他面前。

我這麼做了。而其餘的也做了。我幾乎想著：終於。我幾乎到今天還這麼想。當時他還說，我不能把這件事告訴我的父母。然後他就不再看著我了，直到我高中畢業都不。一切都結束了。一個細節，在里爾克房間，威爾第別墅，在這個物質編織而成的，幾乎是觸手可及的黑暗之夜。我把它看作是一個告別儀式。

39

耶斯科　他們在談的跟寫的都是些什麼跟什麼。

馬爾特自己衝到台前像個教練一樣，充當和事佬和發言人。期望成名和獲得新客戶。約翰尼斯也跟風。而康斯坦丁認為他可以重新開始他的生活。在不知不覺中再次犧牲自己。

貝蒂娜　他在歸納整理。

耶斯科　可憐的傢伙。以為這好像會有什麼幫助。

貝蒂娜　**談話療法**。說話有幫助。

耶斯科　他會注意到：什麼都沒改變。

貝蒂娜　如果**他**會改變，那早就有什麼已經改變了。

耶斯科　會變得更糟糕，一旦這個困擾結束。

貝蒂娜　這不是困擾。

耶斯科　但這也不是真相。

貝蒂娜　真相應該是什麼？真相有一千個。

耶斯科　這麼相對論。我過去也贊成要公開，你是知道的。但不是像這樣的一種祭品崇拜，這樣的媒體作秀。然後只由三、四個自大吹噓狂炒作。其他部分仍然被蒙在鼓裡。

貝蒂娜　因為他們也沒有別的辦法。

耶斯科　因為他們想要這樣。

貝蒂娜　誰打破了沉默，誰就戰勝了肇事者。談論本身就是有療效的。你抱怨什麼？這可是你的事，它是從你開始的。

耶斯科　而它也會在我身上再次結束。

貝蒂娜　這是命令還是什麼。

耶斯科　我們會知道怎麼保護自己。

貝蒂娜　你過來。

耶斯科　我已經在這裡了啊。

貝蒂娜　靠近一點。

再靠近一點。

耶斯科　我會弄清楚的。

貝蒂娜　噓。那是多久以前了？兩星期？還是三星期？
這一切是不是讓你耗盡全力，讓你完全精神化了？
它奪走了身體的你嗎，嗯。來吧，我們把它找回來。

（兩人想做愛。）

– 一個男人身為魯蛇，這算什麼。
– 男人能犧牲的頂多只有自己。
– 在戰爭中，在前線。為了工作，為了家庭。
– 這才是男人。
– 如果一個所謂的推動者意識到過去對他做的事，那麼這個行動就被歸為失敗的一方。
– 無論誰被認定為受害者，都是雙重受害者，無論是過去還是現在。
– 他是一個受害者，一個過去行為的受害者，也是現今標籤的受害者。
– 沒有推動者，沒有被推動者。他沒有做，不，他只是會被幹。
– 你想在那裡做什麼。
– 你這個魯蛇。

（耶斯科不能。）

耶斯科　抱歉。

貝蒂娜　沒關係。

40

馬爾特 首先，一定是有一個嚴格的社會等級制度，其次，這個制度是用畏懼來運作的，因為這個制度本身就充滿了畏懼，第三，將自己與其他社會關聯分開來。這三個因素越強——這個結構就越專制——那麼兒童就越有可能在這個結構中受到傷害。另一方面，我們社會的反威權派也把不少幼雛在換羽前就扯爛了，想想十字山，[24] 想想教育改革運動，[25] 不是嗎？幾乎每一個養育過程本身似乎都有一種變態的細菌。然而，這種一概而論的作法卻免除了真正變態犯罪者的責任，並將他們置於一個並不存在的整體變態的情況下，至少這種情況在我有同理心地看著我的朋友和熟人時並不存在。表相的背後到底發生了什麼，沒人知道，尤其是我，做為一個沒有孩子的享樂主義者，我已經自願成為了其中一員。但我清楚在我身上發生了什麼事，我會拒絕不提這些暴行，繼續把它們指出來，向我曾經、現在和將來所在的這個麻木不仁的世界大聲疾呼。我只是覺得我放下了這種麻木不仁、這種超然、這種宿命論的一部分，並且重新創造了自己，從而重新創造了這個世界，而我越來越是個在其中移動的陌生個體。我並沒有老到過了法律追溯期。而且我感覺比以往任何時候都來得好，因為現在我知道，我是從哪裡來的，而這比大多數人對自己的了解都要來得清楚。我來自矛盾衝突，也因此在必要的時候會繼續信口雌黃。如果應該是這樣，舊的謊言

[24] 譯註：柏林市區名，是威瑪時期教育改革運動（Reformpädagogik）開始的地方。參見：http://archiv.ub.uni-marburg.de/sonst/1998/0013.html。讀取於 02.08.2022。

[25] 譯註：十九世紀末期針對工業革命對文明的破壞而出現的大量改革運動中，也包含改革教學理念的出現，青少年首次被視為尋求自由和體驗自然的獨立生活階段，相對於過去的兒童與學校教育，青少年的獨立性和自我選擇成為教育的重點。參見：https://de.wikipedia.org/wiki/Reformp%C3%A4dagogik。讀取於 02.08.2022。

集合體就會被一個新的取代，那就這樣吧；這個集合體肯定會是一個更合理的；至少我們現在擁有解釋權，是我們，而不是你們。我們從你們那裡奪走了話語，重新開始，因為開始的時候總是話語，而且話語伴隨著權力，權力就是話語。現在我們奪回話語權。

41

（耶斯科和女老師在床上。）

女老師 可以。

耶斯科 什麼？

女老師 剛剛很棒。

耶斯科 謝謝。

女老師 我們對彼此了解不多，所以這麼容易。

耶斯科 但是跟妳在一起我釋放了一些東西。

女老師 而我並沒有接受它。

耶斯科 儘管如此，我有一種罪惡感。

女老師 天主教徒。

耶斯科 這跟那個沒關係。

女老師 就像在這個虛假的旅館房間裡一樣。

耶斯科 我們是在一個旅館房間裡。

女老師 這我們都很清楚。但我想要的是一些我們不知道的東西。而且如果認識一個人可以不要那麼累的話。

耶斯科 我有那麼難搞嗎？

女老師 不是你。這與你無關。即使我會願意相信你愛上我了。

耶斯科 這是跟妳的什麼相關？

女老師 我想體驗一個純真的片刻，而那不是從一齣肥皂劇、一篇文章或一部電影中複製出來的。一個真正的，一個真實的片刻。一個真實的人。雖然連小孩在會說話之前就已經被扭曲了。

耶斯科 那這裡算什麼？都是假的？

女老師 如果這裡算是假的，那麼虛假意識到自己的虛偽，就不算是假的。

耶斯科 欸？

女老師　這是假的，但是你並不知道。明天的簡訊也請你省了。

耶斯科　不知為何我把這一切都想得太不複雜了一點。

女老師　你是個複雜、一個生活在照片和虛假的片刻中、而且只會讓一切在事後成真的人。

耶斯科　拜託喔。這又是什麼意思。

女老師　你老婆不是已經在猜你有外遇了嗎？

耶斯科　她是。

女老師　而現在你正在讓它成為現實。

耶斯科　然後呢？

女老師　難道你沒有預料到這些荒謬的照片會造成很大的傷害嗎？

耶斯科　有。

女老師　傷害早就已經存在了。

耶斯科　因為我們？

女老師　不。因為你。
那個事故呢？

耶斯科　哪個事故？

女老師　那個過去沒有發生的。

耶斯科　那個有什麼問題？

女老師　你也會讓它成真。

42

– 性侵的事態發展及過去數日所提出的指控令人震驚和困惑，吾等正持續關注中。

– 作為一所天主教和寄宿學校，法蘭茲—薩韋爾中學的價值和教育理念對於簽署者、校友和家長來說不受事件的影響。

– 吾等因此感謝學校管理階層及修會主動積極對所有指控進行無保留處理的倡議。

– 得知麥拉德・博世神父辭去學院校長職務，吾等深感震驚。

– 吾等尊重博世神父所採取的行動，但同時對此決定深感遺憾。

– 學校作為天主教和寄宿學校的價值觀及教育理念，對於簽署者來說不受事件的影響。

– 法蘭茲—薩韋爾中學向來以開放的學風為特徵，引導自我負責及有責任感的行為。

– 吾等回顧無憂無慮、成長和啟發性的求學時光，特別感謝學校、耶穌會修會，以及在那裡任教的教師與教育工作者。

– 簽署者同時亦明確聲明，他們在學校就學期間或之後，既沒有經歷任何性暴力，也沒有經歷任何性侵情事。

– 我們向學校、修會，也特別向現今的學生承諾吾等今日與將來的全力支持與聲援。

– 學校作為天主教和寄宿學校的價值觀及教育理念，對於簽署者來說不受此等事件的影響。

（馬爾特手上有信。）

馬爾特　這是什麼垃圾。

耶斯科　這是表現力挺本源的做法。做個整理。

馬爾特　這是你促成的。

耶斯科　不是。

馬爾特　但簽了名。

耶斯科　是。像其他五百個人一樣。

馬爾特　也捐款了？

耶斯科　沒。

馬爾特　你寫了這個。

耶斯科　沒有，你他媽的。

馬爾特　這是一種掩飾。關於受害者，一句話也沒提。這是什麼狗屎狀態。為什麼博世現在受到這麼高的評價。

耶斯科　博世算正派的。

馬爾特　只要他每天繼續保持沉默，他的正直就會瓦解。

耶斯科　他能怎麼辦。他畢生的工作都毀了。

馬爾特　自己查明清楚。認清責任。說出來。做個博世。

耶斯科　這不會要求得多了點嗎？

馬爾特　去他的畢生工作，毀了一生。你們以為你們可以用這樣的一封公開信來粉飾自己。但事實並非如此。我們每個人一生的描述都被弄髒了。

耶斯科　難道一旦被弄髒，我們現在就必須永遠在泥濘中打滾，還是怎樣？

馬爾特　其實恰恰是你該說點什麼。公開的。作為代表人物。你有影響力。可是沒有，你跟肇事者簽署了聲援快訊。

耶斯科　影響力什麼的反正是無濟於事。

馬爾特　如果不想改變他們。那就無濟於事。如果你不想知道任何關於你自己的事情，不想知道任何你之所以為你的事，那麼你可以就這樣繼續活到死，一點都不要把其他的想法浪費在自己身上。

耶斯科　大家不是都這樣做嗎？

馬爾特　你跟博世一樣。現在我注意到了。一個同謀者和包庇者，還搞得這麼清高。你關心的重點只在於，你的精英履歷會不會被質疑。可是是怎麼樣的精英？事實是，中庸之才充斥，縱容其聲稱自己高人一等。自戀地交易著名與利的資本。安逸地躲在同溫層的精神空虛裡。真是墮落！

耶斯科　你到底為什麼在這裡？你要指導我嗎？

馬爾特　史坦死了。

耶斯科　我知道。這重要嗎？

馬爾特　編劇技巧上至少安排得很好。現在他是那位憤怒的、不可被指責的神，永遠籠罩著我們。

耶斯科　你太誇張了。

馬爾特　另外，那些照片都被燒掉了。

耶斯科　什麼？

馬爾特　是的，三年前就燒了。很屌，對吧？

耶斯科　誰說的？

馬爾特　一個人。他們根據一項詢問做的。有一個人之前就問過了。他們可能檢視過了。而史坦已經向性侵承辦人坦承他是一個戀童癖者。承辦人把他變成了一個「精神戀童癖」。「精神戀童癖」。

耶斯科　完全沒有照片了？全沒了？

馬爾特　他們是這麼說。有三年了。不要告訴任何人。

耶斯科　但這是一件好事。

馬爾特　沒有什麼是好的，耶斯科，什麼都沒有。我們的需求還是一直不受重視。你看過自己的了。我沒有。
也許你的照片到最後會是唯一的證據。你別想銷毀或刪除它們。

耶斯科 如果我已經這麼做了呢？

馬爾特 你沒有。

耶斯科 不會有審判。為什麼還要證據。

馬爾特 你真的完全沒搞懂。

耶斯科 我比你明白得多。

馬爾特 這就不會再被當作沒發生過。

耶斯科 就是沒有。這就是重點。

馬爾特 你知道嗎？把你的照片給我。

耶斯科 什麼？你瘋了。

馬爾特 就這樣，給我。我不再相信你了。

（搶奪手機。同時耶斯科刪除了那張照片。）

耶斯科 好了。刪掉了。

（馬爾特狠狠地捶打耶斯科。）

馬爾特 你這孬種
把
他們的胳膊
到今天
還把它
直到手肘
進肛門
捅
孬種（發洩。）

耶斯科 你會沒事的。

（馬爾特離開。）

你們都會沒事的。
在你們上衣的翻領別上啟蒙的勳章，把你們耗盡的醜聞放在鏡頭裡，低聲耳語上千個為什麼你們該死的人生會撞牆的虛偽理由，或是大聲喊叫，尖叫，直到你們的聲音變成一場席捲四面八方的風暴：你們也還是都會沒事。
在無法改變的東西中翻找，重新評估它，講那些受屈辱折磨的人的閒話，重新度量你們早已經結束的人生，用沉著的眼睛看進鏡頭的深處，你們是對的，你們千萬次是正確的：你們也還是都會沒事。哀歎和詛咒惡行，去他的探究，這具毫無用處的屍體，直到探究拋出新的、死的真相，重新勾勒你們自己，最終完全迷失自己。
然後，然後你們到這裡來。
到我這裡來。
到這裡，到我這裡。

44

– 媒體風暴又傾瀉了兩、三個星期，然後繼續，飛散開來。不久後一場世界盃足球賽，或者一場金融危機，或是一個皇室嬰兒，隨便什麼，都為媒體報導、螢光幕和大腦重新洗版。

– 與此同時，罪責歸咎到一個死人身上並且被埋葬。

– 有罪的一方雖然仍偶爾零星被追究，在學生父母中也是如此，但是罪惡就是這樣的東西。一次對話它就會化為仁慈。我們絕不能太深地凝視彼此。

– 幾個月過去了。付款已經談妥並且完成。

– 有些人就是這樣繼續生活。有些則不然。

45

（影像紀錄。康斯坦丁看著鏡頭，一邊喝著瓶裡的伏特加，來回晃動鏡頭調整好。鏡頭框架中，門前有一張簡單的椅子，一條繩子吊在上方，繩子固定在另一邊的門把上。再喝下最後的、長長的一口。放下瓶子，推開椅子。吊上繩圈，試著勒死自己，抽搐，掙扎，痙攣。中止。Cut。）

– 西元480年起的古希臘青年雕像首次展現了放鬆站立的主題。

– 身體不再嚴格對稱地放在雙腿相等的支撐上，不，現在單腿支撐，也就是身體的「承重腿」承載全部重量；另一條腿作為空閒腿完全減輕負擔，可隨意放在旁邊。

– 像這樣。

– 髖關節進入「垂墜」的姿勢，打斜，如此一來脊椎必須以和緩的S形曲線向上擺動，以保持身體的重心落在底盤支撐面。

– 像這樣？

– 有點娘。

– 垂直於S形曲線上半部分的肩軸，因此與髖關節的傾斜方向相反。於是，懸掛在肩軸上所有的關節串聯，跟那些與髖關節相依（例如骨盆及膝關節）的關節串聯，在承重腿這邊匯合了。這些關節串聯相反地在空閒腿這邊伸展開來。

– 這種減輕負擔的站立以其幾乎不明顯但結構性至關重要的中軸偏移，產生了一種放鬆的、新的動作表達方式，自在的寧靜，這是波斯戰爭後，古典主義早期和巔峰時期幾乎所有人物的典型表現。

– 如果在經由承重腿和空閒腿的結構分析形成的這個軸線位置之外，再加上主動與被動性的交替，以及往前往後的變化，那麼這個姿勢就被稱為「典型的對立式平衡」。

– 我記得。

– 我也記得。我們做過。

– 主動與被動性的交替。一定要的。

– 「典型的對立式平衡」符合所有部位相互的完美平衡。

– 這樣？

– 是像這樣。

– 不是，是像這樣。

– 出於重量承載和減輕的相交，這種模式以希臘字母X（發音Chi）

命名，也被稱為Chiasmus（交錯配列法）。

– 這也是一種修辭的展現。

– 我記得的是：清晨的黑牛奶。

– 鬼扯。

– 是席琳的詩。

– 策蘭。[26]

– 還是鬼扯，上帝很偉大，渺小的是我。這才是一個交錯配列法。

– 還有這個：

正因為我們知道
人藉由律法無法伸張正義
而是藉由對耶穌基督的信仰
因此為了實行公義
是藉由對耶穌基督的信仰
而不是藉由律法；
因為藉由律法無人得以伸張正義。

– 沒錯。

– 有點娘。

（所有人擺姿勢。閃光燈。）

---

[26] 譯註：Paul Celan（1920–1970），德語詩人。前一行的「席琳」原文為Céline，與策蘭的原文Celan相似。

貝蒂娜　事情就是這樣。維持這個謊言花了太多的力氣。我試了很久，一直在調整。但是，儘管付出了所有努力，你人生的謊言也慢慢變成了我的。你做了什麼努力呢？什麼都沒有。

耶斯科　我做得很多。我什麼都不做的時候，幾乎比我做什麼的時候還累。我什麼都不做的時候，實際上做得最多。

貝蒂娜　我的疑問是，我要不要用這種假會的老套來撫養孩子。和你的父母找到共同點已經夠難的了。而現在——

耶斯科　對，現在。現在怎麼辦。

貝蒂娜　我了解你的恐懼。我知道這個康斯坦丁讓你搞清楚了什麼叫做結果。

耶斯科　靠著自我了結？可笑。

貝蒂娜　我對魯蛇男沒意見，反而是對那些輸不起的人有意見。

耶斯科　然後呢？接下來會怎樣。

貝蒂娜　我得想想。

耶斯科　你只是想找外援。你一直以來只想找外援而且不斷委託，委託給警察，委託給治療。但這樣是沒用的。必須從裡面處理它。

貝蒂娜　不需要，也沒辦法。

耶斯科　你現在想做什麼。

貝蒂娜　我不曉得。我幫不了你，也幫不了自己。

耶斯科　你確定不想搬出去？

貝蒂娜　這需要時間沉澱。多的我也不知道。

耶斯科　貝蒂娜——

貝蒂娜　夠了。停。

48

約翰尼斯 我並不感到震驚。過去也不。康斯坦丁的死對我來說是個打擊，嗯。不是沒有影響。好傢伙，可憐哪。但這難道不就是長期破碎人生下合乎邏輯的結局嗎？這條因果關係線會導出什麼結果呢？一切都是解釋的問題。我就是拒絕把事情說死。我是律師，我可以把事情先跟您這樣解釋，然後那樣解釋。一切的相反面都與基本陳述同樣真實。是，說了三次就變成不是。我很靈活，也知道沒有什麼是固定不變的，就算是天大的罪行也還是有時限。我就是並不感到震驚。我以前並沒有為這所基本上普通的學校感到過分驕傲，事後我也沒有感到特別尷尬。狗屎打到了旋轉中的風扇。[27] 那又怎樣？這就是狗屎的本質，沒法改變。關於這一點，我就不多說了。為什麼我要表達看法？事情就是這樣，三年後它會不一樣或者還是一樣。你可以稱我為宿命論者，或甚至是失敗主義者，或者您就什麼都別說了。它並沒有觸動我。我很快就會消失，然後您就又是獨自一人了，您會忘了我，就像我會忘了您一樣。您會認為，過去那是件大事，但現在看來，過去那到底是什麼？然後很快就又會忘了它。我們可以這樣或那樣地解釋每一天，不是嗎？就像在年輕時代。

---

[27] 譯註：英國諺語：The shit hits the fan.，用來形容碰到嚴重的麻煩。

49

（葬禮。耶斯科、約翰尼斯、馬爾特站成一排。桑德拉在旁邊。）

馬爾特 一句話都沒留。這很猛。

約翰尼斯 這只是很固執。

馬爾特 言語無效。在這種命運面前。這也是我們的命運。

耶斯科 這不是我們的命運。他那時反正是迷失了。而你讓他陷得更深。

馬爾特 閉上你的嘴吧，耶斯科。

耶斯科 反正我沒有拽著他穿過媒體馬戲團誇張的炒作。不是我。

約翰尼斯 安靜。

（桑德拉拿著一封信站到前面。）

馬爾特 這是誰。

約翰尼斯 女朋友。

馬爾特 我從來不知道。

約翰尼斯 說得好像我們對其他人都有所了解一樣。

桑德拉 這是康斯坦丁的遺言。

「如果那時是從照片開始，那也應該停止在那裡。願上帝將那時的照片與今天的照片進行比較，並且看到兩者之間的直接關聯，它們其實是同樣的照片。然後，願祂保守我在寧靜中找到我的平安。折磨我的人沒有面對祂，而我也不會。我不會面對神。因為沒有救贖。我以為它存在，我曾經這麼相信，所以我在這裡停留過。它不存在，現在我知道了，隨便人們怎麼說。我們可以隨心所欲地替自己辯護，越是強力地保護自己，讓自己毫無防備的力量就越大。願我的例子可以提醒一些人。或是作為毫無價值的訊息。因為你們儘可以等待，隨你們所願。它不會來的。沒有救贖。」（把信放在墳墓裡。）

馬爾特 這很猛。

耶斯科 現在是什麼很猛，說話還是不說話？

約翰尼斯 我求求你們。

馬爾特 我一點都不知道他是虔誠的信徒。

耶斯科 言必稱「神」的，就不虔誠。

（約翰尼斯走向桑德拉以表哀悼。其他人也跟隨他這樣做。）

桑德拉 謝謝。

馬爾特 當然沒有半個學校的人來。這件事就是被忽略了。

約翰尼斯 如果有任何一個人來，康斯坦丁都會很厭惡。

馬爾特 不過那會是恰當的。

耶斯科 這再次證明，基本上康斯坦丁對你來說根本無所謂。都是裝的。

馬爾特 那對你呢？

耶斯科 我至少是支持他的。「有些人當然必須得死在下面。」[28]

約翰尼斯 不要在墳前，各位。我聽不下去了。

馬爾特 現在有一個肇事者和一個受害者。兩個都死了。這事可以就這樣收尾。棺材蓋蓋上了。耶斯科就可以安心回家，買通付費牆，挽回他的婚姻。

耶斯科 不能永遠這樣繼續下去。

馬爾特 有些人總會保持毫髮無傷，無論發生什麼事。祝你有個幸福人生，耶斯科。

---

[28] 譯註：來自奧地利詩人胡戈・馮・霍夫曼斯塔爾（Hugo von Hofmannsthal, 1874-1929）1896年的詩作〈有些人當然〉（'Manche freilich'）。作者在詩中用中世紀大型船艦的上層和下層象徵嚴格區分軍官與奴隸的世界。這艘船艦也象徵一個城市。詩人的故鄉維也納當時被稱為「歐洲價值真空中心」。參見 https://www.wikiwand.com/de/Manche_freilich。讀取於 24.07.2022。

耶斯科　我會有的。

也祝福你。

馬爾特　（對約翰尼斯說）再約。（下場。）

約翰尼斯　這很不敬。這些可笑的爭論。

耶斯科　不是我開始的。

約翰尼斯　如果仔細思考，一切是從你開始的。而在事情變得嚴重的時候，你就落跑了。

是誰把這些照片發給你的？史坦，還是什麼的。還是你自己？

耶斯科　我不知道。

約翰尼斯　無所謂。現在這一切都沒關係了。再約，耶斯科。再見了。

耶斯科　再約。

（約翰尼斯下場。）

（耶斯科和桑德拉單獨在場上。沉默。耶斯科覺得尷尬，聳聳肩，做了一個告別的手勢，準備離開。）

桑德拉　是我。

耶斯科　什麼？

桑德拉　我寄了這些照片給您。

（暫停。）

耶斯科　什麼？為什麼呢？

桑德拉　我也不知道。

耶斯科　什麼？妳也不知道？

桑德拉　我也許可以列出原因，但它們已經變得空洞了。

耶斯科　什麼？

桑德拉　我那時以為，如果爆開了，那他就會擺脫它。然後就會讓他自由，多年來他墮落頹廢，猶如槁木死灰般瓦解。能再次重生。並且把握命運。

耶斯科 所以就必須勒索我還是怎樣。

桑德拉 對不起。我差點崩潰了。

耶斯科 好吧。

（耶斯科扶住桑德拉。）

桑德拉 您可以幫我嗎？

耶斯科 可以。

50

– 耶斯科・德雷舍在參加前中學同學的葬禮後，立即邀請他的死亡天使踏上最後一程並非巧合。

– 一刻鐘後他偏離車道、釀成嚴重交通事故的這個事實，沒有任何照片捕捉到。只有這個像是在最冷冽的普普藝術作品上展現的碰撞結局，反而躍上了他所操控的刊物版面。

– 人們認得這張照片：方向盤的永恆之吻，血液製成的地圖滲自太陽穴。極美，就像沃荷[29]的畫一樣。

– 因為沒有美就沒有道德。

– 是誰猛打方向盤，把車子在兩、三秒鐘內直挺挺地撞上一棵樹，這似乎顯而易見。

– 也許可以假設耶斯科那時幾乎沒有抵抗。也可以做其他的推測，但由於他的同車女乘客對他人和自我危害的先例，耶斯科並沒有嫌疑。

[29] 譯註：Andy Warhol（1928-1987），普普藝術的代表藝術家。

51

（耶斯科和桑德拉在車上。）

耶斯科　我們快到了。
妳在那裡住院嗎？

桑德拉　不是。我住過。而且我現在必須再去。

耶斯科　你們是在那裡認識的還是怎麼樣？

桑德拉　對。你怎麼知道的？

耶斯科　猜的。

桑德拉　每個人都待在自己的小圈圈裡，不是嗎？所有人都有自己的小圈圈。瘋子、有錢人，人總是物以類聚。

耶斯科　一定會有交集的。

桑德拉　在我的世界裡不會。而且它現在空蕩蕩的。
我們本來想一起作伴的。他放我孤單一人了。

耶斯科　桑德拉，我很遺憾。但這件事一定不能怪我。我也完全不知道你為什麼會選我。

桑德拉　當時的選擇不是很多。而且你看看你。你最有影響力。

耶斯科　那是錯覺，是天大的誤會啊。你看到了，我什麼都做不了。

桑德拉　這樣只會減輕你的內疚感。

耶斯科　不是這樣的。

桑德拉　現在這也無所謂了。

耶斯科　你們到底是怎麼得到這些照片的？

桑德拉　他威脅要提起訴訟。他們就把檔案照片打開了。他們注意到他的情況時，很快就又把檔案關起來了。他不危險。你才會是威脅。

耶斯科　我現在不想做任何指責。但妳應該放下這一切了。

桑德拉　這是你的口號，對吧？這是那時最後的機會。

耶斯科　而這在那時就是一條死胡同。

桑德拉　現在一切很快都會安靜下來，如此安靜，就像你過去一直想要的那樣。

耶斯科　你們那時為什麼不直接來找我？我會支持你們。

桑德拉　你是說會。

耶斯科　是啊。也許我會談談。也許我應該談談。

桑德拉　如果可以停止所有的謊言不是很好嗎？

耶斯科　我們現在先送妳到那裡去。那裡會幫妳。

桑德拉　你了解自己。最後你總是對的。

耶斯科　也許這不再是關於對錯與否的問題了。

桑德拉　遲來的領悟。

耶斯科　往左前方？

桑德拉　對。過了號誌牌之後。
耶斯科？

耶斯科　怎麼了？

桑德拉　我現在很高興。我失去了所有的動機。

耶斯科　聽起來不錯。一種自由的形態。

桑德拉　再快一點。我受不了了。

耶斯科　我只能開到六十。

（開得更快。）

桑德拉　耶斯科？

耶斯科　怎樣？

桑德拉　謝謝。

耶斯科　謝什麼？

52

– 路上嘎吱作響地磨出可觀的剎車距離，並且立即終結在一棵樹上，強勁的力道將它從地面抬起。
– 那些報導所描述的，據說每個人臨死前會在驚呆的眼睛前閃過的，自己一生的照片，那些生命中內在與外在轉捩點的照片，都沒有出現。
– 而這些照片早就跑過一遍，數個月來，在他和每個人的眼前。
– 那個同車女乘客，一定仍在為她愛侶的死亡而感到痛苦，且不得不再次強調她精神病史豐富。是不是她抓住了他的方向盤，無法百分之百證實。卡在金屬裡的身體姿勢也無法明確佐證。
– 有些人還是認為：意外就是意外。
– 而新照片再也沒有出現。

（亮場。碰撞。）

——劇終——

吉普車

Jeeps

諾拉・阿卜杜勒—馬克蘇德（Nora Abdel-Maksoud）

周玉蕙 譯

劇本簡介

首演

2021年於慕尼黑室內劇院

演出人數

二男二女

關於作者

諾拉・阿卜杜勒—馬克蘇德（Nora Abdel-Maksoud），1983年生，曾就讀於波茨坦—巴伯斯貝格（Potsdam-Babelsberg）康拉德沃爾夫影視學院（Hochschule für Film und Fernsehen Konrad Wolf），主修表演。自2009年起以自由演員身分參與電影與戲劇製作演出。主要合作劇場包括波茨坦漢斯・奧托劇院（Hans-Otto-Theater Potsdam）及高爾基劇院（Maxim Gorki Theater Berlin）。2011年起，於柏林十字山區（Kreuzberg）在十九世紀中期原為跳舞大廳的瑙寧街劇場（Ballhaus Naunynstraße）執導並編寫劇本。該劇場以跨文化背景下，社會與職業生活現實的探討為呈現主題，鼓勵新秀在創作內容與美學視角上的擴展與實驗。阿卜杜勒—馬克蘇德在2017年以劇作*THE MAKING-OF*獲德國權威戲劇雜誌《當代劇場》（*Theater heute*）評鑑為年度最佳新銳導演，同年亦獲得庫特・胡伯納新銳導演獎（Kurt-Hübner-Regiepreis）；2019年獲柏林德意志劇院柏林劇作家節（Autorentheatertage Berlin）赫爾曼・蘇德曼戲劇獎（Der Hermann-Sudermann-Preis für Dramatik）。2022年以劇作《吉普車》入圍慕海姆劇作家獎。

劇情概要

戲的一開頭就指出，德國「每年有四千億歐元的遺產被繼承，每五個孩子當中有一人是窮人」。劇中安排遺產在人死後由政府接管，繼承權（包含負債）則開放以抽籤方式重新決定，而業務的承辦單位正好就是負責社會救濟金發放的就業中心。作品將時間拉到繼承法改革的三個月之後，兩名在單調沉悶的就業中心裡工作的行政人員，遇到兩個婦女衝進辦公室，用手槍對著他們的胸口，威脅要把其中一人用多年積蓄所買的心愛吉普車炸毀。繼承巨額遺產是一種幸運或是社會的不公平？就像出生的巧合一樣，「卵巢彩券」的出現打亂了一整個世代的人生規劃。

劇作特色

阿卜杜勒—馬克蘇德習慣以工作坊的方式，先和劇團排練、研究，並且討論場景，之後再開始寫作。本劇透過完美的時間安排，劇作家（同時也是導演）用不同的方法打斷觀眾與角色間產生的認同：可能是一個次要情節、一個背景故事或是一則趣事的陳述，也可能是一段歌曲的演唱。文本銳利的言語藉由舞台上四位演員之間的俐落拋接，展現節奏；藉由語言和表演，以黑色幽默處理德國社會中不喜公開討論的遺產議題。在娛樂的同時，也展現社會公義與個人私心之間的矛盾。

人物

西爾克 ▶ 女創辦人

茉德 ▶ 哈茲IV[1]社會救濟金使用者

蓋博爾 ▶ 就業中心行政人員

阿明 ▶ 就業中心行政人員

佛克瑪 ▶ 樂師、哈茲IV社會救濟金薩滿巫師

備註

1. 本劇在兩個時間面向上演出，「訪談」層面（用「訪談」或「觀眾」標註）代表現在，「回顧」面代表已經發生過的事情。
2. 《吉普車》出自慕尼黑室內劇院的委託創作。劇本中的地方色彩可以依情況以相對應的東西取代或者忽略。
3. 演員在序幕結束後才開始進入其「角色」。
4. 「／」表示這些文本段落同時講述。

[1] 譯註：哈茲IV（Hartz 4）方案是德國在2005年針對失業者所設置的經濟救助方案，主要將失業保險及社會救助津貼合併為相同金額的基本生活保障津貼，引發許多爭議。

第1幕

1.1 序幕

扮演茱德、阿明和佛克瑪的表演者出場。

伊娃 史蒂凡

史蒂凡 伊娃

伊娃 艾尼克

艾尼克 伊娃

史蒂凡 艾尼克

艾尼克 史蒂凡

伊娃 親愛的台前觀眾，今晚我們想開始一場忌妒的辯論。

史蒂凡 是的。

伊娃 我們的主題是繼承。

史蒂凡 喔！

伊娃 啊！

史蒂凡 「繼承」，我已經看到在這人煙稀少的劇院裡，皺眉頭的人開始增加。

伊娃 （分開到旁邊）事實上我們想要盡量少參考喜劇大師路易斯・德・非內斯[2]的作品。

史蒂凡 （分開到旁邊）你不願意參考他的作品，我卻認為他的東西很棒。

伊娃 是這樣的，在德國，每五個孩子當中就有一個是窮人。（哭聲）嗚嗚。不，開玩笑的，請不要有體貼的心情。關於每五個孩子當中就有一個是窮的這件事，不是您們的錯。他只是想在開頭簡單提一下，因為這似乎和主題有點關係——

---

[2] 譯註：Louis de Funès，法國喜劇大師（1914-1983）。

史蒂凡　我們都同意該提一下這一點。每年有四千億歐元被繼承，每五個孩子當中有一人是窮人——

伊娃　所以，現在我們也就可以再把這條支線收起來了，好嗎？

史蒂凡　好的。關於繼承的爭論通常是這樣的：左派人士會對有錢人說：吐點東西出來吧，你們這些嫖客！

伊娃　然後有錢人就會說：我活著的時候，早就已經替我自己的遺產繳過稅了！

史蒂凡　或者他們會說——

伊娃　遺產稅太高了，現在我不得不賣掉我父母的房子。

史蒂凡　或者那些有錢，原本其實想學藝術卻又不敢的人會說：

伊娃　我聽到你們的聲音了，被邊緣化的非繼承者。我可不想把錢送給國家，所以我會成立一個基金會，給專攻約翰・凱吉[3]奏鳴曲的海螺笛女演奏家提供獎助學金，而且她們的名字要和「香檳」[4]押韻。因為我就是喜歡這種說法：約翰・凱吉與香檳。

史蒂凡　好吧。在前舞台的我們今天要繼續往前邁出決定性的一步。我們要來說繼承法改革的故事。

伊娃　不要。

史蒂凡　要。

伊娃　喂！（惱怒地看著史蒂凡。）

史蒂凡　是什麼讓一個人可以繼承？

伊娃　近親過世。

史蒂凡　不是，在那之前。

伊娃　請幫我們開示。

史蒂凡　就是卵巢彩券！無論男女，沒有人能選擇在哪一個家庭出生。出生就是一張彩券。

伊娃　卵巢彩券讓你繼承房地產，或是金錢，或什麼都沒有。我

---

[3] 譯註：John Cage（1912-1992），美國作曲家，代表作為1952年寫成的《4'33"》。

[4] 譯註：原文Crémant是香檳種類。

們的繼承法改革幾乎可以說是第二輪的抽獎。一張卵巢彩券——重新加載。

史蒂凡 正確。一個人的財富會在他死後被重新分配。

伊娃 那原本的繼承人會怎樣？

史蒂凡 他們可以申請抽獎，和其他人一樣。

伊娃 他們要去哪裡申請抽獎？

史蒂凡 就在這裡，在就業中心這裡。就業中心現在也承辦繼承彩券的申請。

伊娃 史蒂凡，這一定是非常多的工作。

阿明 妳在對誰說這些？我的角色就是管理就業中心。

伊娃 那我的角色呢？

史蒂凡 長遠來看，妳扮演的是哈茲 IV 社會救濟金接受者。

伊娃 那艾尼克[5]呢？

史蒂凡 他扮演佛克瑪，是哈茲 IV 社會救濟金薩滿巫師。

艾尼克 蝦密？

史蒂凡 等一下文森・瑞德斯基[6]會從旋轉門進來，他演我的助手蓋博爾。

伊娃 不好意思？是誰分配了這些角色？也是透過抽籤決定嗎？

蓋博爾上場。音樂。

蓋博爾 不好意思，但是他並不是在「管理」就業中心。他是救濟金發放部門的行政人員。

阿明 如果我沒記錯——在那個部門適用的是資歷原則。我的經驗和年資會影響職位等級。

茉德 啥？

---

[5] 譯註：Enik（1980-）是慕尼黑歌手與多樂器演奏者，本名 Dominik Schäfer，負責本劇的音效。

[6] 譯註：首演演員的真實姓名。

蓋博爾　在你的情況下正好不是。他的職級沒有比我高。

阿明　哦，當然有，他有。

蓋博爾　沒有，他沒有。

阿明　有，而且更久。他的層級更高而且年資更久，蓋博爾。

（音樂聲漸強。Idles[7]的音樂——“I'm Scum”。爭吵在其中消失。茱德下場。）

1.2 綁架 1——陰莖笑話

回顧辦公室。阿明浮躁。

阿明　蓋博爾？小肉丸子。我可以穿過我的牙縫做農民溜溜球。你知道農民溜溜球嗎？

蓋博爾　不知道。

阿明　你吃小熊軟糖的時候，口水會變得很稠。然後我可以讓它們像溜溜球一樣從我的牙縫裡跑出來。農民溜溜球。看，蓋博爾，你看！就像一條跳繩。

蓋博爾　是喔。

茱德　不好意思？

阿明　出去！蓋博爾，你最喜歡的熊熊軟糖是哪種？

蓋博爾　我試著要工作，阿明。

阿明　好啊，但是你最喜歡的熊熊軟糖是哪種？

蓋博爾　天堂。

阿明　沒有天堂這款的，蓋博爾。

蓋博爾　那種有可樂瓶和小奶嘴的。

[7] 譯註：英國後龐克樂團。

阿明　沒有天堂這款的！

茉德　打擾一下？

阿明　夢幻樂園！那款叫做夢幻樂園。

茉德　不好意思——

阿明　馬上來。你知道嗎？我更喜歡熱帶水果那款。我不懂人們怎麼會最喜歡黃色和橙色的。那些對我來說太基督新教了。比較適合會在下雨天騎腳踏車的人，那種會搞自我折磨的人。雨天你會騎腳踏車嗎？

蓋博爾　我不騎腳踏車。

阿明　對喔！你開吉普車！

蓋博爾　越野汽車，不是吉普車。

阿明　吉普車在它的駕駛前面永遠有個什麼？比較大的進氣管。[8] 呵呵——（蓋博爾氣得折斷了鉛筆。）

茉德　不好意思——

阿明　我猜，是劈成兩半了喔！（觀眾，不耐煩。）這裡。到現在為止，我們的服務對象——我稱他們為砲灰——都可以在幾秒鐘內被認出來。恐懼讓他們破相。新的服務對象，也就是那些被剝奪繼承權的人，從一開始就比較從容。他們比較有活力。他們有必要的外貌舉止特徵。臉上沒有那種緊張的需求汗水。這現在讓我很反感。我的助理蓋博爾反而比較喜歡那些砲灰。

茉德　我已經被叫到了。這是我的號碼。

阿明　蓋博爾，你來負責這個砲灰嗎？

蓋博爾　好的。

茉德　謝謝。

阿明　抱歉茉德，我還得在料理網站搜尋今晚的晚餐。（下場。）

[8] 譯註：比喻陰莖

回顧辦公室。茉德遞交號碼牌給蓋博爾。

蓋博爾　我能為您做什麼？

阿明　（觀眾）我認識茉德十五年了。她是我們第一位哈茲IV社會救濟金的服務對象。今天，她像個女侯爵一樣端坐在這個公家機關的等候大廳，不打算走了。她的檔案顯示，她來自一個中產階級家庭。她在十七歲時就完成了她的第一部銅板小說，並且在很短的時間之內成了真正的通俗文學暢銷女王。然後染上了曼陀羅，一種迷幻植物，微量攝取讓茉德可以繼續寫作，直到她不再微量，而是大量攝取為止。從那時開始她就有……用詞的障礙。她和蓋博爾的關係一直很緊張，從蓋博爾在等候室C逮到她在收集回收瓶開始，就從她領的失業保險金裡扣除退瓶費。她恨蓋博爾，但蓋博爾不記得她了。

茉德　法卡斯先生，我們認識。

蓋博爾　我不記得您了。

茉德　我今天是來道別的。

阿明　（觀眾）這是謊言。茉德並不想和蓋博爾說再見。她想要勒索他。這是後話。

茉德　您可能聽說過，我目前正在創作我的巨著《菊花叢——亨利・方德羅伊[9]閣下的慾望漫遊》。

蓋博爾　亨利・方德羅伊閣下？

茉德　是的。

蓋博爾　我從來沒聽過。

茉德　當然沒有，你這個混蛋。我承認我的故事背後隱藏著某種現實的逃避，但寫作本身是世界上最孤獨的工作。我必須和人

[9] 譯註：Henry Fauntleroy（1784-1824），英國銀行家，後因偽造罪被處死。

群在一起，法卡斯先生，所以我去……「麵粉人」吃早餐——

蓋博爾　去哪？

茉德　「麵粉人」，法卡斯先生。人、麵粉、陰莖帽。

蓋博爾　是一家麵包店嗎？

茉德　太聰明了，法卡斯先生。我在那裡吃了一個小糕點當早餐。（蓋博爾看時鐘。）您什麼都不必說。世間沒有罪孽是不受懲罰的。

蓋博爾　我們並沒有規定您的錢該如何使用。

茉德　我知道，法卡斯先生，我要感謝您的大德大量。但根據標準費率條例，食品和非酒精飲料的基本需求是每天4.86 歐元。我已經這樣地超出了預算，以至於每個月全部的教育標準費率，您知道每個月全部的教育標準費率是多少，法卡斯先生——

蓋博爾　1.12歐元。

茉德　沒錯，法卡斯先生，您的專業知識令人印象深刻，我在一個早上就嗑掉了整個月1.12歐元的教育費用。

蓋博爾　您可以——

茉德　法卡斯先生，我非常清楚，我可以針對昂貴食品的額外需求提出申請。為此我所要做的就是一次性的特殊需求登記，同時填寫「昂貴食品額外需求」的申請表格，由醫師出具證明，指出食用所謂的「優質廉價」冷凍預烘麵包，極可能導致本人身體和器官之嚴重傷害，據此到區公所社會部急難救助處提出急難申請，然後候審六到八週後，看您是批准還是拒絕。您對我實在太放水了，法卡斯先生。

蓋博爾　大家都在努力做。

茉德　那我其實同樣也可以去撿回收瓶。

蓋博爾　不行，如果那樣，我還是要將退瓶費從您的標準費率裡扣除。

茉德　這個，那時說的就是這個。這個我想再聽您親口說一次。現在我可以說再見了。您桌上的是一部吉普車嗎？

蓋博爾　是一輛賓士G400D。

茉德　太好了。

蓋博爾　可以在路上製造不少喧囂。

茉德　您一定存了很久的錢。

蓋博爾　十三年。有一個訓練賽道，在斯圖加特附近，賓士G級體驗中心——

茉德　哎呀。您那時可是個道地的執法人員，法卡斯先生。

蓋博爾　您覺得嗎？

茉德　您真誠而且盡責地為這個政府機構服務過。所有的非理性您都把它趕進了一個鋼鐵般堅硬由服從製成的外殼裡。[10]為此我要感謝您。

蓋博爾　我總是說，人必須為這份工作而生——

茉德　我現在很想抓抓您的頭。（茉德要撓蓋博爾的頭。尷尬的時刻。）

1.4 就業中心

訪談

阿明　（觀眾）我喜歡把公家機關的工作跟《急診室的春天》影集[11]做比較。對於砲灰來說，申請被拒絕，往往是攸關生死的大事，對於我們這些行政人員來說則是日常的一部分。自從改革以來，等候大廳就人滿為患，就業中心下令讓求職者派小孩來辦理，因為他們會比較不佔空間。兩個瘦小的剛好

[10] Seibel, Wolfgang. 2016. *Verwaltung verstehen*. Suhrkamp Taschenbuch, S.136.

[11] 譯註：*Emergency Room*，美國國家廣播公司（NBC）電視影集，曾多次獲得艾美獎。

可以坐在一張座椅上，小孩午休時睡著了還可以疊起來。求職者的孩子在等候室C。繼承權被剝奪的人在等候室A。我們是輪班工作，週五也還要工作到下午四點鐘，好讓行政運作無論如何都可以繼續維持。然而——在我看來——這群剛失業而惶惶不安的小市民，對所謂的公務員仍然停留在以前的刻板印象。我還想利用這份文件來消除一些人對行政機關常見的偏見，例如貪腐，或其他形式的公職特權，在優秀的行政人員身上是看不見的。

1.5 蓋博爾

訪談

阿明　例如我的見習生蓋博爾——

蓋博爾　我不是他的見習生。

阿明　——十三年前他就跟著我，開始他作為專業行政人員的培訓。

蓋博爾　不是跟他，是在救濟金發放部門。

阿明　如今他每個月的總收入是3,212歐元。我賺4,602歐元，外加一份聖誕獎金和兩次乙種級別的嘉獎。蓋博爾喜愛圖表。

蓋博爾　我愛公務員日常的觸感。折疊、打孔、裝訂——

阿明　在他桌上有兩樣東西：一個吉普車模型

蓋博爾　是賓士的——

阿明　——是的，越野汽車是吧？還有一張我的照片。並不是因為我們可能是親戚，或者因為我們在談戀愛。蓋博爾是——乾脆現在就說出來，好嗎？

蓋博爾　當然。

阿明　蓋博爾是臉盲。

蓋博爾 是的。

阿明 我的照片幫忙提醒他，我不是砲灰，而是他的上司。

蓋博爾 我的同事。

阿明 好啦，小芹菜頭。

蓋博爾 我的內袋裡總是有一個相框，以備不時之需。（展示內袋裡的相框。）這是我母親，這是湯姆士叔叔，這是我的侄女維拉，她那時還是個老頭[12]——

阿明 您們可以想像，和我相反，對蓋博爾來說，和服務對象打交道並不容易。他是真正用「不看人做事」這個原則在工作。就算孩子們坐在他面前，也不會影響他客觀辦事的能力。

蓋博爾 為何要受影響呢？

阿明 蓋博爾的熱情在於對法律事務鉅細靡遺的掌握。[13] 主管因此稱他為清廉者。並且在改革一開始就讓他擔任彩券仙。

蓋博爾 我負責守護彩券。我保管彩券箱和箱子的鑰匙。

阿明 我有所有其他的鑰匙。

蓋博爾 抽籤必須不考慮個人身家，透明，而且我作為官員必須在可追究責任的情況下執行。[14] 若非如此，就是違反平等原則以及／或者涉及貪汙。[15]

阿明 是的。蓋博爾在所有的紀律和懲罰中所忘記的，又或者，願上帝原諒我，也許從來不知道的，就是——在這裡我想引用我妻子埃絲特的話——「如果你聽任生命不加以約束，生命可以是多麼美麗和狂野。」[16]

---

[12]「老頭」（“Gruftis”）是1980到1990年代初期，德國發展出的龐克次文化成員的稱呼。

[13] Gößl, Alfred. 1981. *Praktische Psychologie und Soziologie in der Verwaltung*. Walhalla und Praetoria, S. 81.（參考文獻）

[14] Seibel, 2016, S. 18.（參考文獻）

[15] Seibel, 2016, S. 78.

[16] Steinitz, David. *Macht euch locker*. https：//www.sueddeutsche.de/kultur/film-muenchen-schwabing-klaus-lemke-1.4914819 (abgerufen am 02.03.2020).（網路資料來源）

1.6 回顧墓前弔詞

回顧墓前弔詞——湯姆・威茲[17]的音樂

西爾克　親愛的家人，親愛的朋友，迪特瑪——

阿明　（觀眾）我想，在各位當中許多人都認得她。西爾克・艾格茨，在地名人，巴伐利亞的安娜・溫圖，[18]筆記型電腦包的設計者。她的網路商店「穿著皮褲的筆記型電腦」在城裡引發了共鳴。西爾克的父親在繼承法改革生效的三天後去世。因此，艾格茨女士是受改革影響的第一批人：在這些法規都還未實施就受到嚴重打擊的繼承人。

西爾克　治療已經明顯沒有作用時，我爸爸開始開玩笑。他當然很痛苦，但他以前的大學同學迪特瑪的扁豆湯可能會讓他更痛苦。

阿明　（觀眾）像所有繼承人一樣，西爾克・艾格茨有十天的時間準備資產申報。她父親的資產必須向行政單位披露並且被釋出，再進行抽籤。

西爾克　——最後那幾天他幾乎認不出我了。但他不必再忍受任何痛苦。那是我最大的安慰。

阿明　（觀眾）由於西爾克在父親去世後的十天忙著處理情緒，睡不著覺，而且忙著處理火化，她決定使用我們的「鑰匙提交服務」：就業中心收到死者公寓的鑰匙，一個物業管理員全權負責整批遺產的結算。我必須承認在遺贈者的葬禮上交出鑰匙有點太過了。

西爾克　（感動）——所以今天要是有人問：我爸爸是誰，沒有他的世界會怎樣，我就會回答他是「湯姆・威茲的世上頭號粉絲」和「沒有他的世界上少了一個微笑」。旅——

---

[17] 譯註：Tom Waits（1949-），美國音樂人，1980年代後期開始與羅伯・威爾森（Robert Wilson）在漢堡塔利亞劇院（Thalia Theater）的合作。

[18] 譯註：Anna Wintour（1949-），時尚雜誌《Vogue》的總編輯。

阿明　艾格茨女士。我現在可能需要鑰匙了。（遞出鑰匙。簽名。證件。指紋。）

西爾克　旅途愉快，爸爸。我們會贏的。

墓前弔詞回顧結束

阿明　（觀眾）葬禮後兩週，舉行了歐洲冠軍聯賽決賽。西爾克·艾格茨衝進了這個公務機關。

1.7 綁架3

回顧辦公室。西爾克衝進這個公務機關。劫持人質。

蓋博爾　我總是說，人必須為這份工作而生——

茉德　我現在很想抓抓您的頭。（茉德要撓蓋博爾的頭。尷尬的時刻。）

西爾克　（粗魯的）法卡斯！

西爾克衝進這個部門。激動。被門卡住。

西爾克　好了。法卡斯！甜麵包[19]都吃完了。

蓋博爾　對不起，我們這裡還沒有結束。

西爾克　我沒差。

蓋博爾　您有號碼牌嗎？

西爾克　沒有。

---

[19] 譯註：「甜麵包和皮鞭」（Zuckerbrot und Peitsche）是從19世紀開始出現的諺語，代表獎勵和嚴格處罰兩種不同的管理方式。這裡表示甜頭已經嚐盡，苦頭要來了。

茱德　您是這麼說。

西爾克　把你的手指從警報按鈕上移開。

蓋博爾　OK。

西爾克　我西爾克・艾格茨，您還記得嗎？

蓋博爾　不記得。

西爾克　難怪。我無法聯繫到您。我的信您沒回，也沒解釋為何延誤——

蓋博爾　我們現在有很多工作要——

西爾克　而且這整個部門都沒人接電話。

蓋博爾　救濟金發放無法通過電話進行，此項業務有一條服務專線。

西爾克　（失去冷靜）專線一直佔線中！

茱德　慈悲的主啊。

西爾克　喔，老兄。蓋博爾、蓋伯森、飛輪同志。有人說，你是負責抽籤的人。

蓋博爾　對，我負責抽籤。

西爾克　很好。你拒絕了我的抽獎申請。

蓋博爾　我很抱歉，沒有給您一個好的交代——

西爾克　是是是是是，我也很抱歉。你這個官僚，我現在就要我的籤。

茱德　（發出清喉嚨的聲音）咳咳咳。

西爾克　不要按鈕。

茱德　（發出清喉嚨的聲音）咳咳咳。

西爾克　不要按。

蓋博爾　請再說一遍？

茱德　（發出清喉嚨的聲音）咳咳咳。

蓋博爾　您需要一杯水嗎？

茱德　你人真好。

蓋博爾　我現在就按報警鈕。

西爾克　不。

蓋博爾　要。

西爾克　拜託不要！

蓋博爾　喔要！

茉德　最好不要。

蓋博爾　什麼？（茉德把手槍拿出來對準蓋博爾。）啊！

茉德　沒錯，我們是一夥的。你這個笨香腸。

西爾克　砰。

茉德　手手舉高。（蓋博爾舉起雙手。）好。為什麼妳不用遙控器呢？

西爾克　它被我的夾克[20]夾住了。

茉德　我不相信妳，西爾克，我想妳又害怕了。

西爾克　茉德，拜託，妳知道這是我的一個問題——

茉德　這我當然知道。

西爾克　我不想在這裡討論這個。

茉德　（蓋博爾試圖按下警報鈕。）哎呀。數字人，結束了。這是我的朋友西爾克・漢娜・羅莎・艾格茨，一個被剝奪了繼承權的人。

西爾克　而她是我的朋友茉德。一個被剝奪了權利的人。她想要更高的標準費率。

蓋博爾　要高到多少？

西爾克／茉德　八歐元！

茉德　而且西爾克要把她該死的籤討回來。

阿明　（上場。焦躁。）蓋博爾，走廊裡的燈又滅了，我想是停電了。請你處理一——

茉德　手舉起來。

阿明　（跪下。嗚咽。）不要。拜託。我還有很多東西要付出。（觀眾）我承認，西爾克・艾格茨進入我們生活的那一天，我並沒有很清醒。我是有問題，私人的，還有工作上的。或者，正如我妻子埃絲特可能會描述的那樣：該死的蠟燭兩頭

[20] 譯註：原文的Janker是一種德國南部巴伐利亞傳統服飾的短上衣。

燒。（嗚咽。）

茱德　起來，你這個壞蛋。

阿明　你解除警報器了嗎？

蓋博爾　正在弄。

阿明　好，那麼請現在就弄。

蓋博爾　你不是說停電了嗎？

阿明　幹。那我們必須打電話給巴特爾。

蓋博爾　他總是下午一點半就離開。

西爾克　嘿！

茱德　兩位先生！

阿明　那烏納爾呢？

蓋博爾　正在休育嬰假。

阿明　幹。

茱德　公務員，我在抖喔！

西爾克　她是在抖。

茱德　你們現在就告訴我們，彩券在哪裡，不然我們就在你們的醃黃瓜上留下兩個凹痕。

西爾克　嘿嘿，醃黃瓜。

茱德　High Five！（茱德不小心開槍。被嚇到。）媽呀。

阿明　唉，該死！好，這位女士——

西爾克　艾格茨。

阿明　是。我很確定，您們兩位都已經沒有耐心了。改革帶來的所有不方便，大家要排隊，無止盡的長龍。

茱德　在你的內褲裡。

阿明　什麼？請再說一遍？（茱德沉默。）等候大廳裡都是人，專線永遠打不進來，我們知道，這些都很辛苦。

茱德　在你的內褲裡。

西爾克　哦，不。

阿明　好吧。還有漫長的等待時間。

茱德　在你的內褲裡。

西爾克　那是她的怪癖。

阿明　我知道。

西爾克　就像神經抽搐一樣——

茉德　在他的內褲裡。呵呵。

西爾克　到底是什麼病還完全搞不清楚——

茉德　在他的內褲裡。

西爾克　這當然是日常生活中的一個大問題——

茉德　在他的內褲裡。

西爾克　所以總而言之這真是件毛茸茸的棘手事。

茉德　在他的內褲裡。（茉德笑了。手槍掉落。阿明快速拿起手槍。）

阿明　好了，蓋博爾，我現在就去服務台請他們打電話報警。

西爾克　您不會的！（拔出引爆遙控器。大家都嚇到了。）我的名字是西爾克・艾格茨，我要拿回我那該死的繼承權！

阿明和西爾克面對面站著。手槍對著引爆遙控器。

茉德　我以妳為榮，我的小寶貝。

西爾克　歷史會證明我是無罪的。

音樂。Idles的音樂——“I'm Scum”。

第2幕

明亮的一半

2.1 新的服務對象

訪談——阿明和蓋博爾//西爾克和茉德

蓋博爾　斯圖加特附近有一個越野障礙跑道，賓士G級的體驗中心，有個80%坡度的鋼梯。你開著一輛價值十萬歐元的汽車從一個鋼梯上下來。喔天哪，這位女士採取行動可是沒在怕的。

阿明　蓋博爾。

茉德　我的躺椅呢？

西爾克　我不想問笨問題，但什麼時候會有費用津貼[21]呢？

蓋博爾　人們常說「吉普車」，但是意思是越野汽車。這就像說「舒潔」是指面紙一樣。您明白我的意思嗎？吉普只是一個牌子，就像富豪。又或者就像賓士。

西爾克　我，嗯，有創傷。

茉德　各位，我該整場訪談一直站著——

蓋博爾　我的賓士G400D是黑曜石金屬色。（愛極了的表情。）但它的任何顏色我都可以接受。

阿明　蓋博爾。現在重點是歐洲冠軍聯賽決賽的日子。

蓋博爾　該死。

西爾克　人群隊伍從就業中心排到魏森伯格廣場[22]，經過整條奧爾良街。[23]汽車完全開不過去。這些車也不能輾過這些人群——

阿明　在我們行政人員當中，[24]有心靈如同水牛般平靜的人，就像

[21] 譯註：針對志工在工作期間所產生的相關費用及支出的津貼。

[22] 譯註：Der Weißenburger Platz是慕尼黑在1871年普法戰爭後興建的法國區的一個廣場。

[23] 譯註：Die Orleanstraße是位於慕尼黑法國區以法國城市Orléans命名的一條雙線大道。

[24] Gößl, 1981, S. 195 / 196.

我。也有很容易被激怒的同事——

西爾克　這些人就在隊伍中露營了。沒有水，沒有衛生設備。有些就乾脆昏倒了。

蓋博爾　我不懂為什麼按照規定工作是一件壞事。

西爾克　我的抽獎申請被拒絕了。我的第一個申訴也是，第二次就完全沒有回覆。所以我不得不去。

蓋博爾　法規限制了我的權力，它們也保護客人不會被我傷害，免於我的專斷。這些規定也保護我不受到上級的威脅。政府單位就像一個堡壘——

茉德　基本上，若排成三排，我會更喜歡。一排是被剝奪繼承權的人。一排給求職者的孩子。還有一排給——

蓋博爾　政府單位是反對獨裁的堡壘。那比獨裁來得強大，比個人來得強大。但他們都不想明白這一點。新來的服務對象老是要申訴我們，因為他們沒弄懂抽籤申請的原則，因為他們不懂什麼是需求社群共同體。老是搬出哪個叔叔伯伯是律師，或者父母的某個大學朋友是誰誰誰——

阿明　蓋博爾只是拒絕為被剝奪繼承權的人服務。

茉德　可是沒有。人們緊挨著站在一起，就像那種，嗯，在竿子上。那種嘴尖尖的鴨子叫什麼？

西爾克　雞。

茉德　謝謝，是的。就像地獄邊緣的雞一樣。又熱又黏——

西爾克　裡面的推擠讓人無法忍受。紅十字會在服務台發水，我把水遞給身後求職者的孩子。我們不得不再度過一晚，隊伍是這麼長。星期二一早我的嘴慢慢開始乾得非常不舒服。然後我暈倒了——

茉德　（同情）好可憐。

西爾克　然後星期四我在等候室A裡醒過來。

茉德　她在隊伍裡用臂肘爬到自動抽號機。就像一隻光溜溜卻長著鬍子的鴿子。

西爾克　海豹。

茉德　謝謝。

西爾克　然後機器裡就沒有號碼牌了。

茉德　機器裡就沒有號碼牌了！

西爾克　我的意思是……（哭）

茉德　我在自動抽號機旁發現了那隻小鳥。牠用來擺動的手臂斷了。我們要很快地再演一次嗎？我感覺，這樣對我們來說會是好的。

西爾克　好，很樂意。

茉德　你們能暫時給我們一點空間嗎？我們很想把我們的第一次相遇再表演一次。

蓋博爾　好。（蓋博爾和阿明下場。）

茉德　我在自動抽號機旁發現了那隻小鳥。它用來擺動的手臂斷了。

2.2 西爾克和茉德

回顧等候室。西爾克在自動抽號牌機旁。太陽眼鏡和烤豬肉漢堡。哭。踹自動號碼牌機。

西爾克　爛機器！

茉德　嘿！

西爾克　不好意思。號碼牌都沒了。

茉德　（觀眾）她很絕望。說話顛三倒四。

西爾克　我在這裡排了三天的隊。一個等候室裡他媽的號碼牌怎麼會用完？而且我也搞不懂這個抽籤申請。為什麼他們想知道我有沒有直流式熱水器？申請書上沒有任何一個地方有新創的選項可以勾選。這些超爛的申請書是哪個世紀的？上頭還有一個傳真號碼！（哭）啊哈——

茉德　哎呀。妳有一個新床？

西爾克　一個新什麼？

茉德　新床。

西爾克　新創？

茉德　啊對。

西爾克　是的。（擦掉臉上的眼淚。）穿著皮褲的筆電。

茉德　（觀眾）想當然爾我以為她是個被剝奪繼承權的假面雅痞。所以我原想打爛她的臉。但我沒來得及這麼做。

西爾克　穿著皮褲的筆電是長得像傳統服飾的電腦包，用貝希特斯加登[25]牛的皮做成的。（茉德看著觀眾。）我認得這種眼神。我爸也從來無法理解這種「穿著皮褲的筆電」的哲學。他特別因為這樣的在地色彩指責我。他說這是白香腸[26]帝國主義。

茉德　（觀眾）西爾克的父親一定是個有稜有角的人。高度政治化，有原則。就像我一樣。她說了很多他的事。她也談了很多其他的事。

西爾克　我們從來沒有輕鬆過。財務上也是。那好吧，不塗奶油的麵包有時候還是得吃得津津有味。

茉德　（觀眾）我看得出來她很痛苦。她讓我想起了我的小說《醫生和玫瑰養植者馬修・哈羅德・麥克・鄧肯爵士》中的醫生和玫瑰養植者馬修・哈羅德・麥克鄧肯爵士的女兒。所以我決定要幫助她。

茉德　我可以告訴妳一些事情嗎，小鳥？

西爾克　可以。我是說——

茉德　哎。我媽媽去世的時候——佛克瑪。（佛克瑪演奏一些動人的音樂。）我媽媽去世的時候，我不得不清理她的房子。太可怕了。但物質的東西並沒有讓我特別感傷。真正讓我驚訝

---

[25] 譯註：Berchtesgaden是巴伐利亞東南方阿爾卑斯山的小鎮。

[26] 譯註：Die Weißwurst是巴伐利亞的傳統香腸。

的是，在她去世後的幾個月裡，我一再有想打個電話給她的衝動。

西爾克　喔！

茉德　一再的。哦，那很有趣，我必須告訴媽媽。就算只是被針刺到。

西爾克　您要抽籤還是哈茲IV社會救濟金？

茉德　我已經拿到彩券了，親愛的。（說耳語）是空籤。

西爾克　（觀眾）然後茉德跟我分享了她邊緣化的知識。她說著流利的官話。她能夠向我解釋什麼是需求社群共同體，以及什麼是直流式熱水器。她幫助我寫了一份沒有格式錯誤的申訴信。她說，你必須從內部炸毀整個系統。或者就像我的英國寄宿姐姐艾達經常說的那樣：By order, of the Peaky fuckin Blinders: This place is under new management.（「宇宙無敵狗屁號外，本店即日起由新負責人接管經營，此令。」）[27]

茉德　幫妳經手的辦事員是誰？

西爾克　施納比女士。

茉德　啊，施納比的兒子在一次船事故中喪生。她只批准二十多歲的棕金髮男性的申請，我們得想辦法在法卡斯那裡幫妳弄到。

西爾克　在法卡斯那裡？

茉德　蓋博爾・法卡斯。那個清廉者。

等候室回顧結束

[27] Peaky Blinders, St. 2: Flg.: 4 *Ein riskanter Auftrag.* TC 09: 20-09: 40.（參考資料）

2.3 綁架 4

辦公室回顧。阿明和西爾克面對面站著。手槍對著引爆遙控器。

茉德　我以妳為榮，我的小寶貝。

西爾克　歷史會證明我是無罪的。

阿明　那是什麼？

西爾克　引爆遙控器。

蓋博爾　那是一個 Wii 的遙控器。

西爾克　你確定嗎，蓋博爾？

阿明　（誇張的恐懼）不，那不是。（對著蓋博爾說）這可能是一枚該死的炸彈的引爆器。等候室 C 裡有小孩！（阿明把槍還給茉德。）

蓋博爾　你在幹嘛？

阿明　拯救生命。

蓋博爾　我告訴你，阿明，那是一個Wii的遙控器。

西爾克　或許它是一個Wii的遙控器，飛輪同志。又或者那個東西也會炸飛你該死的吉普車。（茉德和西爾克互看。節奏強烈。）

蓋博爾　（差點無法呼吸）什麼？

阿明　他的吉普車？

蓋博爾　（呼吸急促）那不是吉普車。

西爾克　不管那是他媽的什麼，你那黑色醜爆的假香腸會被炸飛。（節奏強烈。）

蓋博爾　您怎麼知道我開哪台車？

茉德　你名字的字母就在——

西爾克　那無所謂，茉德。給——我——彩——券。

蓋博爾拿出彩券箱。遲疑。茉德錄影。

蓋博爾　我很遺憾，艾格茨女士——

茉德／阿明　噴／怎麼了？

蓋博爾　根據我們的法規，不再有所謂「您的」彩券。要是您的抽籤申請被批准，那麼您就可以參加抽獎。

茉德／阿明　天呀，法規是死的文字——／她會炸爆你的吉普車！

西爾克　等一下。

茉德／阿明　喔／是的。

西爾克　你們在這裡做遺產—交換禮物的遊戲，我說對了嗎？如果有別人抽到我的籤，那他就會得到我的遺產。

蓋博爾　是的。

西爾克　你要耍我嗎？

蓋博爾　沒有。

西爾克　茉德，他要耍我嗎？

茉德　西爾克，下一位客人可能很快就會晃進來。

蓋博爾　我沒有要騙您。

阿明　（觀眾）您們看看，就算是沒機會可繼承財產的人，也反對提高遺產稅。他們期待一個意外的繼承，這些大白痴只是不想失去這個選項。這被稱為是彩券效應。[28]所以這個政府決定就是要利用這種效果。

蓋博爾　這個政府想要利用這種彩券效應。

西爾克　我從來沒有投給林德納！[29]

蓋博爾　我也沒有選林德納。

茉德　我寧願把阿媽賣給魔鬼也不會把票投給林德納。

阿明　（觀眾）好吧，這裡沒有人投票給林德納，（蓋博爾帶罪惡感地看向觀眾）但是林德納現在還是掌權了。而且回歸自由主義的核心思想：每人該領多少救濟金的公正性！太棒了。林德納只是說，人們必須透過努力工作贏得特權，而不是靠

---

[28] Beckert, Jens. 2004. *Unverdientes Vermögen - Soziologie des Erbrechts*. Campus, S. 234.（參考文獻）

[29] 譯註：Christian Wolfgang Lindner（1979-），德國自由民主黨（Freie Demokratische Partei）議員，現任聯邦財政部長。

繼承。因為只有這樣他們才願意創造出最棒的工作績效。

西爾克　所以他要把半個國家的財產都沒收？

阿明　主要是德國西部，受過高等教育的那一部分。其他人其實並沒什麼可以繼承的。

蓋博爾　艾格茨女士，請您想像一場百米賽跑。

茉德　好吧，你這嘮叨鬼，你現在還有二十秒的時間來做你的比喻，然後就結束了。

蓋博爾　請您想像一場百米賽跑，艾格茨女士。比賽有兩輪。在第一輪中所有運動員[30]都從同一個位置起跑。在第二輪中，選手當中有一位遙遙領先。在哪一輪當中，您認為，所有的選手都會更加努力？

茉德　好了，西爾克。比喻結束了。

西爾克　（思考）你從哪裡可以知道我沒有努力過？你對我的事情一無所知！你看，這就是讓我發瘋的原因，飛輪同志。或者在你他媽的申請表上有地方讓我寫下我的故事？

蓋博爾　沒有。

西爾克　有地方可以寫下茉德的故事嗎？

茉德　沒有。

西爾克　到底是誰設計那些申請表的？

蓋博爾　那是事先設計好的樣板表格，艾格茨女士。

西爾克　那你們該把這些樣板統統扔掉，蓋博爾。

阿明　（向蓋博爾稱兄道弟）很高傲的馬。

西爾克　閉嘴。我的女朋友茉德還必須先替我翻譯這些狗屎！我有大學學位，蓋博爾，但為了你這張申請表我需要找個女翻譯。茉德很酷，她免費為我做了這件事。

茉德　在你的內褲裡。

西爾克　茉德！不是每個人都負擔得起翻譯，蓋伯森。好吧，我們這裡所有的人應該都可以負擔得起。女律師、女代書、女稅務

[30] Beckert, Jens. 1999. *Kursbuch- Die Erbengesellschaft*. Rohwolt, S. 53.（參考文獻）

員。能夠花錢買一位女翻譯也是一種該死的特權，蓋博爾。那你知道茉德在翻譯時向我解釋了什麼嗎？

蓋博爾　不知道。

西爾克　她向我解釋了為什麼你拒絕我的申請。您知道原因嗎，為什麼他拒絕了我的申請？

茉德　西爾克，正好沒人在意那個。

阿明　主管[31]對於日常業務經常一無所知。

蓋博爾　他不是我的主管。（拿出西爾克的檔案。大家都被嚇到。）您的資產目錄在書寫上略有不足。

西爾克　我的資產目錄就是長這樣。蓋博爾。（累了）又來了，我一個字也聽不懂，你這個白痴。

蓋博爾　在您的申請表上有一個形式錯誤。

西爾克　到底是哪一個？

蓋博爾　一個不合理的連接字母S。

西爾克　是了！你說的是所得稅的那個S嗎，[32]蓋博爾？

蓋博爾　是。

西爾克　我在我的資產目錄上的所得稅這個字當中加了S這個連接字母，而不是加nn。

蓋博爾　在官方文件中，某些特定的複合詞會省略當中的連接字母S。

西爾克　是這樣嗎？

蓋博爾　是的。譬如說，如《基本法》序言第十一條中所述，複合詞中的連接字母S在「憲法賦予的權力」這個詞中是否可以被接受的問題，是聯邦政府和聯邦議會多年來一直在處理的申訴請願的主題。[33]

---

[31] Gößl, 1981, S. 107 / 108.（參考資料）

[32] 譯註：德文複合詞的連結字母可以是S或者N，這裡指所得（Einkommen）和稅（Steuer）的連結字母。

[33] Fugen-s bleibt! (Memento vom 5. Oktober 2018 im *Internet Archive*), Blog des Gegenpetitionstellers vom 18. Dezember 2004.（參考文獻）

西爾克　（睡著）

阿明　咳咳咳。

西爾克　（醒來）撐著我點，茉德。

茉德　不要再這樣跟她說話了。你沒注意到她在你說官話的時候睡著了嗎？你這個蠢蛋？

蓋博爾　抱歉，但我們的溝通在約束性和合法性上都必須是可以受檢驗的。

西爾克　（睡著又醒來。）

茉德　妳振作點！

阿明　（觀眾）這裡我必須插話。這是最常見也最惡名昭彰的誤判之一：官方語言是種相當繁瑣的語言。這是多麼荒誕的想法！

蓋博爾　誰駕馭官話，誰就好像很有本事。[34] 只要個人能力的取得可以透過語言來驗證的話——（西爾克睡著，醒來。）

阿明　官方德語不是一種語言，它是……嗯……（搜尋正確的詞。）

蓋博爾　——根據與決策相關的事實情況。（西爾克昏倒了。每個人都害怕爆炸。）

阿明　——它是權力的實踐。

西爾克　我醒了！

茉德　（戲劇性地）公務員！你們的語言是劊子手的帽子，在你們論斷我們的時候，你們的真面目就藏在那背後。

西爾克　（振作起來）沒錯！

茉德　你們剝奪了她的繼承權！你們不讓她進入她父親的公寓。你們不允許她對父親有丁點的懷念。不可思議的人心。

阿明　讓她抽籤，蓋博爾。然後我們去吃個香腸麵包。我向你發誓，我有焦慮性飢餓。

---

[34] Bezemek, Christoph. 2018. *Die Sprache der Bürokratie als Sprache der Folgerichtigkeit.* Journal für Rechtspolitik 26, S. 168.（參考資料）

蓋博爾　不要。（節奏強烈。西爾克和蓋博爾大戰。）

西爾克　你們到底會不會三不五時探究一下你們在這裡工作的出發點？你們曾經懷疑在這裡的這個機構的目的嗎？

蓋博爾　有。

西爾克　有？你認為有足夠的工作給所有的人嗎？

蓋博爾　沒有足夠的工作，沒有。

西爾克　你認為很快就會有嗎？

蓋博爾　不。

西爾克　你認為在那之前你們可以把人像動物一樣對待嗎？

蓋博爾　我說了，不會有充分就業。

西爾克　那你們就只是把人當動物一樣對待。

蓋博爾　我們把基本條件的維持視為一種慷慨的調節。這在其他國家並沒有可比擬的系統。

西爾克　茉德，每天有多少錢可以給妳嗑飯？

茉德　所以嗑飯是——

西爾克　所以是多少？

茉德　4.86歐元。

西爾克　4.86歐元用來買好吃又便宜的冷凍預烘麵包。你看看她這個樣子。這些粗大的毛孔。你們把這些人當豬一樣對待。

茉德　這個嗎，我不會稱自己為豕——

西爾克　妳被逮到在回收瓶子的時候，法卡斯先生做了什麼？

茉德　從我的標準費率中扣掉了退瓶費。

蓋博爾　回收瓶子算是一項自營工作。

西爾克　我認為這裡所發生的是你們的問題，小夥子。要嘛你們真的相信你們在這裡闖的禍，要嘛是你們笨得像狗屎。不管是這樣還是那樣，你們都缺乏批判意識。你們忽略了更大的背景脈絡。

2.4 更大的背景脈絡

訪談

阿明 「更大的背景脈絡」。是的，像西爾克這樣的中產階級小孩的生平，刺激的地方很少是他們所做、所決定和所實現的事情。真正吸引人的反而是他們沒有做過的，或者是他們不明白的事。因為那些西爾克們很諷刺地就是用那些他們不做和不了解的事情，塑造了這個世界。比方說，在蓋博爾的人生裡，他們就留下了持續性的影響。他給他們的燕麥奶打泡沫，在馬克斯近郊[35]的咖啡館裡聽他們嘰嘰喳喳地談話，他聽到他們晚上在那些跑趴玩咖的夜店前大喊大叫。在他們得到他們第一輛小型汽車禮物的那時候，蓋博爾還在為他的駕照工作存錢。他們的生命，就是像蓋博爾這樣的狗怎麼費勁都咬不到的香腸。比方說，到今天為止，我們的西爾克講起她在里茲為期兩週的交換學生還是很起勁——

西爾克 And then I was like, do you have any vegan stuff on the menu.[36] 哇喔，不好意思，這一直發生在我身上。我已經用英語做夢了——

阿明 這花了她父親七百歐元加上三百英鎊的零用錢。蓋博爾到今天仍然無法發英文R的音。

蓋博爾 Gwoovie。

西爾克 （覺得有趣）它的發音是groovy。

阿明 西爾克總是帶著一種特殊的驕傲感談論她兼的差。她感到成熟與自給自足，她工作，為了去柬埔寨和寮國背包旅行。

西爾克 我唸書的時候當過服務生，我整理過文件，我甚至在客服中心——

---

[35] 譯註：Die Maxvorstadt是慕尼黑的大學區，因建築與博物館林立，被視為是慕尼黑的文化心臟。

[36] 譯註：原文即英文。

阿明　蓋博爾很少談論他的工作，但很早就意識到，人必須有裝窮的能力。他在溫格若游泳池[37]度過了他的夏天。

蓋博爾　（在溫格若游泳池）康施提？塞比？

阿明　他自己一個人。因為他認不出他的中學同學。而他們也都躲著他。

康施提　屁股炸彈！（蓋博爾被屁股炸彈濺到。）

阿明　反正他大部分時間都不是在水裡度過，而是在泳池邊的販賣亭裡。那是他父母的販賣亭。（對蓋博爾）請給我 一個 Ed von Schleck[38]甜筒。（蓋博爾給他 Ed von Schleck 甜筒。阿明把它給扔了。蓋博爾接了過來。）西爾克自己的第一台電腦是1,100 歐元的 Macbook Air，單純是因為她——

西爾克　單純是因為我背太重會背痛。

阿明　經過詳細的研究，蓋博爾決定用二百四十歐元買一台聯想Think Pad筆電。西爾克決定讀產品設計，而蓋博爾則決定選擇一份鐵飯碗的終身工作。在他們所有的決定中，無論大小，西爾克和蓋博爾的不同之處總是一次又一次地恰恰在同一點上相同：做出這些決定對他們來說都很輕而易舉。

2.5 中產階級化

訪談

茉德　在等候室A坐著三種雅痞假面。擁有蘋果筆電和一堆餿主意的創辦人。他們想拯救他們的新創公司——

阿明　繼承法改革當然導致我們服務對象的結構轉變。我們談論的

---

37 譯註：Das Ungererbad是慕尼黑的公共露天戲水中心。

38 譯註：德國的一種冰棒品牌。

是每年四千億的歐元。一整個世代的人生規劃都與這些遺產綁在一起。

茉德　精釀啤酒手工製造商、麵包手工製造商、琴酒手工製造商——

阿明　民族學家、導演、記者——

茉德　羊駝毛嬰兒服飾手工製造商。來自羊駝，有名有姓。

蓋博爾　很多人走頹廢風。

茉德　那邊是工業家的孩子、牙醫的兒子和顧問們。對他們來說是原則問題，基於原則他們要繼承他們的別墅。

西爾克　真正酷的是，我在等候室A遇見不少認識的人。例如康施提。他和我一樣，幾年前在一個傳統服飾品牌做過電商——

茉德　他們都叫做康斯坦丁，穿著深藍色的羽絨外套，還有像害羞的安迪[39]一樣類型的爛髮型。你們真他媽——

蓋博爾　一個求職者的孩子來說，我爸爸是挖土機司機，他想要一份工作的時候，我真的很高興——

茉德　再過去一點是譬如說汽車和餅乾工廠的繼承人。那是億萬富翁。他們和一大群律師坐在那裡——

蓋博爾　然後我把他送到了職業介紹所，他們在搜尋頁面輸入了這個：挖土機司機，在不同的行政區搜尋一些東西，然後他有了一份工作。就是Influencer。[40]那是什麼意思？我還以為是該接種疫苗了。呵呵——

茉德　一開始他們都試圖躲起來。都躲在他們的太陽眼鏡後面。然後我去到他們那裡，帶著佛克瑪，然後我們唱了這首歌。那首歌是叫什麼來著，佛克瑪？

阿明　他們不想相信已經發生的事。就像那些在空中繼續跑的卡通人物，你知道他們嗎？事實上我們已經剝奪了他們的繼承

---

[39] 譯註：Andreas Franz Scheuer（1974-），德國聯邦議會議員，巴伐利亞基督教社會聯盟（Christlich-Soziale Union in Bayern e.V.）黨員。

[40] 譯註：這裡是「網紅」的意思。

權。而他們在幾天後還是開始把就業中心中產階級化——

茱德　「就業中心藍調！」沒錯，就是這個名字。嘿——

西爾克　然後康施提放了一輛餐車進等候室A。有烤豬肉漢堡，還有巴帕斯。就是巴伐利亞式的塔帕斯。[41]

茱德／傑克瑪　（唱歌）這就是就業中心藍調。這是每個高教育程度家長的小孩都需要擁有的。

西爾克　然後康施提和他的朋友們在那裡豎起了一堵攀岩牆。在等候室A的中間。佩服，真的。

阿明　一堵攀岩牆在就業中心裡。是在哈囉！

茱德　抱石。[42]晚上我和佛克瑪在那些攀岩塊上塗了凡士林。（佛克瑪和茱德笑）

西爾克　很好，然後突然整個停車場都停滿了越野汽車。

蓋博爾　//

茱德　他們本來也可以把他們的小爛車停進東火車站的多層停車場裡，那些雅痞假面。每小時3.50歐元。

西爾克　他們甚至擋住了地鐵的出口，還有計程車等候區。全都停滿了吉普車。我是騎貨運自行車，但我覺得那實在是太不像話——

阿明　改革的第一天突然有另一輛吉普車停在蓋博爾的尊榮停車位上。我跟你發誓。是一個名叫康斯坦丁的傢伙的車子，他在普華永道[43]工作，還想起訴我們。是的，去死啦，嘿。

蓋博爾　我這麼說吧：很容易就看得出來，服務對象是否尊重我們的工作。他們是否會先了解一下，看過申請書上的說明。就有一個在工作經驗欄裡面寫：冰流[44]衝浪者。環遊世界旅行兩年。（折斷筆。）不好意思。

---

[41] 譯註：Tapas，西班牙下酒菜或是前菜。

[42] 譯註：一種不用繩索的攀岩型態。

[43] 譯註：Price Waterhouse Cooper，國際會計師事務所及顧問公司。

[44] 譯註：慕尼黑市區的英國公園裡的人工溪流。

2.6 綁架 5 ——贈與

辦公室的回顧

西爾克 要嘛你們真的相信你們在這裡闖的禍，要嘛是你們笨得像狗屎。不管是這樣還是那樣，你們都缺乏批判意識。你們忽略了更大的背景脈絡。

阿明 原來如此。艾格茨女士，您父親的職業是什麼？

西爾克 政治和歷史老師。

阿明 喔。

西爾克 這是什麼意思，「喔」？

阿明 這只是說，艾格茨女士，像您父親這樣的人，來自等候室A的過去的支配者，精神分析學家、大學教授和建築師，您不要誤會我的意思，但他們從改革一開始就是……聲音最大的一群人。

蓋博爾 他們在服務台前靜坐，然後用訴訟來打壓我們。

阿明 我跟其中的一位一起上學，跟那個奧斯卡。你記得他嗎？

蓋博爾 當然不記得，阿明。

阿明 他以前是四處遊蕩的大麻反威權核心小組的一員，現在他是巴斯夫藥廠[45]董事會的成員。他要控告我們，因為我們取消了免稅贈與。

西爾克 那和我父親有什麼關係？

阿明 完全沒有。您的父親，艾格茨女士，一定完全不同。

西爾克 那當然。

阿明 他一定不是一個破敗的資產階級左翼分子，晚上聽湯姆・威茲的唱片，出於寂寞，和他的人字形鑲木地板一起殺時間，堅信只要是好紅酒就不算是酗酒。

西爾克 什麼？

---

[45] 譯註：BASF（Badische Anilin-und-Soda-Fabrik），德國的化工集團。

蓋博爾　阿明，我覺得這樣夠了。

阿明　你知道嗎？艾格茨女士，我沒有上大學。我的父親是砌牆工，我的母親生病了，那個奧斯卡總是說，為了像我這樣的人他會走上街頭。

西爾克　關於這個奧斯卡的廢話是怎麼回事——

阿明　那個奧斯卡，就是您的父親，我他媽的不在乎。當時我就不喜歡他們，那些叛逆的中產階級小兔崽子。但是現在——

蓋博爾　阿明，她有引爆器——

阿明　現在這個奧斯卡坐在這個公家機關裡鬧，因為他不能再用贈與的財富來淹沒他兒子。稅——什麼都沒了！因為他不想放棄任何東西！不給您，反正也不會給我，也絕對不會給無階級社會，當年他還為了它走上街頭。恕我直言，艾格茨女士，我覺得這太偽善了！

西爾克　你說我父親偽善？

阿明　而且可悲。這些人是可悲的諷刺畫。（觀眾）有趣的事實是：我上過大學，社會教育學系。我在那裡也遇到了我太太埃絲特。工人階級的生平賦予我的爆發必要的情感驅動力，好讓劇情——如願——繼續發展。

西爾克　你最好現在就閉上你的狗嘴，你這個穿著破銅爛鐵的閃亮亮藍波！（節奏強烈。）你現在就把我的彩券給我，或者，我發誓，你的賓士G400D會被炸飛。

蓋博爾找出西爾克的彩券。茱德拍攝。

蓋博爾　您在做什麼？

茱德　我根本不在這裡，寶貝！

蓋博爾　請停止拍攝。

西爾克　茱德，妳為什麼現在要拍這個？

茱德　當作我的回憶

西爾克　別拍了，茱德。他至少給了我彩券。

蓋博爾　只要攝影機繼續運轉，我在這裡就什麼都不給。

茉德　我根本不知道要怎麼關掉。

西爾克　茉德！

茉德　搞定！（停止拍攝。看著阿明。）

西爾克　（用引爆器威脅。大家都害怕。西爾克拿到她的彩券。眼中帶淚。）謝謝。來吧，茉德。（茉德看著阿明。）

茉德　等一下，那我那提高的標準費率八歐元呢？

西爾克回來。給茉德錢。

西爾克　你能給我提高到八歐元嗎？隨便啦，給我那兩歐元，在你方便的時候。對了，那是個Wii遙控器。不是引爆遙控器。砰。（按壓。什麼都沒發生。西爾克下場。砰。爆炸。煙霧。茉德放下槍。賓士之星商標飛進辦公室。）

音樂。宙斯搖滾樂團[46]的“Fever of the Time”。

[46] 譯註：Zeus，加拿大獨立搖滾樂團。

第3幕

黑暗的半邊

3.1 蓋博爾的早晨

茱德　（觀眾）差不多在歐洲冠軍聯賽決賽的四星期前，蓋博爾・法卡斯有天早上從惡夢連連中醒來後，就靜靜地長坐在他廚房的桌子旁一段時間。他把鬧鐘提前了兩個小時。他不喝東西，不說話，他只是得意地坐在那。他的新越野汽車是同類中最有型的。蓋博爾存了一筆五位數的金額，其他四分之三的花費，也就是七萬五千歐元，他是透過線上貸款支付。Targo銀行、輕鬆貸款、二十四小時快速低利貸款。為了他的停車位，那個最大、最顯眼，比管理階層更接近就業中心入口的停車位，他用 OEZ 購物中心[47]意大利冰淇淋店的折價券賄賂了管理員兩年。蓋博爾知道，世界上沒有人需要他的汽車。他知道，這是晚期資本主義黑色閃亮的泡沫皇冠。無恥地貴，沒用，而正因為如此，它是世界上最美且最有價值的車。G系列是蓋博爾的白老虎。

3.2 吉普車

訪談

阿明　那時我對巴特爾說，就讓他高興吧。我比他多賺1,835歐元，每個月，所以作為交換，他現在開著他的臭屁馬車。

[47] 譯註：奧林匹亞購物中心（Olympia-Einkaufszentrum），慕尼黑的一家大型購物中心。

茉德　我是在越野汽車的環境下長大的。

阿明　他想開著它在哪裡越野？萊姆山[48]嗎？呵呵——

西爾克　好吧，就是個氣候殺手。沒冒犯的意思，但我們並沒有第二個地球——

阿明　還是要去波因野生動物園[49]來一場沙丘之旅？

茉德　我父親喜歡打獵。我們的夏天大部分都是在他的滷肉[50]越野車度過的。我的意思是，Land Rover Defender[51]——

阿明　我開的是一台Skoda[52] Octavia，銀白色的——

茉德　那是汽車歷史的標誌。

阿明　有超大的置物空間。我想比賓士G系列的置物空間要來得大——

茉德　Land Rover當年是真正的載貨車輛：厚重、聲音大、換檔費力。相形之下，其他的車，包括法卡斯先生的汽車，都是精緻的馬車。

阿明　我的意思是他其實是個悲劇人物。很難跟人相處，但他面對自己的車子卻很玻璃心。譬如說小雞雞的笑話。我跟妳發誓。在他的辦公桌前坐著在哭泣的砲灰小孩，而他還可以像狗鼻子一樣保持冷靜。但他會因為小雞雞的笑話抓狂。

---

[48] 譯註：Berg am Laim是位於慕尼黑東南部的市鎮，曾經是工人階層的區域，以慕尼黑的標準來看，生活花費相對便宜。

[49] 譯註：Wildpark Poing，位於慕尼黑東部的野生動物園。

[50] 譯註：台灣資深越野玩家給英國休旅車Land Rover的暱稱。

[51] 譯註：英國牌子的休旅車。

[52] 譯註：捷克汽車牌子。

3.3 綁架 6 ——中產階級

辦公室回顧。砰。爆炸。煙霧。茉德放下手槍。賓士之星商標飛進辦公室。

西爾克／阿明／茉德 啊！／救命！／神明啊！

阿明 你的車著火了。

西爾克 我不是故意的！

茉德 西爾克！

西爾克 妳說它只是唬爛的陷阱而已！

茉德 我說什麼？！

西爾克 我發誓，她說那是個假的道具！

茉德 狼來了，羊咩咩！

西爾克 她說吉普車是你的致命弱點，我應該用它來威脅你。

茉德 是的，威脅！但不要按鈕，媽的又一個白目。

西爾克 我不知道這一塊是有用的！她說這是一個Wii的遙控器。就算在上面亂按也不會有事！

茉德 在你的內褲裡！這我可能說過。從什麼時候開始我在法律上算是有責任能力的？

西爾克 茉德！

蓋博爾 （拿起手槍。）拜託，現在請大家安靜。我不想傷害任何人，拜託。（阿明看著蓋博爾。）

西爾克 很抱歉，法卡斯先生，我並沒有想要傷害您，我真的只是想把我父親的東西拿回來。

蓋博爾 哪些東西？

西爾克 有一本我的相簿，這是第一個，那裡還有那個新生兒皺皺的小手環在裡面。西爾克・漢娜・羅莎・艾格茨，四千三百公克。還有一張我爸爸抱著我的照片，留著他那醜不啦嘰的絡腮鬍，他看起來像霍克・霍肯。[53]

蓋博爾 （拿出西爾克的檔案夾。大家都嚇一跳。）那您父親的遺產——除了那本相簿之外——還有一間三房公寓在滕大街[54]上。

茱德 喔！

西爾克 我在那間公寓裡長大的，有可能是那間，是的。

蓋博爾 還有一戶在波恩廣場[55]旁的單人出租套房。

西爾克 對，不過是一間在巷弄裡的房子，那是他養老用的。（看向茱德。）

茱德 啊哈！

阿明 蓋博爾，這都是很敏感的資料。

茱德嘗試拍攝。

蓋博爾 還有一間在聖皮爾海邊[56]的船屋。

茱德 哇，船屋！

西爾克 那不值錢。那只是我父親計畫退休的一個規劃。

茱德 你有一堆銀子！

西爾克 沒有，我沒有！

阿明 （觀眾）我們誠實點。我們當中沒有人喜歡談論自己的錢。尤其是不要跟那些比你窮的人談。

西爾克 我該怎麼辦？我需要波恩廣場的租金收入。我再也付不起快閃店的費用了，更不用說我的健康保險費。

茱德 妳本來可以誠實點的，幸運的騙子。

西爾克 我很誠實！我想念我父親！我只是也會衡量一下他的錢。

阿明 我們不都一樣嗎？

---

[53] 譯註：Hulk Hogan（1953-），美國職業摔角選手。

[54] 譯註：Die Tengstraße是慕尼黑市區一條從馬克斯近郊（die Maxvorstadt）往北延伸的街道。

[55] 譯註：Der Bonnerplatz是慕尼黑北部施瓦賓區（Schwabing）的一個廣場，地鐵三號線（U3）有停靠站。

[56] 譯註：Saint-Pierre-la-Mer是位於法國地中海的度假勝地。

茱德／蓋博爾　不。

西爾克　即使是我最好的朋友也不知道我會繼承多少錢。我認識的人裡面，沒有人會談論他確切將繼承多少！他表現得好像我很有錢的樣子。我們並不富裕！我們度假時只會去露營。我爸爸都是吃剩菜。他會把果醬上的黴菌刮掉，然後吃下肚，這樣就沒有東西會壞了。我有好多家具都是從eBay小廣告當中買的。

阿明　（觀眾）然後事情就發生了。突然間，所有老師和教授的孩子[57]都坐在我們的辦公桌前，向我們解釋，為什麼他們雖然可能繼承了六位數的遺產，但實際上他們是從陰溝裡走出來的社會弱勢。

西爾克　船屋快塌了。需要很多維修！我們實際上為此支付了額外的費用。

阿明　（觀眾）看有錢人裝窮，蓋博爾覺得噁心。有時在他看來，似乎所有德國人在他們的自我概念上都是中產階級。他稱這些為「中產階級」的反射。好像因為有錢，就必須感到羞恥一樣。

西爾克　我唸書的時候在餐廳當過服務生，也打雜整理過文件，我甚至在電訪中心——

阿明　我認為，讓他對中產階級如此憤怒的原因，就是其中的傲慢。這些西爾克和康士坦丁們，堅信他們的成功是自己獲得的。

西爾克　我是用自己的力量把「穿著皮褲的筆電」撐起來的——

蓋博爾　我可以問您一件事嗎，艾格茨女士？

西爾克　我有得選嗎？

蓋博爾　您認為有可能過著節儉的生活，但仍然是有錢的嗎？

西爾克　（節奏強烈）我並不有錢！在外面的等候室A裡坐著汽車和餅乾工廠的繼承人，他們是億萬富翁！要是你們有跟他們收

[57] Friedrichs, Julia. 2013. *Gestatten: Elite.* Hoffmann und Campe, S. 87.（參考文獻）

更高的稅，那你們現在就不必讓中產階級的遺產充公。（停頓）我從來就沒說過我認為遺產是公平的。

蓋博爾　那就分一些給您的女朋友吧。

即興演出。公憤。

西爾克／阿明／茉德　喔，拜託！該死的嬉皮。／很好的想法，很好，完全正確！／去死啦！我馬上分一些給我媽。

3.4 等候室 C

訪談。蓋博爾和阿明//西爾克和茉德。

蓋博爾　你也說點什麼吧。

阿明　等候室C？不要。（緊張的下顎。沉默。）

蓋博爾　好吧！這些比預計花了更長的時間。這所有的拼字錯誤。有一半是沒辦法讀或是書寫的。（阿明不說話。）零嘴販賣機的牛奶夾心餅一早就賣完了。

茉德　突然就把鼻屎黏在座椅下面。

西爾克　那讓我很震驚。

茉德　而且還發臭。就像在美洲豹的籠子裡。

西爾克　剛剛看到那邊的那些小孩，不到十歲。他們是怎麼試著寫他們的功課。在這麼吵的環境。

蓋博爾　阿明……

阿明　我不是媒體公關部門，不會為此辯解。

蓋博爾　阿明。

阿明　去你的。

茉德　媽呀。媽呀。這到底在演哪齣？無法忍受高溫的人，就請離開。離開有爐灶的客廳。

西爾克　廚房。

茉德　謝謝。

蓋博爾　然後這些充滿巧克力汙點的申請表。他沒盡到合作的義務，我卻用「午睡」當藉口缺席來報復，這樣有用嗎？

西爾克　有一天有個人到等候室A來找我，他大剌剌地一屁股坐在我的大腿上。那是塞繆爾。他滑溜溜的小手上有一顆乳牙，問我是不是牙仙。

茉德　一個小女孩拉住我的袖子，「我要喝Bionade」。[58] 我把她帶到狗屎草地上，摘了一些蒲公英，放在她的水瓶裡搖了搖。呵呵。她不覺得好玩。

蓋博爾　儘管如此，我還是寧願為他們，也不願為被剝奪繼承權的人服務。

阿明　（打呼。）

茉德　我認為這不公平。再怎麼說4.86歐元對我來說完全不夠用，但是他們卻能買得起自動販賣機裡的牛奶夾心餅。他們一天不需要那麼多錢，因為他們的腸胃可是小多了！然後投訴管理部門的人安撫我，小孩每天只能拿到4.00歐元的錢來吃喝，所以比我少了0.86歐元。他們也拿不到半毛錢的育兒津貼。這和收入無關。所以餅乾繼承人可以獲得育兒津貼，社會救濟金的小孩卻沒有任何福利！因為它也算是一種收入。就像我的退瓶費一樣。就這樣。

西爾克　什麼？

茉德　就是如此。

西爾克　我過去不知道這些。我覺得這是有口難言的。我覺得這太離譜了，真的。

茉德　那就分一些給他們吧。

[58] 譯註：一種不含化學元素和酒精的有機氣泡飲，小孩也可飲用。

3.5 綁架 7 ——贈與

回顧辦公室

蓋博爾　那就分一些給您的女朋友吧。

西爾克　什麼？

蓋博爾　我們回到回顧！（即興表演。憤慨。）對，就是妳，到牆邊去！（蓋博爾用槍強迫她回來。）請！

西爾克　在外面的等候室A裡坐著汽車和餅乾工廠的繼承人，他們是億萬富翁！要是你們有跟他們收更高的稅，那你們現在就不必讓中產階級的遺產充公。（節奏強烈）我從來就沒說過我認為遺產是公平的。

蓋博爾　那就分一些給您的女朋友吧。

西爾克　什麼？

蓋博爾　分一些給您可憐的女朋友。

西爾克　當然。我可以這麼做。我的意思是，我讀的是產品設計，某種形式的養老保險我也是需要的。但我可以給妳，嗯，一萬歐元。

蓋博爾　一萬歐元。

西爾克　是的，或者一萬五千也可以。問題就是，我覺得，她會把這些錢花到哪裡去。

茉德　再說一遍？

西爾克　好吧，如果我給妳一萬五千歐元，然後我們在某個時候坐在意大利餐廳裡，而你點一份二十四歐元的肉排餐，雖然妳知道我總是只會點一個披薩，因為我過得很節省，這我要怎麼不受影響呢？

茉德　西爾克，我感覺這場關於分配的辯論讓我們友誼中的黴菌開始蔓延。

西爾克　請見諒，茉德，但那可是一大筆錢，如果我送妳一萬五千歐元的話。

蓋博爾／阿明／茉德 見仁見智。／哎呀還好啦。／或者波恩廣場上的公寓也可以。

西爾克 他現在不能將這場關於分配的辯論個人化。您現在可不能把這個關於分配的辯論個人化。這是一個結構性的問題，而不是個人的。

蓋博爾 為什麼？

茉德 為什麼，為什麼。你呼大麻了嗎？為什麼那個黃色的長蘋果是彎的？

蓋博爾 我想知道的是，為什麼她不應該放棄任何她從來不需費力獲得的財產。為什麼您的女朋友比您擁有的多這麼多，而您把這當成是一個自然定律。就只因為她中了卵巢彩券。

茉德 （觀眾）我的老天爺。當然，西爾克當然應該保有她的錢。我和西爾克父母的錢有什麼關係？雖然有那麼一瞬間我是在想：西爾克和西爾克父母的錢有什麼關係？西爾克的父母死了，為什麼這裡就連死者都可以擁有比我還要多的錢？

西爾克 我的父母為這筆錢工作了一輩子。（茉德用手指彈開西爾克。）

茉德 滾開。（觀眾）我的父母也為他們的錢工作了一輩子。我的長篇小說《在渴望中的沙漠王國》中的補鍋匠也為他的錢工作了一輩子。儘管如此，他還是死在烏代浦爾[59]的痲瘋病院。財產的分配顯然不公平。但是為什麼我和所有人一樣，認為文明本身和私有財產的保護相關？這一切全都在我的腦海中閃過，然後就有隻該抓來油炸的大魚在我內心深處游過。所以我說（對著蓋博爾）這段猴子舞[60]是怎麼回事？你是共產主義者嗎？

蓋博爾 我不是。

茉德 你會放棄你那些輪子上的寶物嗎？

---

[59] 譯註：Udaipur，印度北部拉賈斯坦邦（Rajasthan）的一個城市。

[60] 譯註：形容誇大但沒有實質效果的行為。

西爾克　妳說輪子上的寶物是什麼意思？

茱德　他的車！

阿明　好大的興趣。

茱德　在他的內褲裡。

西爾克　茱德！

茱德　對不起。

西爾克　他沒有別的東西。

茱德　在他的內褲裡。

西爾克　各位。你們現在在開小雞雞玩笑嗎？

蓋博爾　請不要開陰莖玩笑。

阿明　不要。那很沒品。

茱德　在他的內褲裡。

阿明　我實在感到很遺憾。這位女士對你來說意義是這麼重大，而現在你感到了這種巨大的空虛——

茱德　空虛在他的——

西爾克　茱德！

茱德　是的，你的意思是砲灰笨蛋，那麼他就不應該幫自己買這樣的一部車，這可是個很難傳的斜球……

蓋博爾　我的內褲裡沒有什麼不尋常的地方。

茱德和阿明笑了。西爾克也跟著一起。

西爾克　吉普車唯一不能做的事情是什麼？兜風。

三人都笑了。

西爾克　因為吉普車駕駛有個這麼小的老二。我的意思是，在像慕尼黑這樣的一個城市裡，你要一台四輪驅動幹嘛？為了把你的命根子拉長？抱歉，蓋博爾。我知道你存了很久的錢。我也執著於物質很長一段時間。儘管對吉普車駕駛來說，沒有什麼可以持續很久。（即與小雞雞笑話。蓋博爾拿著彩券箱離開了辦公室。）蓋博爾？蓋博爾？！

3.6 影子經濟

訪談。茉德和西爾克//阿明

西爾克　我給了塞繆爾六毛錢用來交換他的小牙齒。他幫我排了兩個小時的隊作為交換條件。

阿明　改革開始之後的幾天，等候室A和C之間產生了所謂的協同效應。

西爾克　然後他為我跑了幾趟小差事。有時從東火車站給我買一個土耳其捲餅，然後從Dm買了一盒衛生棉條——

阿明　在那裡發展出一個最大程度沒有登記在案的地下經濟，[61]目的是讓砲灰小孩微薄的工資多少可以提升一點。

茉德　他們一再飛奔進等候室A，而且拿走了我的回收瓶。

西爾克　他真的很高興，能在我這賺一些零用錢。對於這樣的人來說，一歐元是一大筆錢。這是我們根本無法想像的。康施提還有一個小跟班，嗯，叫馬拉或是馬娜還是什麼的，她會幫他清理餐車上的烤肉架。（讚賞）因為她用她的小手指更容易伸進烤網中間，你知道嗎？好吧。

阿明　不知什麼時候情況被迫翻轉。

西爾克　然後他們當中越來越多的人來等候室A找我們。要幫手機充電，或是騎我們的電動滑板車——

茉德　我跟他們說，他們應該離開。然後有一個就咬了我的手。真

---

[61] Dietl, Stefan. 2020. *Aufstocken mit der Trittin-Rente*. Jungle World. https://jungle.world/artikel/2020/41/aufstocken-mit-der-trittin-rente (abgerufen am 02.03.2020)（網路資料來源）

的。像小老鼠一樣。

西爾克　而且他們一直想攀岩。我們在等候室A的人是付了錢才在那裡攀岩。而且我們也排隊，因為人潮流量就是非常大，因為我們當中就是有許多人喜愛攀岩。而且那些孩子們也沒有適合攀岩的鞋子，總是想赤腳爬上去，我們只是覺得這樣有點不衛生。孩子本身就很黏。然後問題很簡單，我們要如何再讓他們下來。

阿明　我們必須把被剝奪繼承權的人從求職者的小孩當中分開來。關閉等候室A和等候室C之間的通道，而蓋博爾有鑰匙。

3.7 綁架8——濫用職權

回顧辦公室

西爾克　蓋博爾？蓋博爾？！（等待。蓋博爾帶著明顯空了的彩券箱回來。）

蓋博爾　把妳的彩券給我。

西爾克　什麼？

蓋博爾　（用槍威脅西爾克。）妳的彩券。（蓋博爾用一張新的彩券換了西爾克的彩券。茉德拍攝。）

西爾克　好的。為什麼數字旁邊有一個借款？嘿，蓋博爾，為什麼數字旁還寫著借款？

蓋博爾　借款代表遺產是負債。

茉德　（高興）慈悲的主啊。

西爾克　（累了）蛤？

茉德　你繼承了債務。

阿明　（喜出望外）妳繼承了債務，哈

西爾克　債務也可以繼承？

蓋博爾／阿明／茉德　對。

西爾克　為什麼沒有人告訴我這個？

蓋博爾　在說明書中有寫。

西爾克　您可是還沒有批准我的申請呢。

蓋博爾　（在申請表蓋章。）准了。

西爾克　茉德，他不可以讓我繼承債務。

茉德　當然可以，親愛的。

蓋博爾　職業介紹所將會協助您克服您對救助的需求。

西爾克　他現在是認真的嗎？我是產品設計師，他們要把我轉介到哪去？

蓋博爾　轉去當烤肉行者。在戶外邊走邊賣烤香腸。

西爾克　我不做那個。

蓋博爾　目前有一個給特別難安置的服務對象的措施，讓他們在汽車上敲出凹痕。

西爾克　是啊，蓋博爾。我還可以清潔打炮小房間。

蓋博爾　那個您也可以做，是的。那裡也會有一個措施。

阿明　（觀眾）我想澄清最後一個誤解：像蓋博爾和我這樣的人，我們不只是完成任務。我們也行使權力。權力的行使[62]透過我們行政人員執行得非常具體：審查、批准，或是拒絕申請。這就是我們為我們的人生所做出的選擇，拒絕您的申請的可能。

西爾克　這可是一場復仇運動。他特意選了這張彩券。你們可是看到了。這就是一個明顯濫用職權的案例。

茉德　西爾克，你必須散發出更多樂觀的情緒。

阿明　缺乏樂觀主義精神被視為是轉介的障礙。

西爾克　屁事我都得管。我現在給迪特瑪打電話，他是個律師。——

茉德　迪特瑪也可以幫我爭取八歐元的事嗎——

西爾克　不行，迪特瑪幫的是我！妳瘋了！我認為妳需要做個治療，

---

[62] Seibel, 2016, S.133.（參考資料）

茱德。您們支付這個費用嗎？可以請您們替她付這個錢嗎？不然她這輩子就得吃這種「優質廉價」的白麵屎了。在我家附近的西區剛開了一家施密特手工麵包坊，應該怎麼從這一天 4.86 歐元裡買東西？我不要吃這種冷凍預烘的爛東西。（大叫）迪特瑪！（下場）

茱德　（觀眾）1874年，偉大的捕熊者亨利・方特羅伊勛爵前往黑森林西邊的格林登霍赫山探險。由於他不想付錢給他的搬運工和養牧驢子的人，所以他們在行將橫渡馬梅爾湖之前就拒絕繼續跟隨他。於是他砍了帶頭罷工的驢子養牧人，還斬了他妻子和孩子的頭，並且用他們的頭皮縫成一個舒適的皮手筒。反抗的工人看到用滿是血跡的頭皮織成的手筒時，他們非常害怕，以至於開始從事無償的工作。畢竟沒有人想以成為皮手筒告終。皮手筒化身為最糟情況的威脅。沒想到我最終會成為皮手筒。

第 4 幕

4.1 阿明與茉德

辦公室回顧

阿明　你做得很好，小子。必須要有無法妥協的地帶，[63] 我們在這裡不是讓人發洩情緒的代罪羔羊。

蓋博爾　是的。

阿明　我作為你的上司……

蓋博爾　你不是我的上司——

阿明　等著看好了……如果我注意到有職權濫用的情況，我也有通報的義務。

蓋博爾　對。

阿明　你一點都不想反駁我嗎？

蓋博爾　不想。

阿明　給我看看那個影片，茉德。

蓋博爾　什麼？

阿明　我認為你沒有成功地將你的個人抱負和工作分開。

茉德　（給蓋博爾看影片）這看起來像是個人的抱負，是的。

蓋博爾　等一下，是她進來這裡拿著槍威脅我們兩個的。

阿明　那支槍不是真的。它是在 Obletter [64] 買的，而且我也告訴過你。

蓋博爾　你沒有！

茉德　他當然有！

阿明　如果槍是真的，那你就可以按下警報按鈕了。

---

[63] Gößl, 1981, S. 228ff.

[64] 譯註：慕尼黑最古老的一家專業玩具店。

蓋博爾　是你說停電了。

阿明　我不記得了。茉德，我說過停電嗎？

茉德　我不知道，我快瘋了，我能記得的只有「退瓶費」這個詞。

蓋博爾　這裡發生了什麼事？

阿明　對啊，蓋博爾，這裡發生了什麼事？

茉德　我想，他還沒搞清楚，阿明。

阿明　那好吧，呆頭鵝，我們在勒索你。我們要跟你要一張彩券。

4.2 好牧人

訪談

茉德　（觀眾）我們是不是應該提一下，先前演到在自動取號機前打架，因為每個要找工作的人都想去找阿明？

阿明　不必吧。

茉德　有一段時間我們稱他為「好牧人」。

蓋博爾　阿明在過去就已經是個愛發牢騷的傢伙，是的。

阿明　他們在我這裡坐不上五分鐘，就像乳牛在屠夫面前一樣。我問他們，你想用你的人生做什麼？

蓋博爾　他總是加班。一直過勞。而且他總是拖曳著一小隊求職者，巴特爾說過，即使是休息的時候。只為了幫他們介紹工作。

茉德　他總是帶著我們當中的幾個。想讓我們增加人脈。在家長聚會的場合。在特力屋，那裡他認識一個木材切割專業人士。

蓋博爾　甚至連家庭聚會他都帶著他們去參加，是巴特爾說的。

回顧小孩生日：

阿明　你們大家注意聽我說，雷歐妮，請過來。我知道你想要

Toniebox音樂故事盒，親愛的，但這是茱德，她寫的故事非常棒，而且這也是一份禮物。

茱德 在珍・波特・斯科特威奇這個古董商第一次踏進她新男友的房子時，她的眼光立刻落到他火紅的、硬的⋯⋯（即興表演）

小孩生日回顧結束。

蓋博爾 我也覺得，他的笑話隨著時間失去了品味。一開始有時候還很有趣。（阿明舉起一張滿是訂書釘的紙，上面寫著「訂書釘用完了」。）

茱德 然後是哈茲IV的模式轉變。然後是繼承法改革——

蓋博爾 但是當就業中心因為空間分配的關係，開始只接受求職者的孩子時——

阿明 那裡出了點問題。是的。然後我就火了。（節奏強烈）

茱德 阿明的妻子埃絲特也很惱火，因為他把他們共同的積蓄分給了那些求職者的孩子們。

阿明 是的，因為蓋博爾拒絕了所有拼寫錯誤或者沾到巧克力汙漬的申請。

茱德 然後所有的錢都花光了。而且埃絲特要求離婚。（節奏強烈）

阿明 是的。然後我就想，我需要把這些錢拿回來。那麼她就有可能會回心轉意。

茱德 我在自動抽號機旁遇見了那隻小鳥。

阿明 是的。

茱德 阿明和我，我們一起發現，對於具有像他一樣性格類型的人來說，界線總是劃得太少或是太多，不是嗎？

阿明 是的。茱德給了我很大的自信。

茱德 也要歸功於曼陀羅。

蓋博爾 ——他突然叫我們的服務對象是砲灰。

阿明 你必須從內部炸毀這個系統，是她說的。

茉德　我知道，阿明和蓋博爾・法卡斯共用一間辦公室。我知道，法卡斯先生負責發彩券。所以我就建議阿明勒索他。阿明當我是瘋了。法卡斯是清廉的，他說。所以我們必須把這個廉潔者變成可以被勒索的對象。

阿明　茉德——

茉德　我們不得不讓他濫用他的權力。但是要怎麼做？

阿明　茉德，妳能聽到跺踏的聲音嗎？

茉德　我們應該炸飛他的吉普車而且開小雞雞玩笑嗎？世上到底什麼可以讓這個廉潔者發火到忘了自己是誰？或者問題實際上應該是：到底世界上有誰可以讓他發火到忘了自己是誰？

阿明　那是解釋熊[65]在那裡跺踏。

茉德　想像一下蓋博爾基於個人生平對新的服務對象所累積的仇恨，就像一間瓷器店一樣。我們需要找到的，是一頭碩大、強壯的大象。

4.3 露露檸檬[66]

回顧——西爾克在攀岩牆前哭泣

西爾克　（情緒失控）是誰在攀岩塊上塗了凡士林？！我想我的手腕扭傷了。好大的衝擊！哦，一輛餐車！

回顧結束——西爾克在攀岩牆前哭泣

茉德　（觀眾）所以我在等候室裡看了一圈。我們的大象必須是蓋

---

[65] 譯註：德國衛星一台（Sat.1）每週六的小品節目*Die Wochenshow*中的一個角色，特色是無所不知。

[66] 譯註：加拿大體育休閒服裝品牌。

博爾所厭惡的一切的化身。

回顧——在餐車旁的西爾克

西爾克 （吃烤豬肉漢堡）小心！康施提，我從來沒有為了穿巴伐利亞傳統服裝的傳統去啤酒節！我只是不明白如果你不想穿，為什麼還要去啤酒節。馬娜，這塊肉烤得太乾了，切得也不專業。肉皮必須多汁。妳再練習一次，是吧。妳這討厭的小——

結束回顧——西爾克在餐車旁

茉德 （觀眾）那些在這城市裡吃飽喝足、中產階級、穿著露露檸檬瑜伽褲，卻還繼續使用N[67]這個字母，生活在金山銀山後面，在你的內褲裡乒乒乓乓開趴的西爾克們。

回顧——西爾克在自動抽號機旁。太陽眼鏡和烤豬肉漢堡。哭泣。踹自動售貨機。茉德排在她前面。從抽號機把所有的號碼牌抽光。

西爾克 （絕望）我在這裡排了三天的隊，我不得不在人群隊伍裡過夜，而現在我的寶貝傳統上衣被這個骯髒的爛地板弄髒了。他們在這裡把我們當成血汗工廠的工人來對待！

茉德 輪到妳了。

西爾克 （哭。踹抽號機。）爛東西！

茉德 嘿！

西爾克 不好意思。號碼牌都沒了。

回顧結束——西爾克在自動抽號機旁

[67] 譯註：N這個字母在這裡是「黑鬼」（Neger）的意思。

4.4 給老鼠的冷凍預烘麵包

訪談

阿明　您必須了解，和茉德在一起就有了這麼樣的活力。

茉德　也很開心，對吧？

阿明　我那時很生氣，您知道嗎。

茉德　你也玩得很開心。

阿明　那時我玩得很開心，是啊，奇怪的地方就在這裡。我過去其實常常從待人和善，嗯，還有幫助他人中找到樂趣。

茉德　我把冷凍預烘麵包餵那些老鼠吃了。我當時並不需要吃飯。就像在戀愛一樣。

阿明　她是怎麼按下Wii的按鈕的。（模仿西爾克按下Wii的方式，笑）

茉德　她按成那個樣子。（模仿西爾克按下Wii的方式，笑）真笨。

阿明　我在那裡真的不得不忍住。（模仿西爾克按下Wii的方式，笑）

茉德　「對了，那是個Wii遙控器。砰。」（笑）

阿明　實在是太棒了。

茉德　真是啵棒。

阿明　我覺得，也許也有可能會出錯。

茉德　是出錯了。

阿明　不是啦，是說錢，如果是我們拿到了，也許我們也會一整個秀逗。

茉德　嗯，老實說，我現在的福利跟我依據哈茲IV社會救濟金時拿到的差不多。只是我有更多的時間寫作。日常作息是規律的，我知道我什麼時候會有東西吃。結束的時間是下午五點，從那個時間點開始我就可以專心在我的工作上了。

阿明　對我來說只有白天，我可以回家。

茱德　哦，你可以回家？

阿明　我的律師就是這樣處理的。妳的不是嗎？

茱德　我不知道。

4.5 羅賓漢的另一面

回顧辦公室／回顧等候室

茱德　我快瘋了，我能記得的只有「退瓶費」這個詞。

蓋博爾　這裡發生了什麼事？

茱德　我想要一張新的彩券，法卡斯先生。

蓋博爾　哪一種？

阿明　汽車——

茱德　——或者餅乾工廠。

蓋博爾　已經不在彩券箱裡了。

阿明　那麼……Manufaktum線上郵購零售商。[68]

蓋博爾　已經發出去了。

茱德　克勞斯・瑪菲・韋格曼[69]——

蓋博爾　已經不在彩券箱裡了。

茱德　（節奏強烈）這是什麼大便，已經不在彩券箱裡了？

蓋博爾　釘在孩子身上了。

阿明　你這是什麼意思，釘在孩子身上？

蓋博爾　我的意思是，我把最好的彩券釘在孩子們身上了

西爾克　（等候室A）受財富影響的各位！康施提，現在請暫停一下流蘇花邊工作坊。你們很多人都是透過我的Instagram帳戶

[68] 譯註：這裡指的是位於德國西部北萊茵—西發利亞邦的郵購零售商瑪努法股份有限公司（Die Manufactum GmbH）。

[69] 譯註：Kraus Maffei Wegmann是位於慕尼黑的軍用車輛與設備的國防工業公司。

認識我的，我是西爾克，百分百的巴伐利亞女孩！我是來和你們談談有關恥辱的結束！我認為錢總是與羞恥心綁在一起。不管你有的是太少，或是太多。我總是縮水我父母的遺產。我想表現得比我實際上窮困，我們大家都想要這樣。
也許父母的財富不是我們在字義上應得的，但在生物學上是我們應該得到的。純粹從生物邏輯上來講，它是屬於我們的！欸，孩子們不能再進來這裡了。他們必須待在等候室C。父母的財富一直支持著我們。它使我們能夠接受不穩定的工作而且還生兒育女，即使在沒有職業前景的時候也是如此。但要是這些該死的錢沒了，我們該怎麼處理我們的爛工作和孩子呢？
此外我們的財富也只是出生的意外之一而已！[70]我穿36號的衣服，有一個塌鼻子。就業中心現在想做什麼，把我的鼻子截掉，只因為那樣可能會更公平一點？欸，孩子們不能再上攀岩牆了，這實在是一次太多人了。什麼人來把他們弄下來。（有人把一個孩子弄下來）嘿！（震驚）不是這樣。你們不能像那樣把他們從那裡弄下來。（又一個孩子被弄下來了）康施提！

4.6 歐洲冠軍聯賽決賽

訪談／埃尼克之歌

阿明 我告訴你就是這樣：我真的不高傲。

西爾克 我想再說一遍，我真的、真的很抱歉。我根本不想為我的所作所為道歉，但是——

---

[70] Beckert, 1999, S. 42.

阿明　我不知道是這些小雞雞的笑話，還是這個爆炸真的——

西爾克　我那時不知道引爆器是真的。在這裡我想要再說一遍。我真的完全不想為任何事情辯解，但是我父親剛剛去世，而茉德和阿明——

茉德　艾格茨女士真的按下了引爆器。

阿明　我從 1997 年就開始耳鳴。

茉德　這樣的發展並不理想，這我承認。但會走到這一步的決定仍然取決於法卡斯先生。

蓋博爾　這些人經常耍我。大多數的人不知道，但在慕尼黑也有非常、非常顛簸的街道，[71] 好嗎。有地方凹凸不平，有些地方有橫溝。但是在G級車裡人坐得那麼高——這是我特別愛G級車的特點之一。如果你坐得那麼上面，你離車子底盤和輪子就都非常遠。你會覺得自己像在亞伯拉罕的懷抱裡 [72] 一樣安全，因為你坐得那麼上面。然後我到達了那個高度，而他們還是繼續耍我。

阿明　當然我外出的時候會聽到一些有的沒的。無論是在前面的街道上，還是在其中一個等候室。

西爾克　我就是很驚慌。我跑進了餐車裡。然後孩子們開始猛敲我的車門，所以我不得不把門鎖上。

蓋博爾　我把彩券只別在最小的孩子的毛衣上。我告訴他們這是一個遊戲。你們有最好的彩券，現在你們和被剝奪繼承權的人玩抓人遊戲。

西爾克　然後他們出於恐懼爬上了攀岩牆。爬上去的越來越多。像這麼小的旅鼠一樣。

茉德　這時候如果一塊熱牛排打到他們的臉上，他們就會開始掙扎，而且從牆上掉下來。我還看到了兩個傢伙，我想他們兩

---

[71] Malmedie, Matthias. 2020. https://www.youtube.com/watch?v=BJp-xcdQ0rc, TC: 03:37-05:00（02.03.2021 檢索。網路參考資料）

[72] 譯註：源自《聖經》的寓言故事，自私的富人最終下地獄，窮人拉薩路在死後被天使帶到亞伯拉罕的懷裡。

個都叫做康施提，他們做了強盜的梯子，為了抓一個已經爬得相當高的小女孩。上面的那個康施提抓住了她的腳，然後女孩仰面落地，發出沉悶的聲響。然後另一個康施提小心地從毛衣上取下彩券，免得它破掉。

蓋博爾 我進來的時候，空氣中瀰漫著一種血霧。就像在動作片裡一樣。這相當出乎意料，是的。說句實話，我原本以為這會引起更大的暴動。很好，但之後就是歐洲冠軍聯賽的決賽。

阿明 施梅特後來告訴我發生了什麼事。他們不得不關閉整個上午，因為清潔隊必須徹底清理兩次。

西爾克 我的意思是，這有點像那些孩子，他們喜歡幫我的手機挖東西，對啊。你聽到這個故事，會短暫受到影響，然後會收到一個有趣的貼圖，就又全忘了。人的同理心有個範圍半徑。它相對來說很小，因為，如果它比較大，你會發瘋的。我的意思是，直到那時為止，我們沒有半個人知道就業中心到底在哪裡。

——劇終——

當世界學習倒著走

Als die Welt rückwärts gehen lernte

黎娜・葛蕾莉克（Lena Gorelik）

賴雅靜 譯

劇本簡介

首演

2022年1月13日於慕尼黑帕托斯戲劇院（Pathos Theater）

關於作者

黎娜・葛蕾莉克（Lena Gorelik），1981年生於俄國聖彼得堡的猶太裔家庭，1992年隨同家人以「限額難民」身分來到德國，之後在德國巴登－符騰堡邦就學。完成慕尼黑德國新聞學院（Deutsche Journalistenschule）的學業後，進而攻讀菁英專業（Elitestudiengang）「東歐研究」（Osteuropastudien），取得學位。《當世界學習倒著走》是葛蕾莉克首度嘗試兒童戲劇作品，初試啼聲，這部劇作便大受矚目，並於2022年入圍慕海姆兒童戲劇獎（Mülheimer KinderStückePreis）。葛蕾莉克的第一部小說《我的白夜》（*Meine weißen Nächte*）於2004年出版，《南德日報》（*Süddeutsche Zeitung*）讚譽這部作品「證明新銳德國文學能兼容並蓄輕快與深度。」第二部小說《耶路撒冷的婚禮》（*Hochzeit in Jerusalem,* 2007）入圍德國圖書獎（Deutscher Buchpreis）。之後陸續發表《親愛的米沙》（*Lieber Mischa*）、《您的德文真好》（*Sie können aber gut Deutsch*，非文學類書）、《收集一覽表的女子》（*Die Listensammlerin*）、《零到無限》（*Null bis unendlich*）等作品。2017年的青春小說《黑多過淡紫》（*Mehr Schwarz als Lila*）入圍德國青少年文學獎（Deutscher Jugendliteraturpreis）。葛蕾莉克曾榮獲多種獎項，包括巴伐利亞藝術贊助獎（Bayerischer Kunstförderpreis）、恩斯特－霍費里希特獎（Ernst-Hoferichter-Preis），以及巴特洪堡市的弗里德里希・荷爾德林大獎（Friedrich-Hölderlin-Preis）贊助獎等。

劇情概要

這齣戲劇裡的主要角色是兩名小學生尤西和米拉。尤西雖然是男生，卻喜歡穿洋裝，可是他並不想當女生，他只是覺得洋裝很漂亮。由於與眾不同，尤西經常遭到別人嘲笑，這令他非常氣憤。小女生米拉不喜歡別人制訂的規定，比如必須用「您」稱呼老師，要準時不能遲到等等。到底是誰決定一切都必須這麼運作？難道就不能不一樣嗎？還有，如果有另外一個世界，在那個世界裡另有它自己的規定，比如尤西的媽媽突然要求他早上繼續躺在床上別起床，而米拉的爺爺居然搬到狗屋裡居住，這樣的世界會變成什麼樣子！各種奇思妙想、荒謬怪事接二連三地出現，各種物品也都瘋瘋癲癲：內褲想要戴在別人頭上；鞋子啃咬著狗狗；狗狗不只喵喵叫，還想用牽繩遛人！更怪的是，除了尤西和米拉，其他人和所有的物品似乎都認為這些再正常不過！起初這一切怪事還挺有趣的，但尤西和米拉很快就發現，如果這個世界只是變得不一樣，並不代表事情會變得更好。那麼，當世界天翻地覆，他們／我們又該怎麼辦呢？

劇作特色

《當世界學習倒著走》結合真人演出與偶戲（尤西與米拉由布偶飾演）、影片、音樂與歌唱，更能自由揮灑劇中俯拾皆是的怪奇創意。

兩扇門，地板上散布著凌亂的物品：一支口紅、一把梳子、一本書、一只鍋子、一瓶室內香氛、一塊木頭；手提袋裡，或是隔壁房間裡的種種物品；隨手拿取又隨意亂放的物品。安靜無聲，接著門「砰」地發出巨響。

尤西　不。要。煩。我！！！

媽媽　（畫外音）尤西，拜託，來嘛。

尤西　不要，別來煩我！

尤西用腳踢著地板上的物品，不管是衣服、玩具，或是一支口紅，腳邊有什麼，他就踢什麼 。

媽媽　我們好好談一談吧，這樣可能有用。你的心情我完全可以了解，而且如果……說不定……

尤西　我不想說！

尤西突然把門打開，接著馬上又「砰」地用力關上，他想感受地板震動的感覺。

門　嘿，小心一點，很痛欸！我又不是專門給你「砰砰」用力甩的。

被子　（悠哉悠哉地，彷彿在觀賞Netflix的影片）誰說不是呢。

門　才不是呢。

被子　就是。

媽媽　嘿，小心！就算你生氣，也不要這麼用力關門呀。

門　就是說嘛。

被子　就是說嘛，就是說嘛，就是說嘛。

尤西　今天真的好爛，氣死我了。我超級無敵宇宙銀河星系的氣死了。

媽媽　尤西，我們好好談一談嘛。

安靜無聲。

尤西在地板上坐下，啃著手指甲。

媽媽　我覺得你好棒，你直接轉身走開，我覺得你這樣的反應真的很酷。還有，你沒有乖乖聽他們的話，聽那些……

尤西　小屁孩，我知道。

媽媽　我可能不會用這種說法，不過好吧。他們怎麼笑你，怎麼說你，這些都不重要。重要的是，你自己知道你要什麼。

尤西　（感到非常厭煩，這些話他已經聽了一千多遍了。這些道理他都懂，可是在學校裡，懂這些道理也沒有用，他們還是繼續嘲笑他）我知道，我知道。重要的是我要做自己。

媽媽　還有，你很勇敢，當你……

尤西　（仍然非常厭煩）對啦對啦，當我穿著洋裝上學的時候。可是我自己並不覺得這麼做哪裡勇敢，我只是很愛洋裝。

媽媽　（安慰的語氣）對啊，很好看！

尤西氣得跺腳，他不想要老是聽到大人讚美他，說他有勇氣穿洋裝。他也不想老是被其他孩子嘲笑。那些嘲笑讓他煩死了，有時候就算別的孩子不在場，他也還聽得見那些譏笑。

尤西　這又沒怎麼樣。下課的時候我想和朋友們一起玩，可是我不想多談我身上穿什麼衣服。
（對洋裝說）對不對？你看起來好漂亮，我也很喜歡穿你——雖然我是男生。

安靜無聲，接著：

洋裝　（厭煩）大家老愛說我很漂亮，可是我根本不想說這種事情。

被子　你又不漂亮。

第2場

米拉躺在床上，兩隻腳擱在枕頭上，一邊用腳踢著那顆討厭的枕頭。枕頭並沒有招惹她，只是因為今天一切都很討人厭，所以枕頭也很討人厭。米拉兩腳分別穿著不同的襪子，狗狗躺在她身邊。有人敲門，狗狗開始吠叫。

米拉　不要！

爺爺　（畫外音）我什麼都還沒問呢。

米拉　不要。

爺爺　想吃冰淇淋嗎？

米拉　不要！

爺爺　你是大象嗎？

米拉　不是。

爺爺　你想當大象嗎？

米拉　不要。

爺爺　真怪，我還以為你想當大象呢。

米拉　不要。

爺爺　你們班老師有打電話來喔。

米拉　沒有。

爺爺　有，她有，剛才打來的。

米拉　我不在乎！

爺爺　我想也是。

米拉不說話，她決定今天除了「不要」、「不是」、「沒有」，別的話一概不說——頂多只是再加上一句「我不在乎」。

爺爺　老師說，今天發生了令人不愉快的事。

米拉　我不在乎。

爺爺　我想也是。

米拉不說話。

爺爺　你有什麼話想說嗎？

米拉不說話。

爺爺　嗯。

米拉不說話。

爺爺　既然這樣，我就只能把事情的經過告訴你爸媽了，而且老師怎麼說，我就只好怎麼說了。

米拉　我不在乎。

爺爺　那麼等你爸爸、媽媽下班回來，我就告訴他們說……

米拉　我不在乎。

爺爺　說你們老師打電話過來，她說你今天下課的時候不肯去下課活動區玩。還有，說你用「你」稱呼她。

米拉　不是啦。

爺爺　什麼，不是啦？

米拉　不是啦。

爺爺　你的意思是「不是，事情不是這樣」，還是要我不要說？

米拉　不要，你不要說。

爺爺　啊，原來這個小姑娘除了「不要」，還會說別的話。

米拉　才不是。

爺爺　所以，老師說的沒錯？你不肯去下課活動區，還有你用「你」稱呼她？

米拉不說話，因為這個時候無論說「不」還是「我不在乎」都不恰當，因為事情就像老師說的那樣。

爺爺　米拉？

米拉　她自己也用「你」稱呼我。

爺爺　可是本來就是這麼規定的啊。

米拉　規定都是亂七八糟的東西，我真搞不懂世界上為什麼會有各種規定，為什麼有人規定別人應該做什麼，這樣根本就沒有意義。

爺爺　我可以進去嗎？

米拉　不可以。

爺爺　你可以過來把門稍微打開，只要開一點點縫隙就好，讓我把冰淇淋從門縫拿給你。

米拉　我不在乎。

爺爺　可是我在乎。你再不拿，冰淇淋就會融化，滴到我的手上，然後滴到袖子裡。冰淇淋滴到袖子裡，這樣不好吧。

米拉慢吞吞地坐起身來，接著她下床，用彷彿慢動作的步伐走向房門。米拉很幸運，爺爺很有耐心，雖然被融化的冰淇淋滴進衣袖裡並不好受，他還是在門外靜靜地等候。米拉把門打開，只露出一條窄窄的縫隙，剛好讓爺爺可以把冰淇淋遞過來。一拿到冰淇淋，她立刻又把門關上。

安靜無聲。米拉舔著冰淇淋，冰淇淋已經開始融化往下滴了。

爺爺　希望冰淇淋好吃，希望你讓冰淇淋在舌尖上融化，因為冰淇淋就該這麼吃。

冰淇淋　我該怎麼吃，由我自己決定。

米拉舔著冰淇淋，心裡對爺爺感到抱歉，她不該當著爺爺的面又把門關上讓他吃閉門羹。可是她不能說出她的想法，因為今天她除了「不要」、「不是」、「沒有」，還有「我不在乎」，別的她都不要說，這是她給自己的規定。平常都是別人在規定，這讓米拉煩死了。米拉分一點冰淇淋給狗狗吃。

米拉　誰規定只有人類才可以吃冰淇淋？

第3場

天天一模一樣，所有事物一成不變，又有那麼點可笑的世界；普通得要命、超級煩人的世界，這時候正在陽光底下舒舒服服、懶洋洋地躺著，非常享受。她凝視著空中，什麼都不做，也沒有打算今天再做點什麼。有一次她翻了個身，那已經是一個半小時以前的事了，今天這樣就夠了。她吹著口哨，吹著一首歌曲。她感到心滿意足。一切都很好，不會出什麼事，她絕對不會，今天絕對不會，明天也不會，因為她已經有了非常特別的計畫：繼續休息，繼續這樣。

突然響起一陣喧鬧聲，這陣聲響不知來自何處，聽起來似乎來自四面八方，彷彿天底下的鍋盆都在喀喀作響，全世界的嬰兒同時哭鬧，還有所有的父母也同時發出尖銳的叫聲。彷彿有人遞給每個孩子一支喇叭，彷彿雷聲轟隆，許多汽車像冰雹般紛紛墜落：彷彿巨人呼嘯，彷彿好多龐大如高樓的氣球爆破，群山在練習打鼓。「世界」嚇得跳了起來，雙手摀住耳朵。

另一個世界。一切都不同，但是同樣也不好，只不過一切都顛倒、高度亢奮又反常的世界

這樣！這樣！這樣！這樣！

天天一模一樣，所有事物一成不變，又有那麼點可笑的世界；普通得要命、超級煩人的世界

喂，你瘋了嗎？你神經病嗎？

另一個世界。一切都不同，但是同樣也不好，只不過一切都顛倒、高度亢奮又反常的世界

沒錯，我就是！我就是！我就是！所以我不是神經病，所以我並不是神經病。我是另一個，所以神經病不是我。不對，我不是這個意思，我並不是不是神經病；我是病神經。

天天一模一樣，所有事物一成不變，又有那麼點可笑的世界；普通得要命、超級煩人的世界

到底怎樣？

另一個世界。一切都不同，但是同樣也不好，只不過一切都顛倒、高度亢奮又反常的世界

我神經病。（暴怒，發出噪音）不是，我不是病，神經。我就是我，就是我自己。

天天一模一樣，所有事物一成不變，又有那麼點可笑的世界；普通得要命、超級煩人的世界

沒錯，看得出來，也聽得出來。

另一個世界。一切都不同，但是同樣也不好，只不過一切都顛倒、高度亢奮又反常的世界

本來就應該聽得到！大家都應該聽到我來了！我就是我這個樣子。

天天一模一樣，所有事物一成不變，又有那麼點可笑的世界；普通得要命、超級煩人的世界

為什麼大家都必須知道？

另一個世界。一切都不同，但是同樣也不好，只不過一切都顛倒、高度亢奮又反常的世界

因為大家對我一無所知，因為大家都認為一切就是這個樣子……現在這個樣子；跟……跟你一樣。

天天一模一樣，所有事物一成不變，又有那麼點可笑的世界；普通得要命、超級煩人的世界

本來就應該這樣。一切都應該是這個樣子。一切都對，一切都有它的秩序。

另一個世界。一切都不同，但是同樣也不好，只不過一切都顛倒、高度亢奮又反常的世界

誰說這樣才對？

天天一模一樣，所有事物一成不變，又有那麼點可笑的世界；普通得要命、超級煩人的世界

我。

另一個世界。一切都不同，但是同樣也不好，只不過一切都顛倒、高度亢奮又反常的世界

可是你又不能自己決定你是對的。

天天一模一樣，所有事物一成不變，又有那麼點可笑的世界；普通得要命、超級煩人的世界

不只有我這麼想，別人也這麼想。

另一個世界。一切都不同，但是同樣也不好，只不過一切都顛倒、高度亢奮又反常的世界

哪些人？

天天一模一樣，所有事物一成不變，又有那麼點可笑的世界；普通得要命、超級煩人的世界

所有的人呀，人類呀！所有生活在我裡面的人類都這麼想。

另一個世界。一切都不同，但是同樣也不好，只不過一切都顛倒、高度亢奮又反常的世界

喂，你眼睛瞎了嗎？你有看過裡面嗎？看過你自己裡面嗎？

天天一模一樣，所有事物一成不變，又有那麼點可笑的世界；普通得要命、超級煩人的世界

（身體轉呀轉，往自己裡面瞧了瞧，身體像蛇般扭了扭，接著又往外看）好像不太行耶。

另一個世界。一切都不同，但是同樣也不好，只不過一切都顛倒、高度亢奮又反常的世界

你知道有多少人不滿意嗎？有多少東西，有多少動物，有多少空氣粒子不滿意嗎？

天天一模一樣，所有事物一成不變，又有那麼點可笑的世界；普通得要命、超級煩人的世界

啊？

另一個世界。一切都不同，但是同樣也不好，只不過一切都顛倒、高度亢奮又反常的世界

他們都很不快樂，不快樂得要命。他們也非常憤怒，氣到想把東西往牆上砸。（把某個東西往牆上砸）而那些東西也想把人往牆上砸。（把一個人往牆上砸）就連空氣粒子也想砸點什麼，可是它們太渺小了。

天天一模一樣，所有事物一成不變，又有那麼點可笑的世界；普通得要命、超級煩人的世界

可是……什麼都沒有改變呀，為什麼大家突然都變得不滿意了？

另一個世界。一切都不同，但是同樣也不好，只不過一切都顛倒、高度亢奮又反常的世界

不是突然變了，他們不滿意已經有好幾千年了。

天天一模一樣，所有事物一成不變，又有那麼點可笑的世界；普通得要命、超級煩人的世界

已經好幾千年了？

另一個世界。一切都不同，但是同樣也不好，只不過一切都顛倒、高度亢奮又反常的世界

難道你以為恐龍牠們很滿意？你以為，牠們自己想要長那麼大？還有，難道你以為，牠們自己想要滅絕？

天天一模一樣，所有事物一成不變，又有那麼點可笑的世界；普通得要命、超級煩人的世界

牠們不要嗎？

另一個世界。一切都不同，但是同樣也不好，只不過一切都顛倒、高度亢奮又反常的世界

牠們不要。牠們想要變得更大、更大再更大。牠們也想學說話，學說法國話。

天天一模一樣，所有事物一成不變，又有那麼點可笑的世界；普通得要命、超級煩人的世界

到現在還是嗎？誰……？誰呢？我是說……

另一個世界。一切都不同，但是同樣也不好，只不過一切都顛倒、高度亢奮又反常的世界

誰？誰？告訴你，幾乎大家都是！

天天一模一樣，所有事物一成不變，又有那麼點可笑的世界；普通得要命、超級煩人的世界

人類也是嗎？

另一個世界。一切都不同，但是同樣也不好，只不過一切都顛倒、高度亢奮又反常的世界

當然也是，人類，很多很多的人類。所有餓肚子的人，所有生病的人，所有因為流行病、大流行病還有其他什麼疫病，而不得不乖乖待在家裡的人；所有被人嘲笑的人，被……

天天一模一樣，所有事物一成不變，又有那麼點可笑的世界；普通得要命、超級煩人的世界

停，不要再說了！住嘴！事情本來就這樣，這個世界本來就這樣。有人日子過得好，有人過得不好，這就是秩序。

另一個世界。一切都不同，但是同樣也不好，只不過一切都顛倒、高度亢奮又反常的世界

我來介紹你認識我的兩個朋友好嗎？他們一個是男生，一個是女生。

天天一模一樣，所有事物一成不變，又有那麼點可笑的世界；普通得要命、超級煩人的世界

ㄏㄏㄏ好……

另一個世界。一切都不同，但是同樣也不好，只不過一切都顛倒、高度亢奮又反常的世界

那好。他們一個叫做尤西，一個叫做米拉……

天天一模一樣，所有事物一成不變，又有那麼點可笑的世界；普通得要命、超級煩人的世界

可是我本來就認識他們啊。沒錯，我認識。尤西是一個很和善的男生，米拉她很愛自己的爺爺，她還替狗狗蓋了房子。

另一個世界。一切都不同，但是同樣也不好，只不過一切都顛倒、高度亢奮又反常的世界

沒錯。那米拉還有做其他的事嗎？

天天一模一樣，所有事物一成不變，又有那麼點可笑的世界；普通得要命、超級煩人的世界

嗯，就是做平常孩子們做的事：上學啦，放學回家啦，玩耍啦，帶著她的狗狗去公園啦……

另一個世界。一切都不同，但是同樣也不好，只不過一切都顛倒、高度亢奮又反常的世界

那麼，這時候怎麼了……

天天一模一樣，所有事物一成不變，又有那麼點可笑的世界；普通得要命、超級煩人的世界

這時候……她……她很生氣，她……有時候她也會反抗。

另一個世界。一切都不同，但是同樣也不好，只不過一切都顛倒、高度亢奮又反常的世界

為什麼？

天天一模一樣，所有事物一成不變，又有那麼點可笑的世界；普通得要命、超級煩人的世界

因為她……她不喜歡各種規定。她不喜歡在固定的時間起床，她不喜歡一定要用「您」稱呼她們班的女老師，可是女老師卻用「你」稱呼她。還有，她最喜歡把飯後點心當成正餐吃，喜歡星期天上學，可是星期二絕對不要上學。她……

另一個世界。一切都不同，但是同樣也不好，只不過一切都顛倒、高度亢奮又反常的世界

總之，她不喜歡你。

天天一模一樣，所有事物一成不變，又有那麼點可笑的世界；普通得要命、超級煩人的世界

她不喜歡我？

另一個世界。一切都不同，但是同樣也不好，只不過一切都顛倒、高度亢奮又反常的世界

沒錯，她受夠你了，她覺得你非常的──討人──厭。她再也受不了你了，她希望一切都可以變得不一樣。

天天一模一樣，所有事物一成不變，又有那麼點可笑的世界；普通得要命、超級煩人的世界

可是尤西不會呀，規定不會帶給他任何的困擾，他甚至很喜歡規定。他一向很準時，上公車的時候，他都會很守規矩，乖乖地在月票上面蓋章。他甚至覺得這件事很重要。

另一個世界。一切都不同，但是同樣也不好，只不過一切都顛倒、高度亢奮又反常的世界

話是沒錯啦，可是他想要穿洋裝！他想要穿閃閃發亮的裙子。他不想要每次都必須跟別人解釋，說他為什麼討厭踢足球。他不想要別人每次都笑他是女生。

天天一模一樣，所有事物一成不變，又有那麼點可笑的世界；普通得要命、超級煩人的世界

可是他又不是女生，他是男生啊。

另一個世界。一切都不同，但是同樣也不好，只不過一切都顛倒、高度亢奮又反常的世界

你說對了！這就是尤西的問題。他是男生，愛穿洋裝的男生，可是他又不希望因為這樣被別人嘲笑。

天天一模一樣，所有事物一成不變，又有那麼點可笑的世界；普通得要命、超級煩人的世界

哎喲。

另一個世界。一切都不同，但是同樣也不好，只不過一切都顛倒、高度亢奮又反常的世界

哎喲！**哎喲！哎喲！哎喲！！！！！哎喲！！！！！！！！！！**

所以啊，因為這樣所以啊（每說一次「所以」，噪音就變得更大聲。每說一次「所以」，迴盪在空間裡的怒吼就越強勁。每說一次「所以」，我們的世界就怕得更加縮小，最後縮到一個角落裡）所以現在我來了。

天天一模一樣，所有事物一成不變，又有那麼點可笑的世界；普通得要命、超級煩人的世界

你？你只有嘉年華的時候才會來。還有在3,742年前的一個星期二你也來過。

另一個世界。一切都不同，但是同樣也不好，只不過一切都顛倒、高度亢奮又反常的世界

沒錯，我！現在一切都會變得不一樣，變得顛倒過來，變得天翻地覆，變成逆時針走，或是根本沒有任何的意義，我愛怎麼樣就怎麼樣，顛倒過來，高度亢奮又一反常態（另一個世界突然撲向我們的世界，她衝撞得好用力，撞得砰砰巨響、火光噴濺、閃閃發亮又光芒四射。她將我們的世界撲倒，同時大聲喝叫）呀呀呀呀呀呀呀！

正當兩個世界扭打成一團時：

家長的聲音、男女老師的聲音、各種令人心煩氣躁的聲音　尤西！米拉！

尤西／米拉　不要！！！！

門碰碰作響，所有的東西都發出轟然巨響，接著安靜下來。

第4場

尤西疲憊地從床上坐起來，他一點也不想要起床。

尤西　我做了一個好棒的夢，夢見我駕駛帆船環遊世界，在那個世界裡有好大好大的……

媽媽　（畫外音）尤西，好好躺著別起床，好嗎？

尤西　（仍然很睏）好啊，我本來就沒有要起床啊。

媽媽　你看看時鐘，時間到了，你該好好躺著不要起床！

尤西　（突然清醒）你剛才說什麼？

媽媽　你怎麼不說「蛤」？[1]

尤西　你說什麼？

媽媽　「蛤」？你應該說「蛤」？[2]

尤西　蛤？

媽媽　這樣就對了

尤西　你剛才說什麼？

媽媽　我說你該看看時鐘了。

尤西心虛地看了看時鐘，時鐘已經躺下去睡了。現在時針和分針正舒舒服服地伸了伸懶腰，分針把被子往上拉，蓋過自己的腦袋；時針也夢見一艘船，它夢見自己駕駛帆船環遊世界，不過笨分針並沒有同行。

尤西　後來你還說了什麼？

---

[1] 發音為「ㄏㄚˊ」。

[2] 因為世界顛倒了，尤西用比較客氣的說法，媽媽卻要他像平時一樣用青少年常用的「蛤」回應。

媽媽　我說時間到了，你該好好躺著不要起床。我實在不想每天都跟你重複說一樣的話。

尤西　可是我們以前沒有說過這樣的話。

這時，內褲以一個優雅的動作跳到尤西的頭上，尤西將內褲從頭上扯下來，然後坐在床上，把兩條腿伸直，想把兩腳套進內褲裡，內褲卻再次跳回他頭上。

尤西　嘿！

尤西又試了一次，他知道沒有人會把內褲穿在頭上，今天這個世界到底怎麼了？這時響起了輕笑聲，內褲終於遇到好笑的事了。它的笑是幸災樂禍的笑，內褲很清楚，今天誰才是老大。

第5場

米拉躺在床上，全身裹在被窩裡。米拉的鬧鐘響起，一隻手從被子底下伸出來，這隻手摸索著尋找鬧鐘的位置，接著又慢慢縮回去，同時傳來一聲心滿意足的喟嘆聲。大家看到被子從床上跳下來，它用的是袋鼠式的跳法。被子跳到地板上，就在槌子所在的地方。

槌子　嘿，你可以小心一點嗎？
被子　我可以啊，可是我不想。
槌子　你這樣，我很痛耶！
被子　怎麼會，我明明很柔軟啊。
槌子　可是你很胖！
被子　你怎麼可以說我很胖。
槌子　你本來就很胖。

被子必須努力控制自己的情緒，不然它就會哭出來。
米拉兩隻手摸來摸去想找被子卻找不到，於是她坐起身來。她覺得好像有什麼變得不一樣了，但是她卻說不出到底哪裡不一樣了。她還是很累，於是她索性不再多想。她得起床，得去上學了。還有她得和爸爸、媽媽見一面。昨天爸媽回到家時，她已經睡了。而他們呢，就像大人們老是說的，肯定有些話要跟她好好談一談。雖然他們說的是「有些話」，其實每次總是長篇大論，而且一點芝麻小事往往也會變成大事。

爺爺　米米米米米拉！
米拉　好啦，我已經醒了。
爺爺　米米米米米拉！
米拉　好好好好啦，我已經起床啦。

爺爺　那好，你要不要跟我一起去兒童遊戲場？

米拉　（在抽屜裡翻找襪子，動作突然停下來）什麼？

爺爺　你要不要現在馬上跟我一起去兒童遊戲場？而且我早餐要吃冰淇淋喔！有檸檬、芒果、巧克力、香草……

米拉　哼哼真幽默，我得上學去了。你也知道的，就是那個大人們有一天突然這麼決定，所以我就必須常常去的地方。而你呢，你就跟平常一樣坐著你的電動輪椅去散步，然後買一杯咖啡喝……

爺爺　咖啡？我現在還不能喝咖啡呢！或者我今天可以破例喝咖啡？可以的話就太好了……

米拉　哈哈哈，真幽默！

米拉從衣櫥裡拿出兩隻襪子，可是其中一隻又跳了回去。

襪子　我還很累，我要再睡一下下。

書包　講大聲一點，這樣我們大家都可以再舒舒服服地睡一下。

襪子　（扯開喉嚨大喊）我還很累！我要再睡一下下。

爺爺　那麼，我現在就吃個冰淇淋當早餐嗎？我也許不要吃芒果口味的，改吃藍精靈冰淇淋好了。

第6場

汽車　現在要出發了嗎？馬上就要出發了嗎？

每個清晨，每一天
總是快快又匆匆
誰也不問我，我想要什麼我不過只是一輛汽車
每個清晨，每一天
總是快快又匆匆
匆匆——匆匆——匆匆——匆匆
我總是忙著跑向西又跑向東
任由別人來擺弄。

啊，她來了，現在可以出發了，一如往常，相同的路線一如往常。接著她會把我停在外面，停在這個炎熱的停車場，讓我孤孤單單，一整天孤孤單單地停在那裡，害我溫度飆升，溫度飆升，熱得冒汗又發燙，這裡痛，那裡痛。然後呢，最糟糕的是，等到她傍晚回來，她又會抱怨說，哦，怎麼變得這麼燙！

每個清晨，每一天
總是快快又匆匆
不情不願，停在這裡孤孤單單
我不要再當汽車了
匆匆——匆匆——匆匆——匆匆

沒錯，沒錯，現在要出發了，現在要出發了。
喔，到底怎麼了？哈囉，發生什麼事了？啊，啊，啊，她到底在幹嘛？嗯，喔，這種感覺真不錯。這，這……這樣真的很不錯。她載著我耶，這樣……我喜歡，最好多多益善。嘿，小心

哪，不要那麼搖晃。她速度有一點慢……嘿，下面這位慢吞吞的小姐，你可以快一點嗎？我可以比你更快……嘿，從現在開始我們就這麼做，讓她載我去工作。

每個清晨，每一天
總是快快又匆匆
匆匆——匆匆——匆匆——匆匆
她把我放在頭上走
一邊不停地隆——隆——隆
隆——隆——隆——隆
好，這樣子才好
畢竟我是汽車呀。

這樣我喜歡，非常非常喜歡。明天說不定我就把她留在停車場，讓她也嚐嚐這種滋味：整天待在炎熱的陽光下，整天熱得冒汗，溫度飆升又發燙。等到我又回來的時候，我就說，喔，小姐，溫度怎麼這麼燙！

第7場

書包　嗯嗯嗯嗯嗯，今天什麼都變得不一樣了。

襪子　（唱）今天是關鍵的一天。

門　親愛的，大家好！你們都睡得好嗎？

書包　嗯嗯嗯嗯嗯，而且醒來的時候，覺得什麼都變得不一樣了，好像我今天的計畫都改變了。

內褲　我看起來像沒睡飽吧？我有沒有黑眼圈？我說不定感冒了。

鍋子　你看起來一直都這樣。

襪子　（唱著，用饒舌調，高聲大喊）關鍵的一天！關鍵的一天！關鍵的一天！今天是關鍵的一天天天天天天天天天天！

書包　實在太吵了。

鍋子　今天跟平常不一樣嗎？

書包　你這個呆頭呆腦的笨豬。

鍋子　我不是豬，我是女鍋子。

書包　你是女鍋子，也是呆頭呆腦的笨豬。你自己仔細看一看，今天沒有人背著我走動，沒有人把我放到角落裡，也沒有人把黏答答的香蕉皮丟進我的身體裡面。

襪子　今天我不要再坐在臭腳丫上面，今天我要坐在仙人掌上面。

仙人掌　我要嗎？

襪子　我只做，我要做的事。
我只做，我想做的事。
我只做，我要做的事。
我跳舞跳舞，跳到天亮為止。

襪子上的圓點

我只做，我想做的事。
我只做，我要做的事。
我只做，我想做的事。
我好酷，我好炫。

我啊，我不想再當襪子上的圓點點。

襪子 什麼？你可是一個很漂亮的圓點點！

你只做，我想做的事。

你只做，我要做的事。

你永遠是我身上一個漂亮的圓點點。

這樣很美妙。

襪子上的圓點

可是我不想再當圓點點了！我再也再也不要再當襪子上面的圓點點了。

鍋子 那麼你想要當什麼呢？

襪子上的圓點

我自己也還不知道。

我只做，我想做的事。

我只做，我要做的事。

我只做，我想做的事，

我好酷，我好炫。

好比，我也可以當一條內褲上的圓點點。

內褲 可是我不想要圓點點！我是一條很酷的內褲，我不需要任何的圓點點。

襪子上的圓點

其實我才不想當圓點點，我要……我要……我要當一顆痣！

大家 一顆痣？

於是襪子上的圓點一邊大聲唱著歌，一邊慵懶地從襪子上走下來，它穿過房間，走向門口。它想要離開這裡，想要成為一顆痣，變成棕色又醜得美妙無比。

襪子上的圓點就這麼走掉，襪子卻還搞不清楚剛才究竟是怎麼一回事，也不知道自己究竟該怎麼反應才好。

鍋子 今天到底怎麼了？

內褲　今天是我戴在別人頭上的日子。

說著，內褲便坐到天天一模一樣，所有事物一成不變，又有那麼點可笑的世界；普通得要命、超級煩人的世界的腦袋上。

天天一模一樣，所有事物一成不變，又有那麼點可笑的世界；普通得要命、超級煩人的世界

你給我聽好，你是內褲，現在馬上給我下來！

內褲　我偏不要。好不容易別人終於看到我了。在超人身上大家都會看到我……

天天一模一樣，所有事物一成不變，又有那麼點可笑的世界；普通得要命、超級煩人的世界

你又不是超人……

內褲　我不是，可是今天世界是倒著走的。

鍋子　或者世界根本沒有在走。

門　從今天起，除非我自己想開，不然我就不開。

說著，門打開又關上。

內褲　從今天起，大家都可以看到每個人身上的內褲，而且最先看到的就是內褲。

天天一模一樣，所有事物一成不變，又有那麼點可笑的世界；普通得要命、超級煩人的世界

內褲不應該在頭上。

另一個世界。一切都不同，但是同樣也不好，只不過一切都顛倒、高度亢奮又反常的世界

（模仿我們世界的語氣）內褲不應該在頭上。

天天一模一樣，所有事物一成不變，又有那麼點可笑的世界；普通得要命、超級煩人的世界

本來就是。

另一個世界。一切都不同，但是同樣也不好，只不過一切都顛倒、高度亢奮又反常的世界

內褲愛在哪裡，就可以在哪裡。

天天一模一樣，所有事物一成不變，又有那麼點可笑的世界；普通得要命、超級煩人的世界

這……這，才不是呢，內褲不應該在頭上。

另一個世界。一切都不同，但是同樣也不好，只不過一切都顛倒、高度亢奮又反常的世界

內褲愛在哪裡，就可以在哪裡。

你想要的是，跟平常一樣，一切按照規矩來：襪子穿在腳上，孩子們去上學。

天天一模一樣，所有事物一成不變，又有那麼點可笑的世界；普通得要命、超級煩人的世界

什麼？孩子們不在學校？他們到底在哪裡？今天明明是星期二呀！

第8場

尤西站在玄關，一隻手上握著一只鍋子。沒有人知道他為什麼這麼做，他自己也不知道。

尤西　媽媽！

安靜無聲。時鐘滴答滴答響，響著響著，最後時鐘也懶得再響了。

尤西　媽媽！

安靜無聲。

尤西　（更加大聲）媽媽！

安靜無聲。

尤西　媽媽每天早上送我上學，她上班的路上剛好會經過我們學校。放學回家的時候我搭公車，我喜歡，坐公車，自己一個人坐公車。我也喜歡站在公車站牌看著智慧站牌，心裡算著，還有幾分鐘公車會來。每一次都不會超過八分鐘，不需要等太久。我把書包裡的公車月票拿出來，上車。每次我都坐在後面，望著窗外，看著公車後面開車的人。

屋子裡仍然寂靜無聲，時鐘突然想到，它不需要總是以相同的規律滴答響，它也可以演奏音樂呀，它怎麼沒有早一點想到呢！它晃了晃時針、分針，不滿自己怎麼這麼遲鈍。尤西被突然響起的時鐘音樂嚇了一跳。

時鐘　滴，答，
滴，答，
還有踏，
如果我想要，再來一個踢。
而且我有一個滴怪癖！
我熱愛的滴怪癖。
現在我要踏到星星去！
還要更遠更遠再更遠。
滴，答，踏！

尤西　媽啊啊啊啊啊啊媽！

尤西跑到窗邊，見到媽媽頭上頂著汽車。

尤西　媽媽，你有毛病嗎？你為什麼把汽車頂在頭上？

第9場

米拉　爺爺！

看不到爺爺的身影。

米拉　爺耶耶耶耶爺！

也聽不到任何的聲響，什麼聲音都沒有。

米拉　爺耶耶耶耶爺！

爺爺　什麼事？

米拉　你在哪裡？

爺爺　我在外面。

米拉走到窗前，她打開窗戶，望著窗外的花園。狗狗在她旁邊蹦蹦跳跳，牠也想看看窗外的情況，卻連窗台的高度都跳不到。狗狗很失望，於是牠開始啃起米拉的鞋子。

鞋子　嘿，別咬了，你這個壞蛋。

米拉　牠是狗狗，不是蛋。剛才我是在跟鞋子說話嗎？

鞋子　沒錯，總算有人跟我說話了！

爺爺　米拉！

米拉　在這裡，我正在找你！我得去學校了。

爺爺　你不用去呀，今天是星期二。

米拉　對呀，所以得去呀。

爺爺　星期二你不可以去上學！

米拉　我不可以去嗎？

爺爺　你絕對不可以。星期二絕對不可以去上學。

米拉　這是什麼亂七八糟的規定？

爺爺　怎麼說？

米拉　因為這是一種規定。星期二都不上學，這是一種規規定定的規定。這到底又是誰規定的？如果我正好星期二想去上課呢？

爺爺　可是你不可以去，不然你們老師又會打電話來，然後你爸爸和媽媽又會不高興了。

米拉　所以我星期二不上學了？爺爺，我為什麼看不到你？

爺爺　因為我在這裡面呀。

米拉　哪裡裡面？

爺爺　在汪汪屋裡面。

米拉　在汪汪屋裡面？

爺爺　對呀，在汪汪屋裡面，為什麼你老是重複我說的話？

米拉　可是……我蓋汪汪屋……嗯，汪汪屋不是給人住的，是給四喜先生住的。

說著說著，米拉望向狗狗。狗狗躺在地板上，在牠上面突然坐著兩只鞋子，這兩只鞋正在啃咬著牠。

米拉　嘿，這是怎麼回事？

鞋子　非常，非常美味。

米拉　你們別鬧四喜先生了！

鞋子　非常，非常美味。

米拉彎下腰想幫狗狗弄開那兩只鞋子。她將它們彈下去，可是鞋子馬上又跳回原處。

鞋子　非常，非常美味！

米拉火大了，她一把抓起鞋子對著角落丟過去。其中一只鞋子砸到書桌上一個玻璃水杯，水杯倒下來破碎了，水流到攤開在桌面上的作業簿上。

米拉　媽的！[3]

爺爺　剛才是你在說話嗎？

米拉　對，那是因為⋯⋯

爺爺　說得很得體，真的很得體。

米拉　什麼？

喔，慘了，這些作業簿都泡濕了。也許我可以把它們放在暖氣上面烘乾。

爺爺　絕對不要！不要把作業簿烘乾，不然你就有完成的作業可以交了。

米拉　可是⋯⋯你不是覺得作業很重要嗎？我本來以為你是這麼想的，看來我好像弄錯了。

爺爺　作業我覺得一點也不重要，這裡的毯子反而比作業重要多了。這條毯子好柔軟，你可以多給我一條嗎？

米拉　你真的在汪汪屋裡面嗎？

爺爺　不然呢，應該在哪裡？

米拉　比如在屋子裡。

爺爺　沒錯啊，就是在汪汪屋裡。

米拉　可是汪汪屋是我蓋給四喜先生住的。

爺爺　現在我要住。

米拉　你要住？

爺爺　我已經住在裡面了。

---

[3] 這裡必須用粗魯的說法，所以在世界顛倒過來的今天，爺爺才會稱讚她說得很得體。

第10場

尤西站在校園裡，可是校園裡空蕩蕩的，沒有學生，也沒有男老師或女老師。尤西到處張望，卻看不到任何一個人影。他朝教學大樓跑過去，有一位女老師正從那裡的一扇窗戶望著他。

女老師 你在這裡做什麼？

尤西 我來上學。

女老師 為什麼？

尤西 嗯……因為要上課呀，因為今天要上學。

女老師 可是你怎麼這麼早就來了？

尤西看了一眼自己的手錶，接著抬起頭來看著女老師。

尤西 已經快八點了……

女老師 是啊，那你來這裡做什麼？

尤西 學校不是快八點的時候開始上課嗎？

女老師 要等到午夜才上課！

尤西 午夜？

女老師 對啊。我實在不想一遍又一遍地解釋這件事。

尤西 可是……所以這是說……是大概半夜的時候嗎？

女老師 當然囉，不然呢？

尤西 所以我應該等半夜再過來？

女老師 當然啦！不過，絕對不要在剛好半夜的時候！如果你們大家都那麼準時到校，我會瘋掉的。

尤西 好好好好好吧。

尤西慢吞吞地走開。

女老師　還有，別忘了穿上你的洋裝。

尤西若有所思地走出校園。路上有一顆足球，尤西經過時踢了足球一腳。尤西討厭足球，他很怕腦袋會被球砸到。

足球　這是什麼意思？你幹嘛踢我？

尤西　什麼？

足球　我踢你，我踢你，我踢贏了。我之前也踢贏了其他人：二十八比零。

尤西　跟誰比？

足球　跟優里烏斯、喬瓦尼還有……他叫什麼名字？那個金色頭髮藍眼睛，每次都……

尤西　李努斯。

足球　沒錯，李努斯。他穿過一件很漂亮的綠色洋裝，上面有紅色花朵。

尤西　一件洋裝？李努斯？

足球　沒錯，就是李努斯，他是男生，他不穿洋裝要穿什麼？結果他竟然想要踢我。

尤西　他們本來就常常踢你，他們常常一起踢足球。

足球　他們踢得我很痛，而且把我弄得髒兮兮的，踢到水坑裡，每次都用鞋尖踢。還好從今天開始就不一樣了，從今天開始輪到我來踢他們，從今天開始大家改玩足球對笨蛋。

尤西　足球對笨蛋？

足球　不是球被人踢，而是笨蛋被我踢。喬瓦尼被我踢進水坑，他穿的白色漂亮洋裝沾滿了爛泥巴，於是我大聲呼喊：「進球了！進球了！」他們也都是這麼做的。

尤西　我真想親眼看到你踢喬瓦尼，還有踢優里烏斯的模樣……還有，看到他們都穿著洋裝。如果大家都穿上洋裝，還有誰會嘲笑別人呢？已經沒有可以嘲笑的人了。

足球　優里烏斯被我踢的時候，他好像被長槍刺中了一樣，大聲呼喊：「救命呀！」還有：「別鬧我！」

第11場

尤西走近一家麵包店，麵包店前綁著一隻狗，那是米拉的狗。狗狗一見到尤西就搖著尾巴喵喵叫。尤西嚇了一跳，他疑惑地東張西望。狗狗又喵了一聲，彷彿不知道牠自己也能發出別的聲音。尤西想了想，他在書包裡翻來翻去地找錢，接著走進去。尤西肚子餓了，他走進麵包店，米拉正在店裡和店員起爭執。米拉脖子上掛著一條牽繩，牽繩從她身上垂掛下來。

店員 可是十八歲以上的人才可以買蝴蝶餅，難道你想說，你已經十八歲了？

米拉 從什麼時候開始，十八歲以上才能買蝴蝶餅？

店員 從今天開始。

你看，我們還有好多產品：裹杏果醬或是巧克力的甜甜圈，要不來一個牛軋糖可頌？這對牙齒好處多多，可以少看牙醫。

米拉 牛軋糖對牙齒好處多多？

店員 你沒聽說過嗎？

米拉 沒有。那不是用糖……

店員 沒錯。而糖呢，可以清潔牙齒，所以牙膏裡也添加了糖……你們到底都在學校裡學什麼呀。

米拉 從什麼時候開始，牙膏裡也添加糖了？

店員 一直都這樣呀。

尤西 今天所有的事都變得不一樣了。

米拉 （對尤西說）你也發現了？

尤西 牙膏添加糖，還有外頭的狗狗對我喵喵叫。

米拉 那是我的狗。至少牠現在不再像大象一樣嗚嗚叫了。

尤西 牠嗚嗚叫過嗎？

米拉 對呀，就是今天開始的。牠還會說笑話呢，說一隻叫做小法蘭茲的狗狗的笑話。

尤西　而我媽媽呢，她竟然頂著她的車子去上班。你家狗狗說的笑話好笑嗎？

米拉　還可以。牠還用嘴巴叼起牽繩，對著我跳來跳去的，好像想要把牽繩繫在我的脖子上。我不想要這樣，牠竟然還想咬我，牠以前從來沒有這麼做過！

店員　你們到底要不要買？

米拉　欸……要……我買一個超級健康的巧克力可頌。超級規定：巧克力有益健康。

尤西　那我也買一個。

店員　選得很好，你們的爸媽一定會很開心；牙醫更開心。

米拉　喔。多少錢？

店員　喔，對了。一個可頌兩歐元，等我一下……

說著，店員開始在收銀機裡翻翻找找，米拉和尤西也分別在自己的錢包裡翻找，不過店員的動作比他們更快，已經要給他們一人一枚硬幣了。

米拉　我們還沒有付錢，你不需要找錢給我們。

店員　你買東西我就要給錢。

尤西　算了，說了他也不懂，他們大家都不懂。

米拉　所以說，現在買東西也不必付錢？而且不可以付錢？還是說，我自己可以決定，我到底要不要付錢？

尤西　不要再爭這種事了！收下你的錢，拿著你的超級健康可頌，我們就離開這裡。

待在外面的狗狗興奮地對著米拉蹦蹦跳跳，還興奮得開始唱起歌來。米拉和尤西一言不發地望著牠，接著兩人對看著聳聳肩，先是米拉，再來是尤西；接著又是米拉，再來又是尤西。狗狗唱完歌就一口叼住下垂的牽繩末端，不由分說地拉著米拉向前跑。米拉踉踉蹌蹌地跟在牠後面，邊跑邊轉身看著尤西。

米拉　你要一起來嗎？

尤西追上前去。

第12場

天天一模一樣，所有事物一成不變，又有那麼點可笑的世界；普通得要命、超級煩人的世界

欸欸……

另一個世界。一切都不同，但是同樣也不好，只不過一切都顛倒、高度亢奮又反常的世界

欸欸……

天天一模一樣，所有事物一成不變，又有那麼點可笑的世界；普通得要命、超級煩人的世界

喔真的是欸欸……

另一個世界。一切都不同，但是同樣也不好，只不過一切都顛倒、高度亢奮又反常的世界

真是好棒的欸欸……

他們為什麼還記得你？

天天一模一樣，所有事物一成不變，又有那麼點可笑的世界；普通得要命、超級煩人的世界

你為什麼這麼問？你這麼問，意思好像是他們不該記得我？!？

好像這是很荒唐的事，好像你以為……

另一個世界。一切都不同，但是同樣也不好，只不過一切都顛倒、高度亢奮又反常的世界

我不要回答。

天天一模一樣，所有事物一成不變，又有那麼點可笑的世界；普通得要命、超級煩人的世界

你不要回答？什麼？ 你不要回答？你為什麼不要回答？

另一個世界。一切都不同，但是同樣也不好，只不過一切都顛倒、高度亢奮又反常的世界

我不要回答。

天天一模一樣，所有事物一成不變，又有那麼點可笑的世界；普通得要命、超級煩人的世界

你不要回答什麼？

另一個世界。一切都不同，但是同樣也不好，只不過一切都顛倒、高度亢奮又反常的世界

我不要回答，我不要回答這件事。

天天一模一樣，所有事物一成不變，又有那麼點可笑的世界；普通得要命、超級煩人的世界

等一等。對於你不要回答這件事，你不要回答？

另一個世界。一切都不同，但是同樣也不好，只不過一切都顛倒、高度亢奮又反常的世界

對於我不要回答這件事，我不要回答。我要說的是，記得你，可能不是那那那麼棒的事，所以他們大家都忘記你了。

天天一模一樣，所有事物一成不變，又有那麼點可笑的世界；普通得要命、超級煩人的世界

不是所有的人！並不是所有的人！那隻狗狗帶著遛的人就沒有忘記我。

另一個世界。一切都不同，但是同樣也不好，只不過一切都顛倒、高度亢奮又反常的世界

看來我們沒辦法溝通。[4]

天天一模一樣，所有事物一成不變，又有那麼點可笑的世界；普通得要命、超級煩人的世界

沒錯！我們沒辦法溝通，因為你認為我沒有資格。

另一個世界。一切都不同，但是同樣也不好，只不過一切都顛倒、高度亢奮又反常的世界

這不是我們的問題。

天天一模一樣，所有事物一成不變，又有那麼點可笑的世界；普通得要命、超級煩人的世界

對，這是我的問題。

另一個世界。一切都不同，但是同樣也不好，只不過一切都顛倒、高度亢奮又反常的世界

我們的問題是那些人。還有，他們還記得你。

天天一模一樣，所有事物一成不變，又有那麼點可笑的世界；普通得要命、超級煩人的世界

你就不能說得好聽一點嗎？

另一個世界。一切都不同，但是同樣也不好，只不過一切都顛倒、高度亢奮又反常的世界

怎麼說？

天天一模一樣，所有事物一成不變，又有那麼點可笑的世界；普通得要命、超級煩人的世界

改說成聽起來不要像是：世界上的人如果都不再記得我，這樣是一件好事。畢竟我也曾經美過……

另一個世界。一切都不同，但是同樣也不好，只不過一切都顛倒、高度亢奮又反常的世界

美……好，這是個人看法的問題。比如說，我覺得把起司加在一條條的大便上拿去烤，這樣很美，它們會冒出又美又臭的起司泡泡。

天天一模一樣，所有事物一成不變，又有那麼點可笑的世界；普通得要命、超級煩人的世界

你，你，你，你

天天一模一樣，所有事物一成不變，又有那麼點可笑的世界；普通得

[4] 這裡原文是：Wir haben ein Problem.。

要命、超級煩人的世界不知道自己到底是應該哭呢，還是應該搥胸頓足，或者應該走掉（可是她也不知道該往哪裡去）。不知道自己該什麼都不做，還是該什麼都做。淚水是小小的洩密者，向別人洩漏了她的痛苦。

就在這個時候，兩個世界聽見米拉大聲呼喊，她被狗狗拖行著，現在她已經四肢並用地在地上爬行，左腿膝蓋也開始流血了……

第13場

尤西和米拉兩人坐在一把長凳子前面，狗狗在長凳子上舒舒服服地伸了伸懶腰，米拉正在查看她流著血的膝蓋。

尤西　實在很不正常。

米拉　什麼？

尤西　所有的一切：麵包店的店員說，蝴蝶餅不健康，你的狗狗遛著你去散步，還有……還有前面有一只鍋子在散步，而且它還有……

米拉　哪裡？

尤西　那裡！

鍋子從從容容地從他們身邊經過，而且它頭上還套著一條內褲。

鍋子　（唱）女，女，女，女，女，女，女，女，女，女
鍋子！

尤西　一個鍋子頭上套著一條內褲，這根本就不正常。

內褲　它又沒有頭！這個鍋子，它又沒有頭！

鍋子　我是女鍋子！女，女，女鍋子！到底要我說幾遍？

尤西　難道你覺得這樣很正常？

米拉　什麼叫做正常？這件事跟平常不一樣。至於說到正常……正常的東西，我並不喜歡。

尤西　你是說？

米拉　嗯，這只是……嗯，所謂的「正常」，不過只是某一個人創造出來的，然後大家都照著做，所以大家，也就是大家每一個人，都認為這樣才是正常的；其實這不過是曾經有一個人這麼決定而已。

尤西　你是說？

米拉　我是說，只是因為曾經有一個人決定……決定我們小孩子必須用「您」來稱呼大人，於是這樣就變成是正常的。又比如說……

尤西　……男生不可以穿洋裝。

這時傳來了一陣哭泣聲，哭聲很微弱，是啜泣的聲音。

米拉　你為什麼穿洋裝？你想當女生嗎？

啜泣聲並沒有停止，米拉和尤西東張西望，卻找不到哭聲來自哪裡。狗狗發出幾聲威脅的吠叫。

尤西　不是啦，我只是覺得洋裝很漂亮，所以才穿洋裝。結果大家都說，這樣很不正常。

米拉　這就是我想說的意思：這也是有人決定應該要這樣的。有人決定男生不可以穿洋裝，然後這就變成了規定，其實我們也可以有不一樣的決定。

哭泣聲變大，狗狗也吠叫得更大聲。

尤西　你覺得男生穿洋裝好看嗎？

米拉　我其實不在乎。我自己很愛穿吊帶褲，一直都很愛。

尤西　吊帶褲也很好看。

米拉　我蓋過一間狗屋，這間狗屋叫做汪汪屋。我曾經想要晚上在裡面睡覺看看，可是我爸媽他們不答應。他們說那是狗屋，不是給人住的。結果我爺爺今天早上卻搬進去住了。

狗狗從長凳子上跳下來，牠嗅了又嗅，接著從凳子底下拖出一隻哭泣的襪子。

襪子　我的痛永不止息，我渾身都痛：在圓點點之間，在圓點點上面，還有在我臭烘烘的地方，腳指頭那裡也痛。就連我在腳後跟那裡的破洞也痛。沒有了圓點點，我不知道該怎麼活下去。我的情傷真嚴重，我甚至想過，要從這把凳子上跳下去自我了結。

尤西　這樣我也不在乎。我是說，別人穿什麼我並不在乎，我自己只想要穿洋裝；還有，我希望大家不要覺得這樣很奇怪，其他的我別無所求。

米拉　嗯，對了。

尤西　什麼？

米拉　你不覺得，別的人對這些變化一點也不感到奇怪，這樣不是很奇怪嗎？

襪子持續哭號，這隻深受情傷之痛的襪子哭個不停，哭得停不下來。

尤西　今天我媽媽說，我應該繼續躺著不必起床，她說得好像她每天都這麼說一樣。

米拉　而我爺爺想要吃冰淇淋當早餐，你別誤會我的意思，我自己也曾經鬧著要吃冰淇淋當早餐，當時我還在上幼稚園。可是我爺爺說得好像這樣……嗯……很正常。

尤西　我也想要吃冰淇淋當早餐。

米拉　我也想，可是我不想要連這件事情都變成規定。我要的是，我們吃冰淇淋當早餐，而大人如果想要的話，可以吃他們的果麥片，加亞麻籽。就像你愛穿洋裝那樣，每個人制定他自己的，還有他們自己的規定。我自己好想再回去上幼稚園。上幼稚園真好，我們都在玩耍，什麼都不必學。

書包突然從他們身邊跑過去。

書包　想要被冰淇淋舔的，各位，都請跟我走。不管是誰，冰淇淋都會舔你，凡是想要變得黏答答、甜蜜蜜又髒兮兮的，都請跟我走！

襪子　髒兮兮又黏答答？

書包　凡是想要被冰淇淋舔的，都請跟我走！

襪子　髒兮兮又黏答答，這個我最愛了！

於是襪子便跟在書包的背後奔跑，狗狗也跳起來跟著襪子跑，連帶著又拖著米拉跟著牠跑，而尤西則在米拉的背後追著她跑。

尤西　等等我呀，你要去哪裡？

米拉　我怎麼知道！

第14場

尤西追著米拉，半途中他身上的洋裝突然想要離開他。洋裝想要把自己脫掉，拚命想要脫掉。尤西停下腳步。

尤西　嘿！

洋裝　喔，抱歉，我把你弄痛了嗎？我得快一點，不然就會太晚才到，或是永遠到不了。

尤西　或是永遠到不了。

洋裝繼續拽著尤西，想要從尤西的脖子上鑽出來。

洋裝　不及時出發，就不知道會發生什麼事。

尤西　嘿，你不可以丟下我不管！身上只穿著內褲，站在大街上，這樣我很難為情耶。

洋裝　可是我一定得走！

尤西　你要去哪裡？

洋裝　去找養蜂女。

尤西　去找養蜂女？

洋裝　去找養蜂女。

尤西　去找養蜂女。

洋裝　你那麼愛重複我說的話嗎？因為我說的話很聰明嗎？

尤西　話很聰明。

洋裝　你看，你真愛重複我說的話，重複那些很聰明的話。大家都只是談論我的外表，而現在，自從男生開始穿起洋裝以後，大家就更愛談論我的外表，可是沒有人注意聽我真正想說的話。

尤西　你真正想說的是什麼？

洋裝　比如說我很擔心。

我為蜜蜂擔心。我擔心萬一蜜蜂都死光了，世界會變成什麼樣子？

天天一模一樣，所有事物一成不變，又有那麼點可笑的世界；普通得要命、超級煩人的世界

（出場）嗯，這種事我完全不在意。

尤西　你是誰？

天天一模一樣，所有事物一成不變，又有那麼點可笑的世界；普通得要命、超級煩人的世界

世界。

尤西　世界？

洋裝　你不是很愛重複「我」說的話，因為我說的話很聰明嗎？

天天一模一樣，所有事物一成不變，又有那麼點可笑的世界；普通得要命、超級煩人的世界

我就是那個一直到昨天還存在的世界。

尤西　你長這個樣子？

天天一模一樣，所有事物一成不變，又有那麼點可笑的世界；普通得要命、超級煩人的世界

你不喜歡我嗎？

米拉衝進來，獨自一人，氣喘吁吁。

米拉　我找到你了。

尤西　你的狗在哪裡？

米拉　牠不要繫上牽繩，我也不要，所以我就把牠放開——或者是牠把我放開。

尤西　啊哈。

米拉　我覺得呀，我根本不知道是誰幫誰放開牽繩的，這樣其實挺好的。欸，那個，你的洋裝怎麼了？

尤西　它想離開，去養蜜蜂。

米拉　啊哈。

尤西　啊哈。

米拉　喔，你的內褲滿漂亮的！

尤西難為情地背過身去。

米拉　你有膽子穿著洋裝上學，現在卻覺得難為情？

尤西　那你被你們家的狗狗用繩子牽著去散步，感覺又怎麼樣啊？

另一個世界。一切都不同，但是同樣也不好，只不過一切都顛倒、高度亢奮又反常的世界

哼，說不定狗狗也不想被人用牽繩拉著呢，我是說從前啦。

尤西　你又是誰呀？

另一個世界。一切都不同，但是同樣也不好，只不過一切都顛倒、高度亢奮又反常的世界

世界。

尤西　可是她剛剛才說……

天天一模一樣，所有事物一成不變，又有那麼點可笑的世界；普通得要命、超級煩人的世界

沒錯，我是世界，那個普通得要命，所有事物都一成不變的世界。

另一個世界。一切都不同，但是同樣也不好，只不過一切都顛倒、高度亢奮又反常的世界

那是你昨天的情況，你是昨天的世界。

米拉　那麼你是……？

另一個世界。一切都不同，但是同樣也不好，只不過一切都顛倒、高度亢奮又反常的世界

我是今天的世界，是另一個世界，一切都不同，都顛倒、高度亢奮又反常的世界。

米拉　你看起來就是這個樣子。

另一個世界。一切都不同，但是同樣也不好，只不過一切都顛倒、高度亢奮又反常的世界

美吧？

洋裝　美不美不重要，至少對我來說並不重要。重要的是，要採取行動做事。

尤西　洋裝擔心蜜蜂的命運，擔心牠們可能會全部死光，擔心之後會發生的事。

另一個世界。一切都不同，但是同樣也不好，只不過一切都顛倒、高度亢奮又反常的世界

我美，這對我來說有些重要——也不是，對我來說，我存在才最重要。

尤西　你剛才說你是誰？

另一個世界。一切都不同，但是同樣也不好，只不過一切都顛倒、高度亢奮又反常的世界

我是另一個世界，一切都不同，都顛倒、高度亢奮又反常的世

界。我是世界，嗯，我是這個把那個世界顛倒過來的世界，我是今天。

說著，她真的這麼做。她真的將天天一模一樣，所有事物一成不變，又有那麼點可笑的世界；普通得要命、超級煩人的世界上下顛倒過來。

尤西　啊，你是今天。

另一個世界。一切都不同，但是同樣也不好，只不過一切都顛倒、高度亢奮又反常的世界

請你熱情一點好嗎！我可是比她好……（說著，她指著另外一個世界，而那個世界正掙扎著想要重新站起來。）

米拉　這麼說吧，你是那個只想要不一樣的世界，可是我認為，不一樣不一定就更好。

天天一模一樣，所有事物一成不變，又有那麼點可笑的世界；普通得要命、超級煩人的世界

什麼？你們不喜歡她？

尤西　嗯哼。

米拉　還可以。

天天一模一樣，所有事物一成不變，又有那麼點可笑的世界；普通得要命、超級煩人的世界

我還以為，你們覺得她好棒，因為她說，你們，你們兩人不喜歡我。你，尤西，因為你想要穿洋裝。

尤西　現在我的洋裝跑掉了。

米拉　你的洋裝跑去養蜜蜂了。也該是時候要有人好好照顧蜜蜂了。萬一蜜蜂都死光了，我們大家就會有個大問題，包括你們兩個。

另一個世界。一切都不同，但是同樣也不好，只不過一切都顛倒、高度亢奮又反常的世界

包括我？

天天一模一樣，所有事物一成不變，又有那麼點可笑的世界；普通得要命、超級煩人的世界

還有你，米拉。她說，你不喜歡我，因為任何的規定你都不喜歡。

另一個世界。一切都不同，但是同樣也不好，只不過一切都顛倒、高度亢奮又反常的世界

在我這裡沒有任何的規定，在我這裡一切都不一樣。

米拉 這樣也是一種規定，一種跟其他別的規定同樣沒有意義的規定。我只想要制定我自己的規定，給我自己的規定。

尤西 而我，也只要給我自己的規定。如果別的男生都不想要穿洋裝，我也不會要他們穿洋裝。就連我自己的洋裝也制定了它自己的規定！我覺得這樣子很好。

米拉 它是非常自由、不受束縛的洋裝，我們也應該這樣，做我們認為是對的事，並且告訴其他人，告訴所有的人：爸爸媽媽、爺爺奶奶、狗狗、老師；就像你的洋裝告訴你那樣。

天天一模一樣，所有事物一成不變，又有那麼點可笑的世界；普通得要命、超級煩人的世界

不好意思，再回到剛才的話題：你們不喜歡她？

尤西 還可以。

天天一模一樣，所有事物一成不變，又有那麼點可笑的世界；普通得要命、超級煩人的世界

你們不喜歡她，你們不喜歡她，你們不喜歡她！你聽到了嗎？他們不喜歡你，不喜歡你，不喜歡你！

說著，正常的世界笑哈哈地跳著舞，接著她跳到另一個世界的頭上，擁抱她，親吻她，並且將她撂倒。

另一個世界。一切都不同，但是同樣也不好，只不過一切都顛倒、高度亢奮又反常的世界

可是他們也不喜歡你！

天天一模一樣，所有事物一成不變，又有那麼點可笑的世界；普通得要命、超級煩人的世界

他們可能什麼都不喜歡。

另一個世界。一切都不同，但是同樣也不好，只不過一切都顛倒、高度亢奮又反常的世界

他們可能不知道自己喜歡什麼。也許他們不喜歡這樣，可是倒過來他們也同樣不喜歡。

米拉 你們應該問問我們吧。

天天一模一樣，所有事物一成不變，又有那麼點可笑的世界；普通得要命、超級煩人的世界

他們可能想看看，如果沒有我們了，如果我們消失了，如果他

們一切只能靠自己，情況會變成什麼樣子？

尤西　我們一定要試一試！

另一個世界。一切都不同，但是同樣也不好，只不過一切都顛倒、高度亢奮又反常的世界

不管做什麼都不對，真是的！

天天一模一樣，所有事物一成不變，又有那麼點可笑的世界；普通得要命、超級煩人的世界

他們真是忘恩負義。你們知道，我為你們做了什麼嗎？

另一個世界。一切都不同，但是同樣也不好，只不過一切都顛倒、高度亢奮又反常的世界

那你們知道，我做了什麼嗎？

天天一模一樣，所有事物一成不變，又有那麼點可笑的世界；普通得要命、超級煩人的世界

你做了什麼？

另一個世界。一切都不同，但是同樣也不好，只不過一切都顛倒、高度亢奮又反常的世界

其實我什麼都沒做，可是我以滿滿的愛什麼都沒做。不過她，她為了你們做了很多。

尤西　做了什麼？

天天一模一樣，所有事物一成不變，又有那麼點可笑的世界；普通得要命、超級煩人的世界

嗯……欸……什麼都做，可是你們卻……你們知道什麼叫做感恩嗎？你們真是被寵壞的孩子，你們就是！等著看吧，如果我不在了，會變成什麼樣子！

另一個世界。一切都不同，但是同樣也不好，只不過一切都顛倒、高度亢奮又反常的世界

還有我！

現在兩個世界都發怒了，這種世界怒火可不小，這是世界大，說得更準確，是兩個世界大的怒火。

天天一模一樣，所有事物一成不變，又有那麼點可笑的世界；普通得要命、超級煩人的世界

我要走了！一走了之！再也不回來了！

另一個世界。一切都不同，但是同樣也不好，只不過一切都顛倒、高度亢奮又反常的世界

你要去哪裡？

天天一模一樣，所有事物一成不變，又有那麼點可笑的世界；普通得要命、超級煩人的世界

我要下台去了！可是要有音樂！還有吼叫聲！

另一個世界。一切都不同，但是同樣也不好，只不過一切都顛倒、高度亢奮又反常的世界

我跟你一起走！我一定要跟你一起走！

兩個世界飛奔著離開，滿腔怒火，唱著歌，跳著舞，心情輕鬆，悶悶不樂，又吼又叫，歌唱著：

我發出狂吼下台去，
沒有目標的結局。
我是我自己的情緒，
我只做，我要做的。

米拉　她們走了。
尤西　我們呢？
米拉　我們還在。
尤西　接下來我們要做什麼？
米拉　做我們想要做的。
尤西　我們想要做什麼？

莫妮卡奶奶——什麼？

Oma Monika, was war?

米蘭・加特（Milan Gather）

賴雅靜 譯

劇本簡介

首演

2021年11月28日於斯圖加特，由斯圖加特兒童與青少年劇團（Junges Ensemble Stuttgart，JES）演出

演出人數

一男一女

關於作者

米蘭・加特（Milan Gather），1993年生於德國阿恆（Aachen），長於多特蒙德（Dortmund）。加特的導演及戲劇創作始於波鴻戲劇院（Schauspielhaus Bochum）的導演工作坊及萊比錫自由藝文聯盟（Freie Szene Leipzig）的歷練。他在2014至2018年間於斯圖加特國立音樂暨表演藝術學院（Staatliche Hochschule für Musik und Darstellende Kunst Stuttgart）攻讀戲劇，2017-18年間加特隸屬斯圖加特國家劇院戲劇館（Schauspielstudio am Staatstheater Stuttgart），後來加入斯圖加特兒童與青少年劇團，並為該劇團完成首部劇作《太空人》（*Astronauten*）。這部作品接獲許多戲劇節邀演，並於2020年與另外兩部劇作共同獲得海德堡劇作市集（Heidelberger Stückemarkt）青少年戲劇獎。2021年他首度執導斯圖加特兒童與青少年劇團的《莫妮卡奶奶——什麼？》，這是他的第二部劇作，也是他在導演工作上初試啼聲。該劇於2022年榮獲四十七屆慕海姆兒童戲劇獎及第二十五屆黑森邦兒童與青少年戲劇週KUSS（Hessische Kinder- und Jugendtheaterwoche KUSS）首獎。目前加特也以客座劇作家的身分參與一些（國際）劇作家計畫。自戲劇年度2022-23年起，他更轉換身分，成為自由作家與導演。

劇情概要

這部戲劇由兩名演員演出，講述小學生巴塔薩和祖母莫妮卡奶奶的祖孫情誼。和一般祖孫相處不同之處在於，莫妮卡奶奶開始出現失智現象。起初巴塔薩並沒有察覺奶奶異常的地方，因為平時爸媽下班後便會接他回家，兩人相處的時間沒有那麼長。但是這一次爸媽出差，他必須在奶奶家過夜，也因此他才驚覺奶奶有一些不對勁。一開始他感到驚慌失措，甚至想打電話向爸媽求助，但最後他決定利用身邊的物品喚起奶奶的記憶。貼心的巴塔薩一步一步引導奶奶重回過往的時光：她和爺爺共同生活、相識，結婚生子，她從前的工作，甚至莫妮卡奶奶和她爸媽的生活片段等等。一步一步，巴塔薩拼湊出奶奶的過往，也一步一步引領奶奶回到當下，認出如今在外面的男孩是她摯愛的孫子（不久前她認不出巴塔薩，還將他趕出去），並且請他回來和自己說說話。

填字遊戲串連這部戲劇多處劇情，不僅是巴塔薩與莫妮卡奶奶愛玩的遊戲，在巴塔薩喚起奶奶記憶的過程中，也出現幾處類似填字遊戲的元素，比如奶奶想不起「白天」該怎麼說，只能用「不是晚上，是在太陽……」加以描述，而巴塔薩立刻猜出奶奶想說的是「白天」，可說是祖孫二人共同創造的「填字遊戲」。

劇作特色

雖然這是一部探討失智的作品，但米蘭・加特卻完全沒有使用「失智」一詞，只是從兒童的視角觀察奶奶的行為舉止，同時也提供小觀眾們適合他們觀劇的視角，讓他們自然而然從自身的角度探索奶奶的不同之處，融入巴塔薩的角色，最後理解並同理莫妮卡奶奶的處境。

獻給奶奶和爺爺

1.

什麼都沒有改變

莫妮卡奶奶家的廚房。巴塔薩陷入回憶中。

巴塔薩 說起來當時其實什麼都跟平常一樣。[1]我在莫妮卡，莫妮卡奶奶家，就和平常的下午一樣。我總是待在那裡，一直到爸爸媽媽不想再工作了，他們才來接我回家。不過，爸爸媽媽通常樂在工作，而且樂在工作很久很久。

莫妮卡奶奶 （上場）你爸爸媽媽……那麼熱愛工作……這不是很好嗎！

巴塔薩 是啦，也可以這麼說啦。

莫妮卡奶奶 我的意思是：這不是很好嗎……做蛋糕的麵團馬上就好了！

巴塔薩 沒錯，就是這樣。我和莫妮卡奶奶總是有值得慶祝的事，所以我們每天都有蛋糕吃……

莫妮卡奶奶用吹風機吹著蛋糕麵團。

奶奶！

莫妮卡奶奶 什麼？啊，對對對，上一次這麼做，結果不行。

巴塔薩 什麼都……不完全沒有改變。快到七點了，如果什麼都沒有改變，門鈴應該會隨時響起，而正當莫妮卡奶奶要……

莫妮卡奶奶 誰呀？

巴塔薩 ……開口這麼問的時候，爸爸就出現在門口，準備來接我了。

「嗨，你們兩個寶貝，一切都好嗎？。今天下午開心嗎？」

---

[1] 首演時，巴塔薩開場的台詞講述他的回憶，但這段台詞也能以「現在式」的時態呈現。

其實他心裡想的是：
「你們有沒有吃什麼不健康的東西啊？」

莫妮卡奶奶 剛好相反！

巴塔薩 「有沒有做什麼不該做的事啊？」

莫妮卡奶奶 沒有！

巴塔薩 危險的事呢？

莫妮卡奶奶 什麼？

巴塔薩 接著我必須趕緊收拾我的物品，然後爸爸就載我回家。
「嗯，奶奶還硬朗嗎？」

莫妮卡奶奶 什麼意思？我跟鞋子一樣硬朗！

巴塔薩 ——

莫妮卡奶奶 跟運動員一樣硬朗！

巴塔薩 我也會這麼回答，這種事不必他們操心。
不過，今天什麼都變得不一樣了。這一次爸爸媽媽出門比較久，他們去出差，要等到明天早上才會回來！今天是我第一次在莫妮卡奶奶家過夜。
爸媽說：「有事就打電話給我們。」好像他們覺得會有什麼狀況！我才沒時間打電話呢，奶奶和我今天有好多好多事要做！

巴塔薩和莫妮卡奶奶開始演奏。

（唱）
那是莫妮卡奶奶
這裡是我
奶奶一直都在
可是我不是

莫妮卡奶奶 （唱）
我是莫妮卡奶奶
他是巴塔薩

從前他是個小東西
現在他漸漸長大
可是我沒有

巴塔薩　（唱）
奶奶年紀大我一點
她腦袋裡裝滿了東西
有時候一些東西會脫落
這種事別人笑不出來
我們兩人卻可以

莫妮卡奶奶　（唱）
巴塔薩想要找我他就來
昨天，明天，每一天
因為我好喜歡他
晚一點他爸媽會接他回家
可是並沒有接我

巴塔薩　奶奶，今天爸爸媽媽沒有要接我回家啊。

莫妮卡奶奶　什麼？

巴塔薩　（唱）
爸爸媽媽工作忙
早早出門，（而且）晚晚回家
我在莫妮卡奶奶家
別的人會孤單難耐
可是我不會

莫妮卡奶奶　（唱）
我爸爸媽媽同樣也不在
但是有時候我會讓他們進來
我可以這麼做，因為我是莫妮卡
別的人會孤單難耐
可是我不會

巴塔薩　不知道她在說什麼。算了！

一——二——三——四！

兩人　（齊唱）

我們是巴塔薩和莫妮卡奶奶

每當下午我們相聚一起

這裡就變得奇吵無比

鄰居好想要把我們轟出去

莫妮卡奶奶　他們好無趣！

兩人　（齊唱）

可是我們真有趣！

我們是巴塔薩和莫妮卡

莫妮卡和巴塔薩

別人不知道，一整天要做什麼好

因為他們沒有事可做

可是我們不同！

可是我們不同！

可是我們不同！

2.
填字遊戲

兩人　呼！

巴塔薩　填字遊戲時間到！

莫妮卡奶奶　可是你爸媽馬上就來了。

巴塔薩　如果什麼都沒有改變，這時候我就會回答說：
現在玩還來得及！

莫妮卡奶奶　好吧，如果你想玩，我們就玩吧……

巴塔薩　……莫妮卡奶奶就會這麼說。每一次我們都會挑最難的遊戲，所以我們從來沒有全部答完。
可是，今天跟平常不太一樣。
奶奶，我爸爸媽媽要等明天才會來。

莫妮卡奶奶　啊，對喔！

巴塔薩　所以，今天我們可以把一整份填字遊戲解完。

莫妮卡奶奶　我不知道。

巴塔薩　你不知道什麼？

莫妮卡奶奶　可以這樣嗎？

巴塔薩　為什麼不可以？

莫妮卡奶奶　因為……因為今天報紙還沒送到。

巴塔薩　除了這一點，什麼都沒有改變。

莫妮卡奶奶　喔，在那裡，我心愛的報紙。郵差動作可真快呀。

巴塔薩　對呀，快得像閃電。好，唸給我聽吧！

莫妮卡奶奶　醫學界人士。兩個字。

巴塔薩　醫學界人士，兩個字……醫學界人士，兩個字……

莫妮卡奶奶　醫學……醫學學學學學……醫學學血血血……[2]

巴塔薩　血！血，血，血……

[2] 譯註：為了可以接下去，稍微改寫原文。

莫妮卡捲起衣袖，巴塔薩假裝用針筒抽取藥液，接著假裝幫她打針。

莫妮卡奶奶　啊！

巴塔薩　噓噓噓！

兩人　醫生！

巴塔薩　醫——生，字數剛剛好！下一個問題，奶奶！

莫妮卡奶奶　「紅色的植物，生長在田野間。」

巴塔薩　「紅色的植物，生長在田野間」……幾個字？

莫妮卡奶奶　嗯……我忘了。

巴塔薩　奶奶，你只要……

莫妮卡奶奶　你上當了。三個字。

巴塔薩　奶奶……「紅色的植物，生長在田野間」，三個字……

莫妮卡奶奶　啊呵喂！

巴塔薩　什麼？

莫妮卡奶奶　「水手彼此問候的說法，三個字。」

巴塔薩　奶奶，你要先唸問題啦！

莫妮卡奶奶　你也可以猜得快一點！

巴塔薩　什麼意思？算了，下一題！

莫妮卡奶奶　「用可可製成的產品，三個字。」

莫妮卡奶奶　可可豆……

巴塔薩　可可油……

莫妮卡奶奶　可可粉……

巴塔薩　可可……巧克力？巧——克——力——，剛好三個字！

莫妮卡奶奶　咿咿咿，好噁心！太噁心了！呸！

巴塔薩　嘿，奶奶，不要這樣，這只是答案而已。

莫妮卡奶奶　我不管，我絕對不要寫。

巴塔薩　莫妮卡奶奶不喜歡巧克力，不知道為什麼。

莫妮卡奶奶　不過，我有幫你買喔。

巴塔薩　哪一種？

莫妮卡奶奶　你說哪一種呢？

巴塔薩　品質好的？

莫妮卡奶奶點頭。

好看的？

莫妮卡奶奶點頭。

甜的？

莫妮卡奶奶點頭。

大的？

莫妮卡奶奶　錯！

巴塔薩　小的？

莫妮卡奶奶　答對了！

巴塔薩　我喜歡小的巧克力！在哪裡？

莫妮卡奶奶　我藏起來了！

巴塔薩　藏在哪裡？

莫妮卡奶奶開始找起她藏放的位置，卻找不到。

這樣吧，我們先把填字遊戲做完，然後你再帶我去藏巧克力的地方，好嗎？

莫妮卡奶奶　好吧……

巴塔薩　那好，下一個問題。

莫妮卡奶奶　「火車軌道，兩個字。」

巴塔薩　火車軌道，兩個字……鐵道，鐵道……鐵，鐵，鐵……我快要想到了！我快想到火車軌道的答案了……快了，快了，鐵，鐵，快了，鐵，鐵……軌？鐵——軌？兩個字！

沒錯！鐵軌。我想到答案了。奶奶，快點寫下來！鐵軌！

莫妮卡奶奶沒有反應。

奶奶？把答案寫下來呀！

莫妮卡奶奶沒有反應。

快點把答案寫下來呀！鐵軌！

莫妮卡奶奶沒有反應。

奶奶？你怎麼了？

莫妮卡奶奶 什麼？

巴塔薩 把答案寫下來呀。

莫妮卡奶奶 啊，沒錯，我也……嗯！答案……

巴塔薩 鐵軌。ㄊㄧㄝ，ㄍㄨㄟ。

莫妮卡奶奶 什麼？

巴塔薩 看來並不是什麼都沒有改變。
奶奶，你要把「鐵軌」這個答案寫下來呀。

莫妮卡奶奶 我？

巴塔薩 對呀，你！你，莫妮卡奶奶。

莫妮卡奶奶 我又不是……莫妮卡奶奶。

巴塔薩 喔。看來什麼都沒有改變。
莫妮卡奶奶就是你呀。

莫妮卡奶奶 誰是莫妮卡奶奶？

3.
廚房

巴塔薩 每次門鈴快要響起，爸爸媽媽要來接我的時候，莫妮卡奶奶就會問這個問題。每次都是同樣的問題。而每一次，我都給她同樣的回答。

巴塔薩 （利用幾件廚房裡的物品，幫莫妮卡奶奶找回記憶）你，奶奶，你是……

莫妮卡奶奶 （思索）莫妮卡奶奶。

巴塔薩 這是……（指著自己）

莫妮卡奶奶 我家廚房！

巴塔薩 自從……

莫妮卡奶奶 ……三年前開始，我每天都坐在這裡，和……

巴塔薩再次指了指他自己。

他坐在廚房裡。

巴塔薩 更早以前你坐……

莫妮卡奶奶 一，二，三，四，五年這麼久，和……

巴塔薩 ……巴塔薩！還有……

莫妮卡奶奶開始咳嗽。

康拉丁爺爺……

莫妮卡奶奶 ……因為那個人那時候還在，在我家的廚房裡。更早以前，我十一年來都坐在……只有和……

巴塔薩 ……康拉丁爺爺……

莫妮卡奶奶 ……可是沒有巴塔薩，因為那時候他還不在，不在廚房裡。更早以前我坐了十九年，和……

巴塔薩　……康拉丁爺爺……

莫妮卡奶奶　還有我媽媽，因為那時候她還在。還有我兒子，因為那時候他還住在這裡，在這個廚房裡。更早以前，二十二年來我只有跟我媽媽一起坐在廚房裡，因為我……

巴塔薩　……康拉丁爺爺……

莫妮卡奶奶　……還不認識。更早以前我有六年跟我媽媽和爸爸坐在廚房裡。再更早以前我出生了，然後我就是莫妮卡了。

巴塔薩　就是這樣。通常一切都會恢復正常，幸好這樣。
因為我爸爸媽媽到的時候，莫妮卡奶奶她想要非常的清醒，而且一切都收拾得整整齊齊——在腦袋裡。這樣也好，因為媽媽本來就寧可……寧可莫妮卡奶奶快點住進……嗯，寧可她快點不再是一個人住在家裡，而是住在……

莫妮卡奶奶　Stop！

巴塔薩　——

莫妮卡奶奶　「英文的『停』！」四個字母。（繼續玩填字遊戲）
「紅色的植物，生長在田野間」……

時間一分一秒流逝。

巴塔薩　奶奶？

莫妮卡奶奶　（嚇一跳）你還在呀！

巴塔薩　我可以問你一件事嗎？

莫妮卡奶奶　三個字。你忘了嗎？

巴塔薩　不是啦，是別的事。以前你真的都坐在這裡嗎？在廚房這裡？

莫妮卡奶奶　這又不干你的事。

巴塔薩　告訴我嘛。

莫妮卡奶奶　亂講，我當然也常常……哼！嗯，在……要怎麼說呢？
「不是晚上，是在太陽……」

巴塔薩　白天嗎？

莫妮卡奶奶　沒錯！白天的時候我……哼！

巴塔薩　買東西？做菜？打掃？洗衣服？照顧我爸爸？烘烤食物？

莫妮卡奶奶　（中間不時插嘴）對，也有，可是……（最後：）工作！

巴塔薩　工作？

莫妮卡奶奶　對！工作。

巴塔薩　可是這些全部都是工作呀。

莫妮卡奶奶　可是做這些事情賺不到錢。

巴塔薩　喔，我懂了。

莫妮卡奶奶　難道說，現在時代不一樣了？

巴塔薩　欸……嗯。

莫妮卡奶奶　我就說嘛。

巴塔薩　對。

莫妮卡奶奶　沒錯。

巴塔薩　當然啦。

莫妮卡奶奶　就是這樣。

巴塔薩　那你是做什麼來賺錢的？

莫妮卡奶奶　我是……剛才我明明還記得的，現在卻……啊，等一下！我的職業……兩個字！對，正好兩個字。

巴塔薩　兩個字的職業……兩個字的職業……你真的不記得以前你是做什麼的嗎？

莫妮卡奶奶　我完全不懂你在說什麼！

巴塔薩　反正也沒那麼重要。總之，你就是在那裡認識康拉丁爺爺的，對吧？

莫妮卡奶奶　誰？

巴塔薩　康拉丁爺爺？

莫妮卡奶奶　啊，他呀！沒錯，就是。他怎麼了？

巴塔薩　你是在那裡認識他的吧？

莫妮卡奶奶　哪裡？

巴塔薩　在你工作的地方。

莫妮卡奶奶　我在那裡認識的人很多！

巴塔薩　你不記得你和康拉丁爺爺是怎麼認識的嗎？

莫妮卡奶奶　我當然記得！啊，我想，我還是去躺一下好了。

巴塔薩　可是更早以前呢？在你還不認識他的時候？

莫妮卡奶奶　巴塔薩，我根本不知道你在講什麼。

巴塔薩　你還在上學的時候。

莫妮卡奶奶　上學？

巴塔薩　你還小的時候。

莫妮卡奶奶　我又不是小孩子！

巴塔薩　可是你以前是。

莫妮卡奶奶　什麼時候。

巴塔薩　你出生了以後。

莫妮卡奶奶　出生？我不記得了。現在我真的要去躺一下了。

巴塔薩　奶奶，等一下！你當然不知道。你不知道你是怎麼出生的，這樣很正常呀。可是等到你年紀比較大的時候，那……

莫妮卡奶奶　誰？

巴塔薩　你。

莫妮卡奶奶　我？

巴塔薩　對呀，你！莫妮卡奶奶！

莫妮卡奶奶　她是誰？

巴塔薩　每次都是同樣的問題，每次都是同樣的回答：你，奶奶，你是……

莫妮卡奶奶　我？我可不確定，我是不是真的……我是怎麼來到這裡……？如果我根本沒有出生……後來也沒有……我什麼都不知道。你把我搞糊塗了……也許我根本就不……而且從來都不是。你知道嗎？這樣的話好奇怪。哎，我去躺一下，一會兒見。也許吧。（離開）

巴塔薩　奶奶？等一下！你在的，而且你從以前就一直都在，就是這樣，你別想用別的話糊弄我。如果你不相信我說的話，我就證明給你看。你聽我說，你跟我的情況一樣：你本來不存在，沒錯。可是後來你爸爸媽媽，他們呢，嗯，那個時候，你知道我的意思。他們兩人一起……我也不是很清楚到底要怎麼做。總之呢後來你就出生了，是你媽媽把你生下來的。因為她的緣故，所以有了你，而且現在你一直都還在。這樣你懂嗎？

停頓。

莫妮卡奶奶 媽媽……

巴塔薩 奶奶？

莫妮卡奶奶 （再次現身）我媽媽！真好！

4.

莫妮卡奶奶是誰？

4.1 媽媽

莫妮卡奶奶 她怎麼這麼早就回來了？她應該還在工作呀。今天她可能提早下班……因為我們要烤蛋糕！她答應過我！我們好久好久沒有吃蛋糕了。（把做蛋糕的麵團準備好）

巴塔薩 奶奶……我想呢，你媽媽她……嗯，我想呢，今天你媽媽不會回家。

莫妮卡奶奶 你只是不要她帶東西給我！

巴塔薩 帶什麼東西？

莫妮卡奶奶 店裡的！

巴塔薩 店裡的？

莫妮卡奶奶 你知道我的意思！就是要藏起來的東西！

巴塔薩 什麼藏……喔，這樣呀……藏東西。那個……媽媽會帶什麼東西給你藏起來？大的嗎？

莫妮卡奶奶 不是。

巴塔薩 小的嗎？

莫妮卡奶奶 對。

巴塔薩 啊……那我們最好現在就把藏東西的地方弄好，好嗎？如果媽媽馬上就回來……

莫妮卡奶奶 爸爸……你不要這樣，這是我們的祕密。
你最好告訴我，你把鵝莓放到哪裡了！

巴塔薩 我不是爸爸。

莫妮卡奶奶 不要這樣啦！在哪裡？

巴塔薩 真的什麼都和從前不一樣了。奶奶，我真的不懂你到底要什麼……

莫妮卡奶奶　爸爸！快來呀……做蛋糕用的鵝莓！你沒有忘記採吧？

巴塔薩　我……對啊，我想我忘了。

莫妮卡奶奶　你好笨！那你就快點來呀！

巴塔薩　可是……

莫妮卡奶奶　比比看誰先到！

巴塔薩　等我！

4.2 爸爸

外面。

莫妮卡奶奶　鵝莓看起來已經熟了。爸爸，去，去採一些。

巴塔薩　你自己採。

莫妮卡奶奶　它們會刺人很痛。

巴塔薩　鵝莓又不會刺人。

莫妮卡奶奶　誰說的，鵝莓有刺，[3]會刺人。
你自己怕被刺到，所以你才說鵝莓不會刺人。

巴塔薩　好吧，我來採一些。哎喲，真的會刺人。

莫妮卡奶奶　別裝了！

巴塔薩　哎喲！

莫妮卡奶奶　快點啦，我先把東西都弄好了！

巴塔薩　莫妮卡奶奶又回來了！她的爸爸……也突然回來了！

莫妮卡奶奶　媽媽？我們來唱那首歌好嗎？

巴塔薩　媽媽？我還以為我是……

莫妮卡奶奶　媽媽媽媽媽媽媽媽！你到底來不來？

巴塔薩　當然要啦，我是媽媽嘛。什麼歌？

---

[3] 譯註：鵝莓的德文Stachelbeere直譯是「刺莓」，但這裡無法直接翻譯，因此稍微改寫。

莫妮卡奶奶　唱給爸爸聽的歌。

（唱）

馬上，馬上，馬上

巴塔薩　（試著跟著唱）

馬上，馬上，馬上

莫妮卡奶奶　（唱）

我們三人又在一起

巴塔薩　（唱）

三人，三人，三人

莫妮卡奶奶　（唱）

當我們三人又在一起

每一天都是星期天

還有好多的蛋糕吃不完

巴塔薩　（唱）

鵝莓蛋糕

鵝莓蛋糕

莫妮卡奶奶　（唱）

當我們三人又在一起

每天我都過生日

我們一起玩捉迷藏遊戲

巴塔薩　（唱）

捉迷藏和鬼抓人

捉迷藏和鬼抓人

兩人　（齊唱）

這些和其他好多的事情

我們一起做，當爸爸回來的時候

當爸爸回來的時候，我們

什麼都做，有時候又什麼都不做

巴塔薩　（唱）

什麼都做，又什麼都不做，

什麼都做，又什麼都不做

莫妮卡奶奶　（唱）

當爸爸回來的時候

總是度假又玩樂

我們開車出門去旅遊

巴塔薩　（唱）

環遊環遊世界

環遊環遊世界

莫妮卡奶奶　（唱）

當爸爸回來的時候

他會讓我們知道

於是我們乖乖等候

巴塔薩　——

莫妮卡奶奶　（唱，重複，因為巴塔薩什麼都想不出來）

當爸爸回來的時候

他會讓我們知道

於是我們乖乖等候

在火車站，在軌道旁，

兩人　（齊唱）

馬上，馬上，馬上

馬上我們三人又在一起

當爸爸回來的時候，

當爸爸回來的時候

4.3 汙漬

莫妮卡奶奶　好了。可以把蛋糕放進烤箱烤了嗎？

巴塔薩　我都搞糊塗了。剛才莫妮卡奶奶的爸爸還在，所以……我是爸爸。後來他不在了，說不定他後來又回來了，在火車站，在那個……鐵軌，兩個字。

算了，重要的是：莫妮卡奶奶又回來了。

莫妮卡奶奶 誰？

巴塔薩 你，奶奶。你回來了。現在我把蛋糕放進烤箱烤，這是我答應你的。

莫妮卡奶奶 早就該烤了！

（發現自己的套頭上衣上有一塊汙漬）

巴塔薩 奶奶？後來呢？你爸爸又回來了嗎？……奶奶？喔，你那裡有一塊汙漬。

莫妮卡奶奶 我想，我……

巴塔薩 這又沒關係，你只要換一件……

莫妮卡奶奶 我可以嗎？

巴塔薩 我去幫你拿。你放在哪裡……？

莫妮卡奶奶 我不知道，你要自己找。

巴塔薩 好吧。（離開）

莫妮卡奶奶 應該在臥房裡！

巴塔薩 （拿著一件乾淨的套頭上衣回來）

奶奶，給你穿……

莫妮卡奶奶 什麼？

巴塔薩 這件衣服……我們先脫掉你身上的衣服。

莫妮卡奶奶 為什麼？

巴塔薩 這樣才能換穿這一件呀。

莫妮卡奶奶 我們兩個人怎麼塞得進去？

巴塔薩 我又不必……

莫妮卡奶奶 為什麼你不必？

巴塔薩 因為我又沒有……

莫妮卡奶奶 怎樣？

巴塔薩 因為我沒有把衣服弄髒！

莫妮卡奶奶 我也沒有！

巴塔薩　有，你有。來，換上這件衣服。

莫妮卡奶奶　打死我也不要，這件衣服醜死了！

巴塔薩　奶奶，拜託啦，趕快穿這……

莫妮卡奶奶　你不要命令我做什麼，懂了嗎？

巴塔薩　可是……（大聲說）奶奶！你弄髒衣服了，快點換這一件！

莫妮卡奶奶　（低頭看看自己）你怎麼不早說。

巴塔薩　奶奶……我……對不起，我沒有要對你……

莫妮卡奶奶　沒關係。

巴塔薩　來，我來。我來脫。（幫莫妮卡奶奶脫掉上衣）

尷尬，一陣沉寂。

莫妮卡奶奶　來點音樂吧。

4.4 男女平權法

莫妮卡奶奶　我要走了！

巴塔薩　去哪裡？

莫妮卡奶奶　去電台！

巴塔薩　什麼電台？

莫妮卡奶奶　廣播電台！等一下我要接受訪問。

巴塔薩　什麼訪問？

莫妮卡奶奶　就是……談我寫的文章。

巴塔薩　……

莫妮卡奶奶　那一篇登在報紙上的〈男女平權法名不符實！〉文章！上個星期登的呀！我都跟你講過幾百遍了！

巴塔薩　你為什麼幫報紙寫文章？

莫妮卡奶奶　你為什麼去工作？

巴塔薩　我又沒有去……喔喔，嗯，因為我在那裡工作嗎？

莫妮卡奶奶　真是的。喔，這件衣服真漂亮。（穿上巴塔薩拿來的衣服）

巴塔薩　難道這就是莫妮卡奶奶的職業？幫報紙寫文章？她是寫報紙文章的人嗎？五個字，寫—報—紙—文—章—的—人——不對，字數太多了。
蛋糕怎麼樣了？

莫妮卡奶奶　最後一次告訴你：我還有別的事情要忙，我沒時間耗在廚房裡呆呆坐著還有烤蛋糕，懂嗎？我要上電視了，再見！（下場）

巴塔薩　上電視？不是上廣播電台嗎？那時候已經有電視了嗎？算了，反正莫妮卡奶奶要接受訪問。接受過訪問。
（把廚房布置成廣播電台／電視台攝影棚）
非常歡迎來到我們的……電台電視節目。
今天我們的貴賓是：莫妮卡奶奶！欸，莫妮卡！嗯……莫妮卡小姐！

莫妮卡奶奶上台，掌聲。

莫妮卡奶奶　您好。

巴塔薩　莫妮卡小姐，您上個星期的文章〈男女拼—錢—法名夫實〉非常地……精采。

莫妮卡奶奶　抱歉，我要特別澄清，是〈男女平權法名「不」符實〉，年輕人。

巴塔薩　是的。您能不能為我們的觀眾說明一下，談談這個……男女拼—錢……這個法律呢？

莫妮卡奶奶　男女平權法早在1957年就已經上路，目的是在保障男性和女性享有相同的權利。假設我已經結婚了。

巴塔薩　跟康拉丁爺爺？

莫妮卡奶奶　什麼？而我現在想去工作，或是去考駕照。在不久以前，我先生還可以說：「不行，你不能去。」而我也不能反對，還好現在情況改變了。

巴塔薩　可是康拉丁爺爺從來沒有說過這種話吧？

莫妮卡奶奶　蛤，什麼？

巴塔薩　沒事，沒什麼！所以問題到底在哪裡？

莫妮卡奶奶　問題是，根據新的法律規定，身為已婚女性，我必須履行我「對婚姻與家庭的責任」，然後我才可以去工作。

巴塔薩　你的意思是說？

莫妮卡奶奶　意思就是，如果我想去工作，我就必須先自己一個人完成其他所有的事情，比如購物啦、做菜啦、打掃啦、洗衣服啦、照顧孩子啦……。

巴塔薩　還有烤……

莫妮卡奶奶　什麼？

巴塔薩　沒什麼！

莫妮卡奶奶　沒錯！沒什麼！我丈夫什麼都不必做，這樣很不公平。

巴塔薩　我了解。接下來該怎麼辦呢？

莫妮卡奶奶　……

巴塔薩　莫妮卡小姐？

莫妮卡奶奶　我還等著你告訴我呢……現在情況怎麼樣？
男女薪水一樣多嗎？女性也享有相同的權利嗎？

巴塔薩　對呀……欸……

莫妮卡奶奶　沒錯，年輕人，你自己好好想一想。（下場）

巴塔薩　……

是的，感謝您的提示！我們會再想一想的——在下一次的節目上我們一起討論！今天的節目就到此為止，今晚接下來的節目是……

莫妮卡奶奶　（畫外音）今晚……

巴塔薩　……大型猜謎節目，適合您闔家觀賞！

莫妮卡奶奶　（再度上場）我今天晚上跟別人約好了。

巴塔薩　還有，請別忘記：明天敬請再次收看。同樣的地方，同樣的頻道！再見。請多多保重，我們下次再會！

4.5 跳舞

莫妮卡奶奶　我今天晚上跟別人約好了……去跳舞。他個性害羞，非常迷人，只是煙抽得太凶了！

巴塔薩試著把自己裝扮成康拉丁爺爺，廚房也變成跳舞咖啡館。

總是穿著帥氣的衣裝，髮絲往後梳理油光油光……
他顯得有點老古板，希望他不追求固定關係，
以為我會蠢得愛上他。我覺得……他人真不錯。
可是又滿俗氣，最後他還送給我花朵。

巴塔薩急忙從盆栽上摘下一朵花隨身帶著。

還好吧，跳個舞又不會怎樣。

兩人開始跳舞，巴塔薩把花遞給莫妮卡奶奶。

一朵……鮮花。你真的送我花。接下來你會送什麼？巧克力？向我求婚？再來呢？「對婚姻與家庭的責任」？不，我不要，這些我統統都不要！這種俗氣的東西我不要！我年紀還太輕！你懂嗎？尤其巧克力我更不要！我要的很多很多，**就是不要巧克力！**

巴塔薩　我們要怎麼樣？我們應該在一起！

莫妮卡奶奶　什麼？

巴塔薩　我是你的康拉丁啊！

莫妮卡奶奶　你不是康拉丁！

巴塔薩　我們剛才一起跳舞！

莫妮卡奶奶　康拉丁和我從來沒有跳過舞。

巴塔薩　有！

莫妮卡奶奶 沒有。那是……欸……那個……哼！算了。總之就是有個人。這跟你有什麼關係？你到底是誰？

巴塔薩 我是……我是巴塔薩。

莫妮卡奶奶 誰？

巴塔薩 巴塔薩！你的孫子！

莫妮卡奶奶 誰都可以隨便這麼說！我又不認識你。
滾出我的廚房！

巴塔薩 奶奶……

莫妮卡奶奶 出去！馬上！

巴塔薩 可是……

莫妮卡奶奶 我說了，出去！

巴塔薩 你怎麼可以把我……

莫妮卡奶奶 **出去！！！**

巴塔薩下場。

5.

莫妮卡奶奶什麼都是

莫妮卡奶奶　我可以要回我的廚房嗎？我的廚房，每件物品位置都擺得剛剛好的廚房。我的廚房，我可以什麼都不必玩，什麼都不必做的廚房。謝謝！

巴塔薩　（「在外面」，手上還拿著那朵花。開始將花瓣一片又一片剝下來）

我打電話給爸媽，我不打電話給爸媽，我打電話給爸媽，我不打電話給爸媽……

莫妮卡奶奶　我的廚房……我可以在裡面坐著發呆的廚房。

巴塔薩　（剝下最後一片花瓣）

我打電話給爸媽。

莫妮卡奶奶　（發現摘下來的盆栽花朵）

我的廚房……有著罌粟花……

巴塔薩　罌粟花？「紅色的植物，生長在田野間。」

莫妮卡奶奶　三個字，罌粟花……

巴塔薩　罌—粟—花，罌粟花！剛剛好！可是我該怎麼辦，奶奶才會讓我進去呢？讓她像平常一樣呢？

莫妮卡奶奶　巴塔薩？你可以不要再這樣嗎？我在這裡，進來跟我說話。正正常常地，只講現在。以前怎麼樣，都沒關係。「以前，以前，以前？！」過去的，就讓它過去！過去的一定很好。

可是現在呢？現在怎樣？現在就是現在。其他的忘了也沒關係。我只希望……別人不會把我忘記。

巴塔薩　（跑進來，擁抱）

奶奶，我不會忘記你！

莫妮卡奶奶　什麼？我好累。

巴塔薩　沒有關係，奶奶！過去的就算了，你去躺一下好好休息。

停頓。

莫妮卡奶奶　然後我要做什麼？

巴塔薩　然後……你就做個美夢吧。

莫妮卡奶奶　然後呢？

巴塔薩　然後……你就再醒來。

莫妮卡奶奶　然後呢？

巴塔薩　然後……我們一起出門去！

莫妮卡奶奶　然後呢？

巴塔薩　我們一起走去火車站！

莫妮卡奶奶　然後呢？

巴塔薩　然後有一列火車開過來！

莫妮卡奶奶　然後呢？

巴塔薩　然後我們就上車。

莫妮卡奶奶　然後呢？

巴塔薩　然後我們就去用餐車廂。

莫妮卡奶奶　去吃蛋糕。

巴塔薩　還有玩填字遊戲！然後火車就開動囉！

莫妮卡奶奶　去……火地群島！還有巴布亞紐幾內亞！還有布克斯特胡德！[4]還有烏普薩拉，[5]還有到撒哈拉，再去紐芬蘭島還有吉隆坡、馬達加斯加，還有……然後我就開始不舒服了。

巴塔薩　然後查票員就來了，「請出示您的車票！」

莫妮卡奶奶　可是我們沒有票。

巴塔薩　怎麼辦呢？

莫妮卡奶奶　查票員人很和氣，他對我笑咪咪。

巴塔薩　他還抽著菸。

莫妮卡奶奶　我們不必被罰錢。

---

[4] 譯註：Buxtehude，德國下薩克森邦（Niedersachsen）的市鎮。

[5] 譯註：Uppsala，瑞典第四大城市，位於斯德哥爾摩北方。

巴塔薩　查票員的名字叫做康拉丁。

莫妮卡奶奶　然後……胡說，然後我就去羅馬。

巴塔薩　然後呢？

莫妮卡奶奶　我去採訪教宗！

巴塔薩　因父，及子，及聖神之名……

莫妮卡奶奶　並且把我的看法告訴他。

巴塔薩　然後你就寫一篇文章！

莫妮卡奶奶　一篇好長好長的文章！

巴塔薩　文章登在報紙上！報紙喔，報紙喔，莫妮卡的最新報導！

莫妮卡奶奶　然後有人開始跟著我！

巴塔薩　請留步！莫妮卡小姐！

莫妮卡奶奶　然後我就上電視！

巴塔薩　莫妮卡小姐……

莫妮卡奶奶　接受別人採訪！

巴塔薩　莫妮卡小姐，藏東西的地方在哪裡？

莫妮卡奶奶　藏東西的地方……我不告訴你。

巴塔薩　嗯，莫妮卡小姐，問題到底在哪裡？

莫妮卡奶奶　年輕人，我還等著你告訴我呢？

巴塔薩　了解。莫妮卡小姐，我再問一遍，藏東西的地方到底在哪裡？

莫妮卡奶奶　你自己想吧。

巴塔薩　然後呢？

莫妮卡奶奶　然後有人來接我，開著Mini敞篷車。

巴塔薩　於是你們開車去海邊！

莫妮卡奶奶　然後他向我求婚！

巴塔薩　您願意……

莫妮卡奶奶　不願意。

巴塔薩　親愛的莫妮卡，我的心肝寶貝，我的小菸草，現在在大家的面前，我想問你：「你願意嫁給我嗎？」

莫妮卡奶奶　不願意！

巴塔薩　不願意？

莫妮卡奶奶　然後我就得獎了！

巴塔薩　你不願意嫁給他？

莫妮卡奶奶　胡說！我得了諾貝爾和平獎。

巴塔薩　可是……

莫妮卡奶奶　謝謝，非常感謝！獲得這個獎項，是我莫大的榮幸。首先我要感謝我先生……

巴塔薩　你先生？所以你接受求婚了！

莫妮卡奶奶　不行嗎？

巴塔薩　然後你就生了一個孩子！

莫妮卡奶奶　接著又一個。

巴塔薩　接著又一個？

莫妮卡奶奶　然後再一個！

巴塔薩　然後再一個！

莫妮卡奶奶　接著又**一個**！

巴塔薩　接著又一個！接著又一個！接著又一個！

莫妮卡奶奶　不不不不是！

巴塔薩　還有一個藏東西的地方！

莫妮卡奶奶　還有另外一個獎！

巴塔薩　恭喜你！

莫妮卡奶奶　然後呢？

巴塔薩　然後是一場非常盛大的慶祝會！

莫妮卡奶奶　然後我希望沒有人煩我。

巴塔薩　然後呢？

莫妮卡奶奶　然後我就跟爸爸去郊遊，只有我們兩個人去。

巴塔薩　去遊樂場！

莫妮卡奶奶　去鏡子迷宮啦！好嗎，爸爸？

巴塔薩　莫妮卡？

莫妮卡奶奶　爸爸？

巴塔薩　然後我們去散步！

莫妮卡奶奶　真無聊！我才不去散步呢。我是女記者，一種職業，三個字。

巴塔薩　女記者……

莫妮卡奶奶　還有，我是畫家……

巴塔薩　畫家……

莫妮卡奶奶　我是歌手……

巴塔薩　你還是什麼？（開始演奏音樂）

莫妮卡奶奶　我是讀報的人
我是環遊世界的旅行家
我是填字遊戲
我是女王
我是麵包師傅
我是個女人
我是研究員
我是個孩子
我並不健忘
我是一顆鵝莓
我是探長
我是媽媽
我是太陽
我是大海
我是說故事的人
我是一朵罌粟花
我是總編輯
我是一架打字機
我是康懋達 66[6]
我是家庭

---

[6] 譯註：康懋達（Kommodore）是一種電腦，但實際上並無66型號。推測是作者故意為之，這樣有現實依據，但又故意架空。

我是音樂
我在這裡

巴塔薩　（唱）
她是莫妮卡奶奶
這個人是我
奶奶總是一直都在
至少對我來說

就算沒有人能夠知道
哪裡如何還有什麼和何時
莫妮卡奶奶當過

莫妮卡什麼都是
不管她會變成什麼
她永遠都是
什麼都是
什麼都是

——劇終——

米蘭・加特：莫妮卡奶奶——什麼？

斯圖加特首演場媒體評論

當孫兒與奶奶……

一個孩童該如何面對失智的祖母？巴塔薩的爸媽忙於工作，經常將他託付給莫妮卡奶奶照顧，但是這一次他必須在奶奶家住上幾天，而這一次的經歷也改變了他的感受。之前莫妮卡奶奶就出現過一些古怪的行為，或是腦筋暫時斷片的狀況，比如她沒有將做蛋糕的麵團放進烤箱烤，而是用吹風機吹。但是這一次巴塔薩卻發現，情況有點不對勁。在《莫妮卡奶奶——什麼？》一劇中，兼具演員與新銳作家兩種身分的米蘭・加特成功避開「失智」這個說法。他與斯圖加特兒童與青少年劇團經過一番深入研究，在劇本中以令人印象深刻的手法描述這種疾病（幾近）所有的表現。他不必使用「失智」一詞，因為他採取孩童的視角，從而也將年輕的觀眾們帶入這個視角：巴塔薩觀察莫妮卡奶奶的行為舉止，情感也隨著高低起伏，但是他不加以分析，也不加以評斷。

情緒雲霄飛車上的角色扮演

加特將觀眾推上情緒的雲霄飛車。巴塔薩沒有打電話向爸媽求助，反而抱著好奇心投入一場遊戲，希望能追索奶奶從前是怎樣的人。因此他和奶奶不斷展開角色扮演——而奶奶也接受他的誘導，融入這場遊戲，但很快又退出。然而奶奶一退出，巴塔薩立刻又傳遞給她動力。這是一場越來越瘋狂的遊戲，節奏明快，但同時又結合令人心靈悸動的時刻。這是一趟情緒的雲霄飛車，尤其在巴塔薩無法將這些碎片拼組起來時。賽巴斯提安・肯普夫（Sebastian Kempf）如此詮釋巴塔薩這個角色：一開始他是個怯生生的旁觀者，略帶指責的語氣。但隨著他對莫妮卡奶奶人生軌跡的追尋，他也逐漸演變成「遊戲創造者」（Spielmacher），並且滋生越來越強烈的好奇心。肯普夫對角色的詮釋，令人感受到他對這兩個角色，以及莫妮卡奶奶的處境，投注予深深的同情。

劇院總監卸任前的舞台驚鴻之作

莫妮卡奶奶一角由布麗姬特・德悌爾（Brigitte Dethier）飾演。即將卸下劇院總監一職的德悌爾，首度以演員身分登上斯圖加特兒童與青少年劇團的舞台。德悌爾以令人驚豔的豐富面向塑造奶奶這個角色，時而思路清晰，時而恍惚出神，在兩者間切換自如；無論是青春俏皮，或是突然對一切深感厭煩的時刻，她都舉重若輕，翻轉自如。德悌爾的臨去秋波，著實令人相見恨晚。米蘭・加特為兩名演員創作出一部精彩劇作，並且在執導時特別著重兩名角色間的互動，以及串連兩名角色的紐帶。對此，由歐貢區・卡德倫（Öğünç Kardelen）譜曲的音樂扮演著極為重要的角色：演出一開始，巴塔薩帶著電吉他，莫妮卡奶奶則將電爐當成打擊樂器，兩人共同為歌曲伴奏。這個場景將二人親密無間的祖孫情誼發揮得淋漓盡致，而在劇情即將步入尾聲時，則是藉由一場小型搖滾音樂會予以呈現。

卡洛琳・蜜特樂（Carolin Mittler）設計的舞台空間，企圖將事實與恍惚這兩種情境的游移跳動定格在畫面上。天花板從左側舞台跨伸而出，上方是一盞布滿灰塵的燈具，此外還有一對大鹿角正常懸掛著。一開始，舞台背後除了整面串珠線簾之外空無一物，隨著劇情推展，電爐、洗碗槽和一處鋪著醜陋紅色人造皮革的用餐區才逐一推上舞台。舞台右側矗立著一堆高高疊起的舊報紙，有些報紙已經老舊發黃。在最新的舞台版本中，則以祖孫二人玩的填字遊戲取而代之。

有了這場使我們有機會見證劇作家及導演才華的演出，有了能舉重若輕闡述一項重大議題的女演員及男演員，我們夫復何求？

《德國舞台》(*Die Deutsche Bühne*)，曼福雷德・楊克(Manfred Jahnke)，2021年11月30日